南 英男

特命警部 醜悪

実業之日本社

実業之日本社文庫

目次

第一章　射殺の背景……5
第二章　暴《あば》かれた殺人歴……69
第三章　不審な元上司……133
第四章　多重脅迫の気配……199
第五章　心優しい極道……263

第一章　射殺の背景

1

女の悲鳴が聞こえた。

ピアノの弾き語りが中断された。店内のざわめきが熄《や》む。

渋谷区宇田川町《うだがわちょう》にあるクラブ『エトワール』だ。

四月上旬のある夜だった。十時過ぎである。

畔上拳《あぜがみけん》は中ほどのボックス席で、飲み友達の原圭太《はらけいた》と酒を酌《く》み交わしていた。侍《はべ》っている二人のホステスは、どちらも若くて美しい。

四人で際《きわ》どい猥談《わいだん》をしているとき、急に佐伯真梨奈《さえきまりな》が白いグランドピアノから離れたのだ。『マシュケナダ』の間奏中だった。

畔上は視線を延ばした。

ピアノのかたわらには、五十年配の客が立っていた。弾き語りをしていた真梨奈は、怯《おび》えた表情で壁際に立ち尽くしている。

男は影山《かげやま》という姓で、生《なま》コンクリート製造会社の社長だった。酒癖が悪いことで知られていた。色黒で、脂《あぶら》ぎっている。中肉中背だ。

「影山さん、お気に入りの亜希《あき》ちゃんをアフターに誘って断られたみたいね。また、荒れそうだな」

ホステスのひとりが溜息《ためいき》をついた。同僚も眉根《まゆね》を寄せる。

「あの旦那、もう少しスマートに飲めないものかな。ここは場末《ばすえ》のキャバレーじゃないんだからさ。ね、畔上《アゼ》さん？」

原が相槌《あいづち》を求めてきた。畔上は小さくうなずいた。

影山がピアノに向かい、一本指でたどたどしく童謡を奏《かな》ではじめた。曲は『夕焼小焼《ゆうやけこやけ》』だった。

八小節目あたりで、斜め後ろにいる真梨奈が影山を諌《いさ》めた。影山はそれを無視して、演奏しつづける。客やホステスたちが顔をしかめた。三十代半《なか》ばのフロアマネージャーがグランドピアノに走り寄って、影山を大声で咎《とが》めた。

すると、影山は憤然《ふんぜん》と椅子から立ち上がった。

次の瞬間、無言でフロアマネージャーを突き飛ばした。フロアマネージャーは大きくよろけたが、床に転がることはなかった。体のバランスを崩しかけただけだった。

チーママの律子《りつこ》が影山に駆け寄って、何か早口で窘《たしな》めた。チーママは三十九歳で、男運が悪い。だが、姐御肌《あねごはだ》でホステスたちには慕《した》われている。客の受けもよかった。

「チーママの分際《ぶんざい》で、偉そうな口を利《き》くなっ」

影山が喚《わめ》き、律子に体当たりをくれた。

チーママは呆気《あっけ》なくフロアに倒れた。仰向《あおむ》けだった。綸子《りんず》の着物の裾《すそ》が乱れ、太腿《ふともも》まで晒《さら》す恰好《かっこう》になった。

「おまえ、野暮《やぼ》ったいな。和装のときはパンティーなんか穿《は》くもんじゃないよ」

影山が律子を嘲《あざけ》った。チーママが慌《あわ》てて裾の乱れを直す。

「いくら何でも失礼じゃないかっ」

フロアマネージャーが闘牛のように頭を下げ、影山の腰に組みついた。

両腕を回す形だった。しかし、あっさりと振り払われてしまった。

「弱っちい奴だ」

影山がフロアマネージャーを蔑《さげす》み、ふたたびピアノに向かった。

弾きはじめた童謡は、『叱られて』だった。厭味《いやみ》か。あるいは、挑発なのだろうか。

「生コン会社の社長はかなり悪酔いしてるな。このままじゃ、真梨奈ちゃんがかわいそうだ」

畔上は誰にともなく言い、ソファから腰を浮かせた。大股《おおまた》で、グランドピアノに歩《ほ》を進める。

四十一歳の畔上は、警視庁本庁の刑事だ。

ただし、彼はただの捜査員ではない。折方達巳《おりかたたつみ》副総監直属の覆面捜査官である。要するに、番外の特命刑事だ。

刑事歴は長い。本庁勤めになったのは二十五歳のときだった。異例の抜擢《ばってき》だろう。

畔上は捜査一課第三強行《きょうこう》犯《はん》捜査殺人犯捜査第五係を振り出しに捜査二課知能犯係、組織犯罪対策部第四課と渡り歩き、一年七カ月前まで警務部人事一課監察で主任監察官を務《つと》めていた。職階は警部だ。

いま現在、畔上は特命捜査対策室に籍を置いている。だが、それはカモフラージュの異動だった。特命捜査対策室に畔上のデスクはない。職務も与えられていなかった。

文武両道に秀《ひい》でた畔上はオールラウンドの敏腕刑事として一部の警察官僚《キャリア》に早くから高く評価されていたが、やや協調性がなかった。チームプレイが苦手だった。

畔上は自我が強く、誇り高い。権力や権威に屈《くっ》することを最大の恥《はじ》だと思っている。本来、公務員には不向きなタイプだろう。

警察は軍隊に似た階級社会だ。

一般警察官《ノンキャリア》の大半は警察官僚《キャリア》や上司に服従している。理不尽な扱いを受けても、決して逆《さか》らったりはしない。命令に背《そむ》いたり、異論を唱《とな》えた段階で異分子と判断されてしまうからだ。

そうなったら、むろん出世は望めない。それどころか、人事異動で差別される。ほとんどの一般警察官は去勢されて、いつしか自尊心すら棄《す》ててしまう。

一匹狼タイプの畔上とは、まったく反《そ》りが合わない。もともと価値観が違うわけだから、波長が合うはずはなかった。

といっても、別に畔上は孤狼《ころう》を気取っているわけではない。

常識的な人づき合いはしている。むやみに他人を遠ざけたりはしなかった。

しかし、職場の上司や同僚と馴《な》れ合うことは避けていた。何事も是々非々《ぜぜひひ》主義を貫《つらぬ》き、決して容易な妥協はしなかった。

そんなことで、畔上はどのセクションでも異端者扱いされてきた。それでいながら、有能な刑事だと一目置かれてもいた。

折方副総監が畔上の能力を最大限に引き出すことを狙って、彼を特命捜査官に任命したのである。むろん、警視総監の承認は得ていた。

五十四歳の折方は学者のような風貌だが、気骨のある警察官僚だ。ほかのキャリアと違って、上昇志向はない。真のエリートと言えるのではないか。

畔上は、主に第一期捜査の一カ月では解決しなかった捜査本部事件を極秘で洗い直している。専従捜査員たちのプライドを慮《おもんぱか》って、めったに警察手帳は呈示《ていじ》しない。

畔上はフリージャーナリスト、調査会社の社員、各種のセールスマン、結婚相談所職員などを装って、事件の捜査情報を集めている。彼は偽名刺や模造身分証明書を使い分けていた。

副総監直属の特命捜査官だが、危険手当は一件につき二十万円と少ない。その代わり、捜査費に制限はなかった。必要なだけ遣《つか》える。金で情報を買うことも認められていた。違法捜査も黙認されている。その後始末は、折方の腹心の部下である捜査一課の新沼卓《にいぬますぐる》理事官が担《にな》ってくれていた。

専用捜査車輛《しゃりょう》は、左ハンドル仕様《しよう》の黒いジープ・チェロキーだ。そのせいか、聞き込み先で刑事と見破られたことは一度もない。

官給拳銃は、チーフズ・スペシャルとシグ・ザウエルP230JPが圧倒的に多い。公安刑事や女性警察官は、たいてい小口径の自動拳銃を携行《けいこう》している。

畔上は、特別にオーストラリア製のグロック32の所持を許可されていた。高性能な自動拳銃だ。命中率は高い。それでも標的が三、四十メートル以上離れていると、弾道は逸《そ》れてしまう。

これまで畔上は、十件あまりの殺人事件を解決に導《みちび》いた。折方副総監に誉《ほ》められつづけているが、畔上は舞い上がってはいない。単独捜査を認められていることはありがたいが、別段、点数を稼ぎたいという気持ちはなかった。

畔上は目下、独身だ。妻の朋美《ともみ》は五年半ほど前に交通事故死してしまった。享年《きょうねん》三十二だった。夫婦は、まだ子宝に恵まれていなかった。

畔上は亡妻が飼っていたオウムの世話をしながら、東中野《ひがしなかの》の賃貸マンションで暮らしている。間取りは2LDKだが、独り暮らしには少しばかり広すぎると感じることもあった。

帰宅するたびに、オウムが朋美とそっくりな口調で〝お帰りなさい〟と二度繰り返す。愛らしいのだが、それがかえって辛《つら》い。

伴侶を若くして喪《うしな》った悲しみと寂しさは、まだ薄れていない。心の渇《かわ》きを癒《い》やしてくれているのは佐伯真梨奈の存在だった。

三十三歳の真梨奈は、どこか翳《かげ》りのある美女だ。実際、人目を惹《ひ》く。並の女優よりも容姿が整っている。飛び切りの美人だった。

真梨奈の歌声は、聴き手の魂を揺さぶる。鍵盤捌《さば》きも流麗《りゅうれい》だ。真梨奈の弾き語りに酔い痴《し》れる客は少なくない。畔上も、そのひとりだった。

真梨奈の面立《おもだ》ちは、死んだ妻とよく似ている。円《つぶ》らな黒目がちの瞳とほっそりとした鼻はそっくりだった。色白である点も同じだ。ただ、唇の形は少し違う。亡妻のほうが幾分、肉厚だった。

畔上は、『エトワール』に通いはじめた二年数カ月前から真梨奈に密《ひそ》かな想《おも》いを寄せていた。しかし、そんな素振りは見せたことがない。

ホステスたちから真梨奈には惚《ほ》れた男がいると度々《たびたび》、聞かされていたからだった。横恋慕《よこれんぼ》はみっともない。そんな思いに囚《とら》われ、自分にブレーキを掛けてきたのだ。

真梨奈がぞっこんだった瀬戸弘也《せとひろや》は、離婚歴のあるインテリやくざだった。知的で筋者《すじもの》には見えなかったが、所詮《しょせん》は無法者《アウトロー》だ。いつか真梨奈は悲しい思いをすることになるのではないか。

畔上は彼女の恋愛観に危《あや》ういものを感じて、あえて恋路の邪魔をした。断じてジェラシーに衝《つ》き動かされたわけではない。

瀬戸は大人だった。真梨奈の将来のことを考え、自ら恋人に背を向けた。屈折《くっせつ》した思い遣《や》りだったのだろう。だが、真梨奈はそれを汲《く》み取れなかった。

二人の仲を引き裂いた畔上を憎み、恨みを懐《いだ》きつづけている。畔上はまったく言い訳をしなかった。いつか真梨奈が自分のお節介を許してくれるだろうと楽観していた。

皮肉なことに瀬戸は、畔上が極秘捜査をしていた捜査本部事件に関わりがあった。犯行に加わっていたわけではなかったが、不運にも数カ月前に葬《ほうむ》られてしまった。

真梨奈はインテリやくざとよりを戻すチャンスを永久に逸《いっ》してしまったことになる。自分は一生、彼女に恨まれつづけるかもしれない。

畔上はそうした覚悟をしながら、週に一度は『エトワール』に通いつづけている。真梨奈が瀬戸の死を乗り越えて明るさを取り戻すまでは、馴染《なじ》みのクラブに定期的に顔を出すつもりだ。ささやかな罪滅《ほろ》ぼしだった。そんな形でしか真梨奈に償《つぐな》えないのではないか。

言葉で何百回謝《あやま》ったところで、彼女の憤《いきどお》りや憎悪は消えないだろう。真梨奈が新たな生き方をするまで、何がなんでも自分の目で見届けたい。実際、そうするつもりだ。

畔上はグランドピアノに達した。影山が敵意に充《み》ちた目を向けてくる。

「いい加減にしたほうがいいな」

畔上は言いざま、鍵盤の蓋《ふた》を荒っぽく閉めた。両手を挟まれた影山が痛みに顔を歪《ゆが》める。

「な、何の真似《まね》だっ」

「佐伯さんの仕事の妨害はよせと言ってるんですよ」

「偉そうなことを言うな。おれは、どうしてもピアノを弾きたくなったんだ。こっちは店の上客なんだぞ。いつも勘定を多く払ってやってるし、ホステスや黒服たちにもチップを渡してる」

「そうだとしても、わがままが許されるわけじゃないでしょ?」

畔上は呆《あき》れた。

「おれは、好きなように生きてきたんだ。文句あるかっ」

「真梨奈ちゃんはピアノの弾き語りをして、生計を立ててるんだ。あんたが上客でも、他人《ひと》の仕事を奪う権利なんかない」

「後《あと》で、二、三十万の迷惑料をくれてやるよ。だから、余計なことを言うんじゃないっ」

影山が気色《けしき》ばみ、鍵盤の蓋を撥《は》ね上げた。

「あんたは金で何でも片がつくと思ってるようだが、それは違うぞ」

「おたく、ピアノ弾きに気があるみたいだな。でも、おたくの俸給じゃ、〝彼女〟にはできないだろうよ。夜の仕事をしてる女たちは結局、金目当てだからな」

「影山さん、わたしたちを侮辱《ぶじょく》しないで！」

いつの間にか立ち上がったチーママが、柳眉《りゅうび》を逆立《さかだ》てた。

畔上は真梨奈に目をやった。両の拳《こぶし》を固め、下唇を嚙《か》んでいる。フロアマネージャーの顔つきも険《けわ》しい。

「店の外で話をしよう」

畔上は影山を椅子から立ち上がらせ、『エトワール』から強引に連れ出した。エレベーターホールの隅に引きずり込むなり、膝頭《ひざがしら》で影山の急所を蹴り上げる。

影山が白目を剝《む》いて、両手で股間を押さえた。苦しげに唸《うな》りながら、ゆっくりと頽《くずお》れる。

「暴力をふるっていいのかっ」

「おれ、何かした？」

「ふ、ふざけるなっ。おれは警察庁の偉いさんを知ってるんだ。きさまを懲戒免職に追い込んでやる！」

「その前に、あんたを傷害容疑で逮捕《パク》ってやるよ」

「おれは暴力なんかふるってないぞ」

「往生際が悪いな。亜希ちゃんがなびいてこないからって、八つ当たりするなんてガキと同じじゃないかっ。傷害には目をつぶってやるから、とっとと失《う》せろ！」

畔上は言って、影山の腰を軽く蹴った。

影山が悪態《あくたい》をつきつつ、のろのろと立ち上がった。そのままエレベーターの函《ケージ》に乗り込む。エレベーターが下降しはじめたとき、『エトワール』からチーママの律子が走り出てきた。

「あれ、影山は？」

「追っ払ったよ。もう店には来ないだろう」

「畔上さん、ありがとう！　迷惑かけちゃったわね」

「いや、気にしないでくれ」

「わたしね、お客さんと同伴で店に来ることになってるママに電話して、影山を出禁《できん》にしてもいいって許可を貰《もら》ったのよ。それで、店を飛び出してきたの」

「そうだったのか。それはそうと、真梨奈ちゃんはどうしてる？」

畔上は訊《き》いた。

「お客さんたちに詫《わ》びて、いつも通りにピアノの弾き語りをしてるわ」

「それはよかった」

「畔上さんは俠気《おとこぎ》があるのね。わたし、惚れちゃいそう。ううん、もう惚れちゃったわ。亡くなった奥さんのことはなかなか忘れられないでしょうけど、わたしをつなぎの彼女にしてくれない？」

「せっかくの話だが、気持ちだけ貰っておく」

「わたし、好きになった男性《ひと》にはとことん尽くすタイプなのよ。足の爪《つめ》を切ってあげるし、靴下も履《は》かせてあげるの」

「そこまで世話を焼かれると、さすがにうっとうしいな」

「あら、脈なしみたいね。まさか畔上さん、原ちゃんと……」

「よしてくれ。おれたちは、どっちもゲイじゃないよ」

「そうなんだろうけど、あなたたち兄弟みたいに仲がいいわよね」

「ただウマが合うだけさ」

「そうなの」

　律子が納得した表情になった。

　二つ年下の原はマルチ型の起業家だ。ＩＴ関連会社、ファンド運営会社、ゲームソフト開発会社、アパレル会社、音楽配信会社、調査会社などを手広く経営している。原は商才に長《た》けているが、単に利潤を追い求めているのではない。人生を最大限にエンジョイしたくて、次々に新規事業を興《おこ》してきたようだ。

畔上はおよそ六年半前、原と銀座の老舗《しにせ》バーで知り合った。人生観や世界観が、ほぼ同じだった。二人はたちまち意気投合し、それから親交を重ねてきた。月に最低二、三回は、つるんで飲み歩いている。

原は鳥居坂《とりいざか》にある高級賃貸マンションで優雅なシングルライフを満喫しているが、所有欲はほとんどなかった。数億円の持ち家を即金で購入する財力はあるはずだが、それを実行する気配はうかがえない。

年収八億円以上だが、その半分は福祉施設に寄附していた。稼ぎのいい原に言い寄る女たちはたくさんいたが、なぜだか特定の恋人はいなかった。打算的な女を見過ぎたせいだろうか。それで、原は恋愛に積極的になれないのかもしれない。

「戻りましょうか」

律子が促《うなが》した。畔上はチーママと肩を並べて、行きつけのクラブに引き返した。

真梨奈はピアノを弾きながら、『イパネマの娘』を軽快に歌っていた。ボサノバだ。真梨奈はジャズのスタンダードナンバーを好んで歌っているが、ロックやシャンソンもこなせる。音楽そのものが好きなのだろう。畔上はボックスシートに坐った。

「そろそろ探偵の真似事をしたくなってきたな」

原が隣で低く呟《つぶや》いた。畔上は曖昧《あいまい》に笑い返した。

マルチ型の起業家は、ただの飲み友達ではない。民間人だが、畔上の隠れ捜査の協力者である。

原は傘下《さんか》グループの調査会社のスタッフを動かし、自らも尾行や張り込みをしてくれていた。いわば、彼は畔上の助手だった。相棒とも言えよう。

「そのうち特命の出動指令が下《くだ》ると思うよ」

「早く動きたいですね」

「また原ちゃんの力を借りることになりそうだが、ひとつよろしくな」

「任せてください」

原がおどけて胸を叩き、スコッチ・ウイスキーの水割りを喉《のど》に流し込んだ。

そのすぐ後《あと》、真梨奈の二度目のステージが終わった。拍手が鳴り響き、スポットライトが消される。

畔上はロングピースをくわえた。

すかさず横に坐《すわ》ったホステスが、ライターの炎を差し出す。畔上は煙草《たばこ》に火を点《つ》け、短く礼を言った。

一服し終えたとき、真梨奈が畔上たちの席に近づいてきた。いつもよりも表情が穏《おだ》やかだ。

「畔上さん、さっきはありがとうございました。おかげで、なんとかステージを務《つと》めることができました」

「影山の旦那にはお灸《きゅう》をすえといたから、おそらく店にはもう来ないだろう」

「よかった。それなら、もう仕事の邪魔をされることはないですね」

「だと思うよ。おかしな客がいたら、おれが追っ払ってやる」

畔上は笑顔で言った。真梨奈は黙《もく》したままだった。

会話が途切《とぎ》れた。真梨奈が一礼し、従業員控室に足を向けた。

畔上は頰《ほお》を緩《ゆる》めた。ほんの少しだが、二人のぎくしゃくした関係が修復されたような気がした。

真梨奈の負《ふ》の感情が消えるまで、まだかなりの時間が必要だろう。だが、『エトワール』に通いつづけていることは無駄ではなかったようだ。

「真梨奈ちゃんの怒りや憎しみは少しずつ薄らぐんじゃないのかな。畔上《アゼ》さんは彼女のことを思って、例のインテリやくざとの仲を引き裂いたわけですから。いつか真梨奈ちゃんは、そのことに感謝してくれますよ」

「それを願ってるんだが……」

「畔上《アゼ》さん、六本木のショットバーに河岸《かし》を変えませんか？」

原が提案し、ホステスにチェックを頼んだ。ホステスのひとりが、すぐさまソファから腰を上げた。

そのすぐ後、畔上の上着の内ポケットで刑事用携帯電話《ポリスモード》が着信音を発した。畔上は原に断って、急いで『エトワール』を出た。店の斜め前の通路にたたずむ。

発信者は折方警視監だった。

「副総監、お待たせしました」

「どこかで一杯飲《や》ってたんだろうね？」

「ええ、まあ」

「寛《くつろ》いでるときに悪いんだが、これから登庁してもらえないか」

「特命捜査の内容を教えてもらえます？」

「いいとも。三月十六日の夜に元刑務官で犯罪ジャーナリストの野中順司《のなかじゅんじ》、四十二歳が渋谷の裏通りで何者かに射殺された事件《ヤマ》は憶《おぼ》えてるね？」

「ええ。被害者《マルガイ》はブラジル製のタウルスＰＴ99というハンドガンで後頭部を撃ち抜かれて、ほぼ即死状態だったんでしょ？」

「ああ、その通りだよ。渋谷署に設置された捜査本部《チョウバ》に捜一《そういち》第二強行犯捜査殺人捜査犯三係の十二人が出張《でば》って第一期捜査に当たったんだが、まだ容疑者の絞り込みもできてないんだ」

「そうみたいですね」

「さきほど理事官の新沼が第一期捜査資料を届けてくれたんで、明日から隠れ捜査を開始してほしいんだよ」

「わかりました。タクシーを拾って、ただちに桜田門に向かいます」

畔上は通話終了キーを押し、ポリスモードを二つに折り畳んだ。夜遊びは切り上げるほかない。

2

捜査資料を読み終えた。

目を通したのは三度目だった。捜査本部事件のことは完全に頭に入っている。

畔上はマグカップのコーヒーを飲み干した。

ブラックのままだった。自宅マンションの居間である。原と飲んだ翌日の午前中だ。リビングソファに坐った畔上の左肩には、ペットのオウムが留《と》まっている。

リキという名を付けたのは、亡くなった妻だった。八歳のオスである。もう若鳥ではないが、毛艶《けづや》はいい。食欲も旺盛だ。

畔上は在宅中、いつもリキをケージから出してやっている。リキはひとしきり室内を飛び回り、飼い主の頭の上や肩口で翼を休めることが多い。

「リキ、また特命指令が下《くだ》ったんだ。出かけることが多くなるが、ちゃんと待ってられるよな」

畔上はペットに語りかけた。

「次の非番のとき、ショッピングにつき合ってくれる？」

「それじゃ、会話になってないじゃないか」

「わたし、新しいロングブーツが欲しいの。拳さん、買ってもいいでしょ？」

「リキ、おれを泣かせたいのか。もう朋美の真似はしないでくれ」

「いってらっしゃい！」

リキが脈絡もなく喋《しゃべ》った。畔上は苦く笑って、左肩を大きく上下させた。リキが羽ばたく。コーヒーテーブルの上に舞い降り、鑑識写真の束《たば》をついばみはじめた。

「こら、こら！」

畔上は掌《てのひら》で卓上を叩いた。驚いたリキが飛翔《ひしょう》し、ベランダ寄りの陽溜《ひだ》まりに着地する。午前十一時を回ったばかりだった。

畔上は鑑識写真の束を手に取った。あらかた死体写真だった。

三月十六日の午後十時四十分ごろに渋谷区桜丘町《さくらがおかちょう》の裏通りで撃ち殺された野中順司の頭部は、三分の一ほど消えている。至近距離から射殺されたことは間違いない。

痛ましすぎて、鑑識写真を長くは正視できなかった。

初動捜査及び第一期捜査では、加害者の目撃証言は得られていない。ただ、犯行時に乾いた銃声を聞いた近所の住民と通行人が四人いた。しかし、逃げる犯人の姿は誰も見ていなかった。

警察は当然、事件現場周辺に設置されている防犯カメラの画像をことごとくチェックした。だが、射殺犯と思われる人物はまったく映っていなかった。加害者は何かトリックを使って、素早く姿をくらましたのだろうか。

捜査情報によると、被害者の野中は都内にある私立大学を卒業した春に刑務官になっている。数年ごとに転勤し、ほとんど関東地方の刑務所で働いていた。

刑務官の中には服役囚に高圧的な態度をとる者がいるが、野中は常に相手の人権を尊重していたようだ。上司や同僚たちの評判は悪くなかったらしい。

被害者は満三十歳のとき、五つ年下の旧姓内海《うつみ》伊緒《いお》と結婚している。伊緒は独身時代、室内装飾会社のデザイン室で働いていた。二人はあるカルチャーセンターで顔見知りになり、惹《ひ》かれ合うようになったようだ。

射殺された野中は学生時代から文章を綴《つづ》ることが好きだったとかで、ノンフィクションライター養成コースを受講していた。伊緒のほうは、インテリアデザイナー養成コースの受講生だった。

二人は結婚後、しばらく仲睦《なかむつ》まじく暮らしていた。しかし、四年七カ月前に離婚してしまった。離婚の原因までは、捜査資料には記述されていない。

殺された野中は離婚する十カ月前に刑務官を辞め、フリーライターになった。実際に起こった犯罪を取材し、まとめた原稿を月刊誌、週刊誌、夕刊紙などに寄せていたようだ。

しかし、そうそう発表の場には恵まれなかった。原稿料収入は少なく、退職金を切り崩していたらしい。そんなことで、夫婦仲がしっくりいかなくなってしまったのだろうか。野中は離婚して発奮したようで、翌年には大手出版社から単行本を二冊刊行している。

どちらも犯罪ノンフィクション物だが、未解決の猟奇殺人事件を題材にした著書が六万部近く売れた。それがスプリングボードになって、野中は犯罪ジャーナリストとして次第に注目されるようになった。二年前からは原稿料と印税だけで生計を支えていたようだ。

捜査本部事件の被害者は、去年の夏から並行して二つの未解決事件を独自に調べていた。

一つは、マスコミで〝前科者狩り〟と報じられた三人の元受刑者の連続殺人事件だった。殺人者たちは仮出所して一年も経《た》たないうちに、なぜだか相次《あいつ》いで殺害された。報復殺人の疑いを持たれたが、未《いま》だにどの事件も解決していない。

もう一つは、都内で発生した五件の貴金属強奪事件だ。有名宝飾店に押し入った犯人グループは揃《そろ》ってフェイスキャップで顔を隠し、現場に指掌紋《ししょうもん》を一つも遺《のこ》していない。盗まれたのは、高額なピンクダイヤモンドと金の地金《じがね》だった。被害額は四億円近い。

警察は、プロの窃盗団をことごとく洗った。しかし、疑わしいグループは捜査線上に浮かばなかった。

渋谷署に置かれた捜査本部は、野中殺しの加害者は〝前科者狩り〟か連続貴金属強奪事件の関係者と睨《にら》んだ。本庁殺人犯捜査第三係と所轄署刑事課の刑事は、第一期捜査に励《はげ》んだ。だが、怪しい人物はいなかった。

畔上は煙草に火を点け、〝前科者狩り〟の捜査資料の文字を目で追った。

板橋区内で自動車修理工場を経営していた谷村一豊《たにむらかずとよ》が闇金業者の取り立て屋を文化庖丁《ぼうちょう》で刺し殺したのは、九年前の早春だった。取り立て屋は借金の形《かた》に谷村の娘を風俗店で働かせようとした。

それに憤《いきどお》って、借り主は二十五歳のチンピラを刺殺したわけだ。谷村はすぐに自首し、八年数カ月ほど服役した。仮出所してからは真面目《まじめ》に町工場で働いていた。だが、谷村は去年の六月に勤め先を辞めている。工場主は谷村が依願退職したと述べたそうだが、果たしてそうだったのか。

谷村は、去年の十月上旬に自宅アパートで何者かに絞殺された。享年六十一と記《しる》されている。

九年前に谷村に刺殺された今瀬志門《いませしもん》は、ある暴力団の準構成員だった。今瀬の実弟は鮨《すし》職人だが、ひどく短気らしい。良平《りょうへい》という名で、傷害で書類送検されたことがある。

今瀬良平は周囲の者たちに谷村が仮出所したら、兄の仇《かたき》を討つと洩《も》らしていたそうだ。しかし、当人にはれっきとしたアリバイがあったらしい。今瀬が第三者に代理殺人を依頼した可能性はゼロなのか。

　畔上はロングピースの灰を灰皿の中に落とした。

撃ち殺された野中は、今瀬良平が第三者に谷村を抹殺《まっさつ》させた証拠を摑《つか》んだのかもしれない。そうだとすれば、元刑務官は今瀬良平に口を封じられたとも考えられる。

　殺人罪で服役した元受刑者の本城幸範《ほんじょうゆきのり》は八年前の秋、妻の不倫相手を金属バットで撲殺《ぼくさつ》した。謹厳実直《きんげんじっちょく》なサラリーマンだった本城は愛妻を誘惑した当時、二十八歳のバーテンダー星淳《ほしあつし》が人妻を弄《もてあそ》んだことが赦《ゆる》せなかったのだろう。

　本城の妻は自分の背信を恥じたのか、夫が服役して間もなく睡眠薬自殺を遂げた。刑に服した夫は去年の春に仮出所し、倉庫会社で働きはじめた。だが、六月上旬には職場を去っている。その後、仕事はしていなかったそうだ。それでいて、生活費に困っている様子は見られなかったらしい。

　その本城は去年十月下旬のある深夜、自宅近くの路上で無灯火の乗用車に轢《ひ》き殺されてしまった。所轄署は星淳の血縁者を怪しんだようだが、本城轢殺《れきさつ》事件には誰も関与していないと結論を出した。

　同じく殺人罪で刑に服した古屋正康《ふるやまさやす》は何もかもが裏目に出ることに自棄《やけ》を起こして、

通り魔殺人事件を品川署管内で引き起こした。七年十カ月前のことだ。古屋はたまたま通りかかったＯＬの山岸綾乃《やまぎしあやの》の頸部《けいぶ》に洋弓銃《ボウガン》の矢を射《う》ち込んだ。失血死した被害者は二十四歳になったばかりだった。

綾乃は五カ月後に予備校講師の春日勉《かすがつとむ》、三十九歳と結婚することになっていた。通り魔殺人事件で婚約者を喪《うしな》った春日は、いつか犯人の古屋を殺すと洩らしていたそうだ。事実、古屋が去年の四月に仮出所すると、予備校講師は元受刑者を尾《つ》けつづけていたという。

古屋が何者かに射殺されたのは、昨年十一月の上旬だった。その日の春日のアリバイは立証された。実行犯ではあり得ない。

ただ、捜査情報資料には気になる記述があった。春日の母方の従兄《いとこ》の和気芳紀《わきよしき》、四十五歳は武闘派やくざだった。殺人未遂罪で実刑を喰《く》らったこともある。

予備校講師は、従兄の和気に古屋を亡《な》き者にしてくれと頼んだのか。和気のアリバイの裏付けは取れていない。古屋殺害事件の凶器は、ライフルマークからタウルスＰＴ99と判明している。

「本部事件の凶器と同一だな」

畔上は声に出して呟き、短くなったロングピースの火を灰皿の底で揉《も》み消した。

やくざの和気が拳銃を不法所持していることは充分に考えられる。そのハンドガンがブラジル製のタウルスＰＴ99だとしたら、和気が従弟の春日に頼まれて古屋を撃ち殺した疑いは拭《ぬぐ》えない。

畔上はそこまで考え、素朴な疑問を感じた。

三人の元受刑者は仮出所後、相次いで殺された。和気が古屋にフィアンセを殺された従弟に同情したことは想像に難くない。しかし、谷村や本城とは何も利害関係がないわけだ。その二人を和気が始末したとは考えにくいだろう。

三人の元殺人罪受刑者は同一犯人によって、〝処刑〟されたと筋を読むべきではないか。そう推測したほうが自然だ。

畔上は、古屋と野中がタウルスＰＴ99で射殺された事実に拘《こだわ》らざるを得なかった。武闘派やくざの和気は、殺人者は死刑にすべきだと考えていたのだろうか。

殺人を犯したにも拘らず谷村一豊、本城幸範、古屋正康の三人は十年も服役しないうちに揃《そろ》って仮出所している。保護観察中に法律を破らなければ、それで晴れて自由の身だ。

和気はそれでは罪が軽すぎると憤慨《ふんがい》し、三人の殺人者を私的に裁《さば》く気になったのか。そのことを元刑務官の野中に勘づかれ、やむなく武闘派やくざは犯罪ジャーナリストも射殺してしまったのだろうか。わからない。

畔上は唸《うな》って、腕を組んだ。

捜査に予断は禁物である。事実だけを整理してみる。野中順司は〝前科者狩り〟と並行する形で、五件の貴金属強奪事件を調べていた。

被害に遭《あ》った貴金属店は銀座、上野、池袋、新宿、渋谷と分かれていて、どこかの系列店ではない。おのおの独立した大型宝飾店だった。それぞれ支店もある。

五店に共通しているのは、たったの一点だ。被害店は、いずれも大手の東西《とうざい》警備保障にセキュリティーの管理を委託《いたく》していた。

そのことから、各所轄署は警備保障会社の社員が窃盗グループを手引きしたのではないかと疑った。しかし、ガードマンが犯人グループに協力した事実はなかったと記《しる》されている。

捜査が甘かったのではないか。そうではなく、東西警備保障の社員たちは潔白だったのだろうか。

窃盗グループの手口は五件とも同じだった。まずセキュリティーシステムを誤作動《ごさどう》させ、オフになった数分の間に店内に侵入し、高価なピンクダイヤモンドと金のインゴットをすべて持ち去っている。

犯行時、店内の防犯カメラは一台も作動していなかった。予《あらかじ》め細工をしていたことは明白だろう。そのことから、各所轄署は貴金属店の従業員たちの私生活も探《さぐ》った。だが、犯罪者と接点のある者はいなかった。

畔上は第一期捜査資料を読みながら、東西警備保障や五つの貴金属店の元従業員の交友関係を念入りに調べていないことが気になった。セキュリティーシステムを毎年入れ換える貴金属店は稀《まれ》も稀だろう。

耐用年数が一年や二年とは思えない。ならば、警備保障会社や宝飾店の元従業員でも使用中のセキュリティーシステムのことはよく知っているはずだ。窃盗グループが、元ガードマンや貴金属店の元従業員を抱き込んだ可能性もあるのではないか。

各所轄署は言うまでもなく、盗まれたピンクダイヤモンドや金の延べ棒の行方を追った。盗品をこっそり買い取っている故買屋《こばいや》を虱潰《しらみつぶ》しに当たったようだが、事件絡《がら》みの貴金属は一つも見つからなかった。

強奪犯たちは盗んだ品物を外国人の貴金属商か、宝石ブローカーに売り捌《さば》いたのではないか。日本人の故買屋にはたいがい犯歴がある。うっかりそんな相手に盗品を引き取ってもらったら、足がついてしまう。

元刑務官の野中は、捜査関係者に知り合いが大勢いたにちがいない。故人は単独取材を重ね、貴金属強奪グループを突き止めたのか。そして、不幸にも命を奪われることになったのだろうか。

どう動くべきか。

畔上は頭の中で段取りをつけはじめた。それから間もなく、サイドテーブルの上で私物の携帯電話が振動した。マナーモードにしてあった。

携帯電話を摑み上げ、ディスプレイに目をやる。なんと発信者は佐伯真梨奈だった。

「やあ！」

畔上は、弾んだ声で応じた。

「昨夜《ゆうべ》は本当にありがとうございました」

「きのう、店で礼を言ってもらったじゃないか。影山の旦那がきみに何か仕返しするようだったら、すぐ教えてくれないか。もっと懲《こ》らしめてやるよ」

「きのうのことでは、とても感謝してます。だけど、わたし、まだ畔上さんのことを恨《うら》んでますから」

「そうだろうな。当然だよ。好きだった彼氏との仲をおれが引き裂いちゃったんだからな。きみに一生、恨まれても仕方ないと思ってる。だけどね、瀬戸弘也はこの世にいないんだ。悲しみを乗り越えて、少しずつ以前のきみに戻ってもらいたいな」

「無理です」

真梨奈が硬い声で言った。

「どうして？」

「『エトワール』で畔上さんと顔を合わせてたら、どうしても弘也さんのことを思い出しちゃうわ」

「そうか、そうだよな。おれは二人の恋路を邪魔したから、真梨奈ちゃんが元気を取り戻すまで見守る義務があると思ってるんだよ」

「善人ぶるのはやめてください。畔上さんは、弘也さんにわたしから遠ざかれって言ったんでしょ？　恋仲だった二人をお為《ため》ごかしに引き離すなんて陰険ですよ。偽善者ですっ」

「偽善者とは手厳しいな」

「畔上さんにお願いがあるんです。わたしが『エトワール』でピアノの弾き語りをしてる月水金は、できればお店には来ないでほしいんですよ。とても身勝手なお願いなんですけど」

「そんなにおれが疎《うと》ましいなら、飲みに行くのは火曜日か木曜日にするよ」

「そうしていただけると、ありがたいですね。わがままを言って、ごめんなさい」

「いいさ」

畔上はことさら明るく言って、先に電話を切った。

真梨奈の申し出はショックだった。自分は善人ぶって、親切の押し売りをしてしまったのか。そういう自覚はなかったが、恋路の邪魔をする気になった因《もと》は嫉妬《しっと》心だったのだろうか。真梨奈に、そう邪推されても仕方がない。

彼女が迷惑がることはしたくなかった。行きつけのクラブに顔を出すのは、火曜日か木曜日の晩にすることにした。

畔上はソファから立ち上がって、寝室に移った。亡妻のベッドが置かれていた場所には、小さな祭壇がしつらえてある。

といっても、遺影と花器が載《の》っているだけだ。無宗教だった朋美の遺志通りに戒名《かいみょう》は貰わなかった。亡妻の望んだまま、樹木葬《じゅもくそう》にした。遺骨は桜の巨木の下に埋まっている。

「また特命捜査に駆り出されたよ」

畔上は遺影に笑いかけ、身仕度に取りかかった。

3

車を路肩《ろかた》に寄せる。

南青山三丁目の裏通りだ。目的のインテリアデザイン会社は、雑居ビルの六階にあった。

畔上はジープ・チェロキーの運転席から出た。黒のジャケットを縞柄《しまがら》のワイシャツの上に羽織《はお》っていた。下はオフホワイトのチノクロスパンツだ。

午後十二時半過ぎだった。

畔上は雑居ビルに入り、エレベーターで六階に上がった。『内海プランニング』は、エレベーターの近くにあった。野中の元妻が経営しているインテリアデザイン会社だ。

捜査本部は当然、内海伊緒から聞き込みをしていた。だが、何も手がかりは得られていない。

しかし、何か聞き洩《も》らしているかもしれなかった。そんなわけで、畔上は捜査本部事件の被害者の元妻に会ってみる気になったのだ。

『内海プランニング』のインターフォンを鳴らす。待つほどもなくスピーカーから、女性のしっとりとした声が流れてきた。

「どなたでしょうか？」

「フリーライターの津上《つがみ》といいます。内海伊緒さんにお目にかかりたいのですが、おいでになります？」

畔上は偽名を騙《かた》り、早口で問いかけた。

「わたし、内海です」

「ご本人でしたか。亡くなられた野中さんはライター仲間で、割に親しかったんですよ」

「そうなんですか」

「かってのご主人が先月十六日の夜、渋谷の裏通りで何者かに射殺されたことは当然、ご存じですよね」

「ええ、マスコミで大きく報じられましたんで。それから、渋谷署と警視庁捜査一課の刑事さんが聞き込みにも訪れました」

「でしょうね。わたし、野中さんを殺した犯人を自分の手で突き止めたいと考えてるんですよ。彼は戦友みたいなものでしたからね。内海さん、どうかご協力を……」

「わかりました」

スピーカーが沈黙した。待つほどもなくクリーム色のスチールドアが開けられた。応対に現われた内海伊緒は、美しくて若々しい。とても三十七歳には見えない。

畔上は偽名刺を伊緒に手渡した。住所はでたらめだったが、携帯電話番号は正しかった。

「どうぞお入りになって。四人の社員は、昼食を摂《と》りに外に出てますんで」

伊緒が体を反転させ、オフィスの奥に向かった。

三十五畳ほどの広さで、ほぼ中央に四卓の事務机が並んでいる。奥まった場所に社長席があった。

女社長が応接セットの横で立ち止まった。

畔上は目礼し、ふっかりとしたソファに腰を落とした。総革張《そうかわば》りのソファだった。色はアイボリーだ。

「日本茶よりも、コーヒーのほうがよろしいかしらね」

「どうかお構いなく」

「よろしいんですの？」

伊緒が短く迷ってから、向かい合う位置に浅く坐った。砂色のテーラードスーツ姿だった。どこか雰囲気は柔らかい。

「野中さんとは、四年七カ月前に離婚されたとか？」

「ええ、そうです。野中、いいえ、野中さんは妻だったわたしに相談もなく、勝手に刑務官を辞めてしまったんですよ。その前から気持ちがなんとなく寄り添わなくなっていたんですけど、ひどすぎるとは思いません？」

「そうですね」

「彼はずっと以前から、フリーライターになりたがってました。でも、事後承諾《じごしょうだく》では妻として傷つきます。わたしが夫の転職に反対したとしても、一度ぐらいは相談すべきだったでしょ？」

「ええ、事後承諾はまずいですね」

「わたし、連れ合いとして無視されたことが悲しかったんです。腹も立ちましたね。それでも、しばらく我慢してたんですよ」

「しかし、気持ちはどんどん離れてしまった？」

「ええ、そうなんです。ですんで、わたしのほうから別れ話を切り出したんですよ。彼はびっくりしてましたが、あっさりと離婚に応じてくれました。妻よりも自分の夢を追うほうが大事だと思ったんでしょうね」

「そうなんだろうか」

畔上は、そうとしか言えなかった。

「多分、そうなんだと思いますよ」

「離婚されてから、野中さんと何度か会われたんですか？」

「いいえ、一度も会ってません。電話で喋ったこともないの」

「そうなんですか」

「ですから、元夫が誰に撃ち殺されたのか見当もつきません。警察の方に野中さんが三人の元受刑者が次々に殺された事件、それから五件の連続貴金属強奪事件を調べてたという話はうかがいましたけど、そのことも知らなかったんですよ」

「そうですか」

「津上さんでしたわね。あなたは、野中さんを殺した犯人は誰だと推測されてるんです？」

伊緒が訊《き》いた。

「まだ死の真相を探《さぐ》りはじめたばかりなんで、何とも言えませんね。ただ、第六感では二つの未解決事件に関わりのある者が臭《くさ》いような気がしてます。しかし、別に根拠があるわけではないんですよ」

「元受刑者が三人も仮出所してから次々に命を奪われたんですが、その前科者たちはそれぞれ人殺しをしてます。三人に殺害された被害者の家族か、恋人が殺人者狩りをしたんじゃないのかな。野中さんはそのことを調べ上げたんで、報復殺人の犯人に口を塞《ふさ》がれてしまったんじゃありません？」

「そういう推測もできますよね。しかし、同一犯人が相次いで三人の人殺しを処刑したとは考えにくいな」

「そうでしょうか。報復殺人を企《くわだ》てた者がいたとすれば、自分が捜査当局に疑惑の目を向けられることを恐れて、仕返しの対象者以外の元受刑者も殺害したのかもしれませんよ」

「なるほど、そうも考えられないことはないな」

「報復殺人の実行犯はどんな理由があったにしろ、人殺しは抹殺すべきと考えてたんではないでしょうか。そうだとしたら、個人的な恨みや憎しみがなくても、ほかの二人の元受刑者も葬《ほうむ》ったと考えられますでしょ？」

「ええ、そうですね」

「野中さんは、何とかというブラジル製の拳銃で頭を撃ち砕《くだ》かれたらしいから、犯人は堅気ではない気がします」

「内海さん、そうとは限らないんですよ。昔と違って、いまはごく平凡な市民が銃器を隠し持ってる時代です。その気になれば、ネットで海外からピストルを入手できます。分解した部品を何回かに分けて国際宅配便で送ってもらった事例は、一件や二件ではないんです」

「物騒《ぶっそう》な世の中になったのね」

「もっと警察が手厳しく取り締まらないと、いつか日本もアメリカみたいに銃社会になってしまうかもしれないな」

「その前に、なんとかしてもらいたいわ」

「そうですね。ところで、射殺された野中さんは五件の連続貴金属強奪事件のことも取材してたはずです」

「警察の方も、そうおっしゃってましたね。野中さんは、ライター仲間のあなたに取材内容を明かしたことはないんですか?」

「わたしたちは親しくしてましたが、同業のライバルでもあったわけです。どちらも取材してる内容をつぶさに明かすなんてことはありませんでした。そんなに無防備だったら、スクープ種《ネタ》を先に記事にされかねませんでしょ?」

「あっ、そうですね。五つの宝飾店に押し入って、ピンクダイヤモンドや金の地金をごっそりと奪った窃盗団一味は犯罪のプロなんではないのかしら?」

「ええ、そうなのかもしれません」

「そういう人たちは保身のためなら、殺人も厭《いと》わないんではありません？　もしかしたら、野中さんは強盗団のメンバーに始末されたのかもしれないな」

「それも考えられますね。それはそうと、あなたは島根の松江《まつえ》で営《いとな》まれた野中さんの葬儀に列席されたんでしょ？」

畔上は確かめた。

「いいえ、野中さんの実家には行きませんでした。彼の実家に弔電《ちょうでん》を打って、香典は送りましたけどね」

「そうだったんですか」

「元妻のくせに、ずいぶん薄情だと思われたんでしょうね。言い訳になりますけど、どうしても時間の都合がつかなかったんですよ。あるシティホテルのグリルの内装デザインを頼まれて、その作業に追われていたの。野中さんの両親と跡取りの長男夫婦には情《じょう》のない女だと思われたでしょうが、大きな仕事だったんです。それだから、手を抜くわけにはいかなかったんですよ。頑張ったおかげで、大きな実績になりました」

「そうした事情があったんなら、仕方なかったんじゃないのかな」

「そう思うことにしてます。まだ社員は四人しかいませんが、会社の年商をアップさせたいの」

「会社経営者なら、誰もがそう思ってるでしょう。あなたが元夫の告別式に顔を出さなかったことを非難する者がいても、気にすることはありませんよ」

「ええ、図太く構えることにします。せっかく来られたのに、なんのお役にも立てなくて、ごめんなさいね」

「こちらこそアポなしで押しかけて、ご迷惑だったと思います」

「いいえ。警察がもっと早く野中さんを殺した犯人を捕まえてくれると期待してたんですけど、まだ重要参考人も絞ってないようですね。警察は頼りにならないと言うわけではありませんが、津上さん、一日も早く彼を射殺した犯人を見つけてください。お願いします」

伊緒が頭を下げた。

「素人《しろうと》探偵ですから、どこまで事件の核心に迫れるかわかりません。ですが、もちろんベストは尽くします」

「とにかく、野中さんを一日も早く成仏《じょうぶつ》させてやってください。彼とは離婚してしまったけど、かつてはわたしたち、夫婦だったんですから」

「できるだけのことはやってみますよ」

畔上は約束して、ソファから勢いよく立ち上がった。『内海プランニング』を出て、エレベーターで階下に下《くだ》る。

雑居ビルを出たとき、私物の携帯電話に原から連絡があった。

「畔上《アゼ》さん、特命指令の内容を教えてくださいよ」

「いま、原ちゃんに電話しようと思ってたんだ」

畔上は四輪駆動車の運転席に乗り込み、詳しい話を伝えた。

「こっちの勘だと、元刑務官の野中順司は元受刑者を手にかけた加害者に殺《や》られたような気がするな。そいつは、今後も刑務所を出た人殺しをひとりずつ処刑していくつもりなんでしょう。だけど、目的を果たす前に野中に犯行を知られてしまった。それで、やむなく元刑務官の口を封じたんではありませんかね」

「谷村、本城、古屋の元受刑者が仮出所する前に、殺人罪で刑に服した奴らが何人かいる。しかし、その連中は命を狙われていない。犯人《ホシ》が人殺したちの抹殺を企《たくら》んでるとしたら、そうした連中はすでに処刑されてるんじゃないのか」

「畔上《アゼ》さんにそう言われると、自信が揺らぐな。でも、始末された三人の元受刑者は、それぞれ一面識もなかったんでしょ？」

原が訊《たず》ねた。

「渡された捜査資料によると、三人は別々の刑務所で刑期《ツトメ》を果たしてる。服役前には会ったこともないはずなんだ」

「そうなら、谷村たち三人はやはり誰かに抹殺されたんでしょうね。人殺しを目の仇《かたき》にしてる犯人が去年の十月上旬に谷村を自宅アパートで絞殺し、次に本城と古屋の命を奪った。畔上《アゼ》さん、やっぱり殺人者たちの抹殺が犯行動機なんだと思いますよ」

「原ちゃん、そう結論を急がないでくれ。特命捜査は、はじまったばかりなんだ」

「そうでしたね。おれは何を手伝えばいいんです？」

「そっちの手を借りたいときは、遠慮なく声をかけさせてもらうよ」

「わかりました。それじゃ、おれは待機してます」

「そうしてくれないか。話は飛ぶが、今朝《けさ》、真梨奈ちゃんから電話があったんだ」

「きのうの晩、影山のおっさんを『エトワール』から摘《つま》み出してくれたんで、彼女、畔上さんと仲直りしたくなったんでしょ？」

「その逆だったよ。真梨奈ちゃんは影山の件では謝意を表してくれたんだが、月水金は店に来ないでくれとはっきりと言った」

「まだ真梨奈ちゃんは、インテリやくざの件で根に持ってるのか。案外、彼女、執念深いんだな」

「それだけ彼女は、死んだ彼氏にのめり込んでたんだろう。瀬戸弘也はおれの頼みを聞き入れて、真梨奈ちゃんから遠のいてくれた。だが、真梨奈ちゃんは瀬戸の想いが萎《しぼ》んだわけではないと感じ取ったんだろうな。だから、二人の仲を無理に引き裂いたおれが憎くてたまらないにちがいないよ」

「真梨奈ちゃんは、もう小娘じゃありません。瀬戸が好漢であっても、そこまで熱い気持ちになるなんて分別が足りないな。一途《いちず》になるのは結構だけど、相手は仁友会《じんゆうかい》の企業舎弟《フロント》の社長だったんです。いずれ刑務所に送られるかもしれない相手にのぼせてたら、いまに不幸になることぐらいはわかりそうだがな」

「真梨奈ちゃんが、そういうことを予測できないわけはない。たとえ瀬戸が経済事案《じあん》で実刑判決を受けることになっても、彼女はひたすら愛《いと》しい男を待つ気でいたんだろう」

「恋愛って、恐ろしいな」

「そうだね。誰かに本気で惚れると、人は狂ってしまう。理性が鈍《にぶ》り、感情が先走るからな」

「ええ、そうですね。で、畔上《アゼ》さんはどうするんです？」

「これからは、火曜日か木曜日に『エトワール』に行くよ。真梨奈ちゃんの弾き語りは楽しみだったんだがな」

「彼女の申し入れなんか無視して、行きたいときに『エトワール』に顔を出せばいいじゃないですか。おれたちは客なんです。妙な遠慮なんかする必要はありませんよ」

「その通りなんだが、真梨奈ちゃんを困らせたくないんだ」

「畔上《アゼ》さんは気が優しいな。善人すぎますよ」

「よせやい。おれは、真梨奈ちゃんが前向きになるまで見届けてやりたいだけさ。それだけなんだ」

「おれ、畔上《アゼ》さんにつき合って、今度っから火曜か木曜の晩に『エトワール』に行きますよ。彼女の歌を聴けないのは、ちょっぴり残念ですけどね」

「原ちゃんは、好きなときに飲みに行けばいいさ」

「いや、おれも火曜日か木曜日に店に行きます」

「原ちゃんは、つき合いがよすぎるよ」

畔上は微苦笑《びくしょう》して、携帯電話の通話終了キーを押した。携帯電話を懐《ふところ》に戻したとき、物陰からジープ・チェロキーをうかがっている男に気づいた。
三十八、九歳だろうか。どこかで見た記憶があったが、とっさには思い出せなかった。

畔上はごく自然に車を降り、不審者のいる場所に向かった。
十四、五メートル進むと、正体不明の男が急に引っ込んだ。畔上は駆けはじめた。前髪が逆立《さかだ》ち、衣服が肌にまとわりつく。疾走して、そのまま脇道に走り入る。
怪しい人影は、すでに搔《か》き消えていた。

畔上は死角になる場所に身を潜《ひそ》め、五分ほど待ってみた。しかし、気になる男は戻ってこなかった。

畔上はジープ・チェロキーに戻り、四谷に向かった。谷村一豊に九年前に刺殺された今瀬志門の実弟の良平は、四谷三丁目交差点近くの鮨屋『若竹鮨《わかたけずし》』で板長《いたちょう》をしている。第一期捜査で今瀬良平、三十二歳のアリバイは立証された。

実行犯でないことは確かだろう。だが、誰かに谷村を片づけさせた可能性はゼロと決まったわけではない。畔上は、ちょっと揺さぶりをかけてみる気になったのだ。

『若竹鮨』を探し当てたのは二十四、五分後だった。

専用捜査車輛を店の数十メートル先に駐《と》め、畔上は運転席を離れた。通行人の振りをして、『若竹鮨』の店内を覗《のぞ》く。

付け台の前には誰も向かっていなかったが、テーブル席に三組の客がいた。畔上は身を翻《ひるがえ》し、車の中で三十分ほど時間を遣《や》り過ごした。

またもや車を降り、『若竹鮨』に急ぐ。もう客は誰もいない。

畔上は店の中に入った。付け台の向こうには二十代と思われる鮨職人が立っていた。二人だった。

「いらっしゃい！」

「客じゃないんです。読毎《よみまい》日報の社会部の者なんですが、板長の今瀬良平さんにお目にかかりたいんですよ」

畔上はにこやかに言った。鮨職人たちが顔を見合わせる。すぐに片方が奥に走った。

数分待つと、奥から三十二、三歳の男が姿を見せた。角刈りで、男臭い顔立ちだった。上背もある。

「今瀬良平です。読毎日報社会部の記者さんだとか？」

「ええ、そうです。津上という者です。九年前に谷村一豊に殺害された……」

「その件でしたら、表で話しましょう」

「そのほうがいいだろうな」

畔上は『若竹鮨』を出て、数軒先の不動産屋の前にたたずんだ。今瀬が追ってくる。

二人は舗道の端で向かい合った。

「九年前におたくの兄さんは自動車修理工場の経営者が借金の返済を滞《とどこお》らせたんで、借り主の娘を風俗店で働かせると脅迫したようだね。それで谷村一豊は逆上し、今瀬志門さんを文化庖丁で刺し殺した」

「集金を任されてた兄貴がちょっと凄《すご》んだことは間違いないんだろうけど、本気で借り主の娘を風俗店で働かせようとなんて思ってなかったはずですよ」

「ただの威《おど》しだったかどうかは別にして、谷村はおたくの兄さんを刺殺した」

「ええ、そうですね。兄貴の取り立ては厳しかったのかもしれないけど、何も殺すことはないでしょ。兄貴は、まだ二十五だったんです。あまりにも早すぎる死ですよ。兄貴には、好きな女もいたんだ。無念だったと思います」

「おたくは実兄が若くして死んだことで、谷村一豊に報復する気になったんじゃないのかい？　去年の十月上旬に、谷村が豊島区内の自宅アパートで何者かに絞殺されたことは知ってるね？」

「ええ、知ってますよ」

「おたくにアリバイがあったことは、もう取材済みなんだ。そっちが谷村を殺《や》った実行犯ではないことはわかってる。ただ、その気になれば、第三者に殺人《コロシ》を頼むこともできるわけだ」

「ちょっと待ってください。おれ、兄貴を死なせた谷村を殺してやりたいと思うぐらいに憎んでましたよ。兄貴は半グレだったけど、弟思いだったんでね」

「まだ確証は得てないんだが、おたくがネットの裏サイトで殺し屋を捜してたって情報があるんだよ」

畔上は鎌をかけた。違法捜査だが、時間が惜《お》しかった。

「おれ、アナログ人間なんですよ。ガラパゴスと言われてる旧型の携帯は使ってるけど、パソコンは苦手なんです。だから、ネットの裏サイトにアクセスすることもできないんですよ。もちろん、書き込みもね」

「まだ若いのに、珍しいな。五、六十代だと、デジタルに弱い者が三分の一ぐらいいるようだが……」

「嘘だと思うなら、店の者たちに確かめてもらってもいいですよ」

「パソコンを扱い馴《な》れてる奴に裏サイトに書き込みを頼んだと疑えないこともないな、意地の悪い見方をすればね」

「まだ信用してくれないのか。なら、一緒に店に戻ってくださいっ」

今瀬が口を尖《とが》らせた。

「おたくが言った通りなら、こっちは虚偽情報《ガセネタ》を摑まされたことになるな」

「そうに決まってますよっ。おれ、誰かに谷村を殺《や》ってくれなんて絶対に頼んだりしてないって。嘘じゃない」

「そっちの言葉を信じよう。もう店に戻ってもいいよ。悪かったな」

畔上は謝罪した。

今瀬が畔上を睨《ね》めつけてから、怒った顔で踵《きびす》を返した。畔上は今瀬の後ろ姿に目を当てながら、少し落胆した。

捜査は無駄の積み重ねだ。いちいち気落ちしていては前に進めない。

畔上は気を取り直し、捜査車輛に足を向けた。

4

人っ子ひとり見当たらない。

桜丘町の裏通りだ。JR渋谷駅から数百メートルほど離れているだけだが、ひっそりと静まり返っている。

畔上は、野中が射殺された場所に立っていた。

午後一時二十分過ぎだった。四谷から事件現場にやってきたのである。

路面の血痕は消えていた。殺人現場の痕跡は少しもうかがえない。

事件当夜、被害者はなぜ現場の裏通りを歩いていたのか。

野中の自宅マンションは北区赤羽《あかばね》にある。取材中の事件関係者が、この近くに住んでいたのだろうか。これまでの捜査本部の調べによると、野中が頭部を撃たれた瞬間を目撃した者はいなかった。複数の人間が銃声を聞いたと証言しているだけだ。

遺留品の薬莢《やっきょう》には、まったく指掌紋《ししょうもん》は付着していなかった。加害者が犯行後に、自分の指紋と掌紋を拭《ぬぐ》ったと思われる。

畔上は無駄と知りつつ、現場付近で聞き込みを重ねてみた。野中の旧友になりすまして、雑居ビルやマンションを訪ね歩いてみたのだ。

やはり、徒労《とろう》に終わった。

畔上は自分を奮《ふる》い立たせ、去年の十月下旬に無灯火の乗用車で轢き殺された本城幸範の実家に向かった。目黒区大岡山《おおおかやま》二丁目にある実家に着いたのは、午後四時数分前だった。

畔上は読毎日報社会部記者になりすまして、本城の母親に面会を求めた。八十歳近い母は快《こころよ》く畔上を茶の間に迎え入れてくれた。

「所轄署から捜査状況の報告はありますか？」

「一月の中旬に電話がありましたけど、捜査は進展してないようですよ」

「そうですか。塗料片から加害車輌が白のアリオンとわかってるはずなのに、警察はもたついてるんだな」

「幸範は妻の浮気相手のバーテンダーを金属バットで撲殺してしまったから、罰《ばち》が当たったんでしょう」

「しかし、息子さんは真面目に服役して、去年の春に仮出所してます。ちゃんと罪を償ったんですから、星淳さんを殺害したことでいつまでも負い目を感じることはありませんよ」

「ええ、ですけど……」

「幸範さんは仮出所して間もなく、倉庫会社で働くようになりましたよね。担当の保護司の世話で就職したんですか？」

「いいえ、そうではありません。求人誌を見て、息子は面接に出かけたんですよ。前科歴を隠すため、長いことパニック障害に悩まされてたと嘘をついて就職したんですよね」

「働き口が見つかると、幸範さんは実家《ここ》を出て目黒区原町《はらまち》二丁目にアパートを借りたんでしょう？」

「ええ、そうです。わたしは、息子にこの家にいてもかまわないと言ったんですよ。だけど、わたしまで白眼視されるのは避けたいからと……」

「これまでの取材で、幸範さんが去年の六月には倉庫会社を辞めてることがわかってるんですよ。なぜ、仕事を辞めたんですかね。そのあたりのことをお母さんに話しませんでした？」

「フォークリフトの免許がないんで、力仕事ばかりさせられてたようです。もう息子も若くないんで、重労働に耐えられなかったんでしょうね」

「そうなんだろうか」

「倉庫会社を辞めてからは、便利屋みたいなことをして生活費を稼いでいたようです。粗茶ですけど、どうぞ」

本城の老《お》いた母が緑茶を勧めた。

「息子さんが殺人容疑で逮捕されたとき、星淳さんの遺族から脅迫めいた電話がかかってきたことは？」

「星淳さんの母親が一度怒鳴《どな》り込んできて、わたしに『人殺しの倅《せがれ》に毒入り弁当を差し入れて、あんたも首を括《くく》りなさいよ』と……」

「その後、脅迫や厭《いや》がらせは？」

「いいえ、そういったことはありませんでした」

「そうですか。倉庫会社を辞めてから、息子さんの暮らし向きはどうでした？」

「生活費に困ってる様子はなかったわね。むしろ、ゆとりがありそうだったわ。わたしに大島紬《おおしまつむぎ》の着物をプレゼントするなんて真顔《まがお》で言ってましたんで」

「息子さんは、裏便利屋めいたことをしてたんだろうか。いただきます」

畔上は日本茶を啜《すす》った。

「法律に触《ふ》れるようなことをしてたのかもしれませんね、幸範は。だから、息子は去年の十月下旬に車で撥《は》ねられて死んでしまったんじゃないのかしら？　幸範は麻薬の運び屋か何かをやってたのかもしれません。殺人罪で服役した事実は消えないんで、倅は捨て鉢になったんでしょうかね」

「お母さん、息子さんの知り合いに谷村一豊と古屋正康という元受刑者はいませんでした？」

「そういう名の知人はいなかったと思います。その二人の名前、どこかで聞いた覚えがあるわね」

「息子さんと同じように、谷村と古屋は仮出所して一年も経《た》たないうちに何者かに殺害されてしまったんですよ」

いわね」

「そうなの。それじゃ、息子はその二人と共謀して何か悪事を働いてたのかもしれな
「三人に接点はなかったんですよ。それぞれ違う刑務所で服役してたんで、知り合うチャンスはなかったはずなんです」

「なら、三人がつるんで悪いことをしてたんではないのね」

本城の母が言って、急須《きゅうす》を見つめた。ありし日の息子の顔が脳裏《のうり》に浮かんだのかもしれない。

「お母さん、野中順司というフリージャーナリストがこの家を訪ねてきたことはありました？」

「いいえ。その方、先月の中旬に渋谷の裏通りで射殺されたんじゃなかったかしら」

「その通りです。野中順司は犯罪ジャーナリストで、人を殺した元受刑者が相次いで殺された事件を取材してたんですよ。一部のマスコミが〝前科者狩り〟と報じた一連の犯罪です」

「その方は、息子たち元受刑者を殺した犯人を突き止めたんでしょう。それだから、殺害されたのかもしれませんよ」

「その可能性はあると思います。取材に協力していただいて、ありがとうございまし

た」

畔上は礼を言って、座蒲団《ざぶとん》から腰を上げた。

老女に見送られ、本城宅を辞する。畔上はジープ・チェロキーに乗り込むと、捜査資料のファイルを開いた。八年前の秋に殺された星淳の実家の電話番号は記《しる》してあった。

畔上は星宅に電話をかけた。受話器を取ったのは中年女性だった。

「わたし、『週刊トピックス』の特約記者なんですが、星淳さんのお母さんでしょうか？」

「はい、そうです」

「実は、怪情報が拡《ひろ》まってるんですよ」

「怪情報⁉」

「そうです。八年前の秋、息子さんは本城幸範に金属バットで撲殺されましたよね？」

「ええ」

「本城は去年の春に仮出所したわけですが、十月の下旬に無灯火の車に轢き殺されました」

「そうみたいね。そのことは、テレビのニュースで知りました。淳を殺した犯人が死んだとわかって、いい気味だと思ったわ」

「怪情報というのは、あなた方遺族が殺し屋を雇って本城を轢殺させたんじゃないかって内容なんですよ」

畔上は作り話を喋った。さすがに後ろめたかったが、時間を無駄にしたくなかった。

「ばかなことを言わないでちょうだい。わたしたち家族が淳を殺した本城を憎んでたことは認めるわ。息子は別に本城の奥さんを誘惑したわけじゃないの。相手に言い寄られて、男女の関係になったようなのよ。ある意味では、淳は犠牲者よね。奥さんがいけないのに、本城幸範は勝手に淳が人妻を誑《たぶら》かしたと思い込んで、凶行に走ったんだと思う」

「そうなんですかね」

「ええ、そうよ！　淳を殺されたんで、わたしや夫はもちろん、娘も本城をずっと恨んできたの。だけど、報復殺人なんて企《たくら》むわけないでしょ。わたしたち遺族が殺し屋を雇ったなんて話は悪質なデマよ」

「まるで覚えがないんですね？」

「当たり前でしょうが！　怪情報を流したのは、どこの誰なの？　告訴してやるわ。

ね、教えてちょうだい」

相手が怒気を孕《はら》んだ声で言った。

「情報源を明かすことはできないんですよ」

「謝礼を払うから、こっそり教えてほしいの。星家の名誉に関わることだから、お金は惜しまないわ」

「失礼します」

畔上は通話を切り上げ、携帯電話の電源を切った。携帯電話を上着の内ポケットに戻し、ふたたび捜査資料に目を落とす。

七年十カ月前に婚約者の山岸綾乃を殺された春日勉の母方の従兄である和気芳紀は、住川会《すみかわ》小松《こまつ》組の大幹部だった。

畔上は、小松組の組事務所が新宿の歌舞伎町二丁目にあることをすでに確かめていた。通り魔殺人事件の加害者の古屋正康は、タウルスＰＴ99で射殺された。捜査本部事件の凶器と同型の拳銃が使われたわけだ。

武闘派やくざの和気が従弟の春日に頼まれて、古屋を撃ち殺した可能性はある。探りを入れてみるべきだろう。

畔上はイグニッションキーを捻《ひね》って、四輪駆動車を発進させた。最短コースを選んで、新宿に向かう。

小松組の組事務所に着いたのは、およそ四十分後だった。

組事務所は、さくら通りに面していた。六階建ての持ちビルだ。ビルの前には、黒塗りのベンツが二台駐《と》めてあった。

代紋《だいもん》や提灯《ちょうちん》は掲《かか》げられていないが、防犯カメラが四台も設置されている。一階の窓の半分は、分厚い鉄板で覆《おお》われていた。一般のオフィスビルとは、明らかにたたずまいが違う。

畔上は、ジープ・チェロキーを組事務所の数軒先の飲食店ビルの前に停止した。あたりを見回してから、グローブボックスの蓋《ふた》を開ける。

畔上は手早くグロック32を摑み出し、ベルトの下に差し込んだ。弾倉《マガジン》には十五発詰めてある。ごく自然に車を降り、大股で小松組の組事務所に向かう。

エントランスロビーに足を踏み入れると、奥からレスラーのような巨漢が現われた。二十七、八歳だろう。丸坊主だった。

「誠光《せいこう》印刷の営業部の者です。和気さんのお名刺の原稿をいただきにまいりました」

畔上は笑顔で告げた。

「和気さん、名刺の印刷を頼んだのか」

「はい。十箱まとめて注文をいただいたんですよ。和気さんは、どちらにいらっしゃいます？」

「五階の娯楽室でビリヤードをやってる」

「組の方とナインボールでもされてるんですか？」

「いや、ひとりでスクリューショットの練習をしてるんだよ」

「そうですか。五階の娯楽室に上がっても、よろしいですね？」

「ああ」

大男が答えた。

畔上は目礼し、奥のエレベーター乗り場に足を向けた。函《ケージ》に素早く乗り込み、五階に上がる。娯楽室はエレベーターホールの斜め前にあった。畔上は勝手に娯楽室のドアを開けた。

二台のビリヤードテーブルが並んでいる。奥のビリヤードテーブルで、四十代半ばの五分刈りの男が白い手珠《てだま》をキューで撞《つ》きかけていた。

「誰なんでえ？」

「誠光印刷の者です。和気さんですよね？」

「ああ」

「お名刺の原稿をいただきに上がりました」

畔上は、和気に歩み寄った。

「おれ、名刺の印刷なんか頼んでねえぞ」

「いいえ、会社の同僚が和気さんご本人から注文をいただいたと申しております。十箱まとめて印刷してほしいとのことだったと聞いてます」

「知らねえな。誰かがおれの名を騙《かた》って、いたずら電話をかけたんだろうよ。おれは名刺の印刷なんか頼んでねえ。帰ってくれ」

「そうはいかない」

「てめえ、急に口調が変わったな。どういうつもりなんでえ！」

「あんたに確かめたいことがあるんだよ」

「おまえ、何者なんだ⁉」

和気が身構え、握っていたキューを水平に薙《な》いだ。

風切り音は高かったが、キューの先端は畔上から四十センチ以上も離れていた。ただの威嚇《いかく》だろう。キューが和気の手許《てもと》に引き戻された。

「騒いだら、ぶっ放すぞ」

畔上はベルトの下からオーストリア製の拳銃を引き抜き、スライドを滑らせた。初弾が薬室《チェンバー》に送り込まれた。

「そ、それは真正拳銃《マブチャカ》じゃねえか」

「ああ、そうだ」

「てめえはヒットマンだなっ」

和気が後ずさりながら、キューを投げ捨てた。そして、右手を上着の下に差し入れた。

「両手を頭の上で重ねろ！」

「勘違いするな。おれはハンカチを出そうとしただけだよ」

「いいから、言われた通りにするんだっ。逆らったら、迷わず引き金《トリガー》を絞るぞ」

畔上は声を張った。

和気が命令に従う。畔上はさらに和気に接近し、左手で体を探《さぐ》った。

革のショルダーホルスターにはハンドガンが収《おさ》まっていた。引き抜く。なんとブラジル製のタウルスPT99だった。

「こいつは押収するぞ」

畔上は、ブラジル製の拳銃を上着の左ポケットに入れた。

「あんた、刑事《デカ》だったのか。組対《そたい》の四課か五課の人間だな？」

「好きなように考えてくれ。そっちは従弟の春日勉に頼まれて、七年十カ月前に当時二十四歳だった山岸綾乃を洋弓銃《ボウガン》で死なせた古屋正康をタウルスＰＴ99で撃ち殺したんじゃないのか？　そして、古屋殺しの犯人を突き止めた犯罪ジャーナリストの野中順司も同じハンドガンで殺《や》った疑いもあるな」

「何か証拠でもあるのかっ」

「証拠を摑んだわけじゃないが、おれはそう睨んでる」

「冗談じゃねえぜ。勉の婚約者が古屋って野郎に殺されたと知って、おれは従弟の仇を討ってやろうと思ったよ。けど、犯行を全面自供した古屋はすぐに刑務所《ムショ》にぶち込まれちまった」

「そうだったな」

「殺人罪だから、三年や四年じゃシャバに出られねえ。月日が流れるにつれて、おれの怒りもだんだん小さくなったんだよ」

「古屋は去年の四月に仮出所したんだが、同じ年の秋に何者かに射殺された。凶器はタウルスＰＴ99と断定されてる。元刑務官の野中も三月十六日の夜、同じ型のハンドガンで渋谷の裏通りで撃ち殺された。そっちは、タウルスＰＴ99を不法所持してた。疑われても仕方ないだろうが！」

「たまたま同型の拳銃を持ってただけだよ。おれは、どっちも殺《や》ってねえ。本当だって」

和気が抗議口調で言った。

「押収した拳銃は、鑑識に持ち込む。銃口から硝煙反応が出たら、そっちが古屋と野中の二人を撃《ハジ》いた疑いが濃くなるな」

「おれは二年ぐらい前から護身用にブラジル製のピストルを持ち歩いてるが、一度も引き金を絞ったことはねえんだ。鑑識の結果が出りゃ、そのことは証明されるだろう。二件の殺人容疑を持たされるより、銃刀法違反で手錠《ワッパ》打たれるほうが増しだ」

「同じ拳銃を所持してたのは、単なる偶然だと言いたいんだな？」

畔上は言った。

「ああ、そうだよ。おれは、どっちもシュートしてない。以前は中国製トカレフのノーリンコ54や中国製マカロフのノーリンコ59が多く出回ってたが、数年前から安く手に入るブラジル製の拳銃を持つ奴らが増えてるんだ。堅気《ネス》の連中もネットでタウルスＰＴ145、ＰＴ99、ＰＴ25なんかをブラジルから取り寄せてるみたいだぜ」

「そういう話は聞いてるよ。しかし、そっちには古屋を殺す動機がある。従弟のフィアンセが古屋に洋弓銃の矢で射貫《いぬ》かれて死んだんだからな。それだけじゃない。野中がおたくの犯行を知った可能性もあるね」

「野中って奴は、おれや従弟の身辺を探ってなんかなかったぞ」

和気が早口で言った。

「本当なんだな、その話は？」

「ああ、本当だよ。さっさと銃刀法違反で、おれを逮捕《パク》りゃいいじゃねえか。もう肚《はら》を括《くく》ったよ」

「いずれ暴力団係《マルボウ》刑事がそっちの身柄《ガラ》を押さえにくる。それまで酒を喰《くら》って、惚れてる女でも抱くんだな。実刑判決が下れば、しばらくシャバとはお別れだ。邪魔したな」

畔上は娯楽室を出た。

第二章　暴《あば》かれた殺人歴

1

妙にブラックコーヒーが苦い。

特命捜査の初日が空《から》振りに終わったせいだろうか。

畔上は自宅のダイニングテーブルに向かって、紫煙《しえん》をくゆらせはじめた。食後の一服だ。間もなく午前九時になる。

きのう、畔上は小松組の組事務所を出ると、桜田門の職場に戻った。鑑識課に押収した拳銃を渡し、硝煙反応を検《しら》べてもらった。

残念ながら、読みは外れた。タウルスPT99からは、まったく硝煙反応が出なかった。つまり、和気の供述に偽《いつわ》りはなかったわけだ。武闘派やくざは、古屋や野中の死には関わっていなかったと判断してもいいだろう。

畔上は組織犯罪対策部第五課の刑事に和気がブラジル製の拳銃を不法所持していた事実を教え、すぐに帰宅した。読みが外れたときは、捜査を急がないほうがいい。焦《あせ》ったら、さらに迷走する恐れがあった。経験則だ。

自宅マンションに着いて間もなく、組対《そたい》五課から和気を緊急逮捕したという連絡があった。武闘派やくざは愛人宅で情事に耽《ふけ》っていたらしい。

ロングピースが短くなった。

畔上は笑顔で喫《す》いさしの煙草の火を揉み消した。ちょうどそのとき、リキがケージの中で声をあげた。

「行ってらっしゃい！」

「まだ出かけないよ。リキ、おまえはおれを早く追い出したいのか」

畔上は笑顔で言い返した。

オウムは何も反応を示さなかった。畔上は苦く笑って、マグカップやパン皿をシンクに運んだ。手早く食器を洗う。

外出しかけたとき、私物の携帯電話のランプが灯《とも》った。発信者は原だった。

「余計なことをするなと言われそうだけど、きのう、傘下《さんか》の調査会社のスタッフに谷村、本城、古屋の三人の仮出所後の生活を調べさせたんですよ」

「せっかちだな、原ちゃんは」

「えへへ。元受刑者の三人は、去年の六月に相前後して仕事を辞めてますよね」

「ああ」

「それまでは三人とも質素な暮らしをしてたようなんですが、その後は揃って羽振りがよくなったらしいんですよ」

「本城幸範のおふくろさんが、それを裏付けるような証言をしてくれたよ。本城は無職だったくせに、母親に高価な大島紬の着物をプレゼントしてやると言ってたそうなんだ」

「そういうことなら、急に金回りがよくなったことは間違いないんでしょう。畔上《アゼ》さん、谷村たち三人は何か危《ヤバ》いことをやって汚れた金を得てたんじゃないんですかね」

「そう思えるんだが、元受刑者たちには接点がなかったんだ。収監された刑務所は別々だったし、それ以前に会ったこともないはずなんだよ」

「ええ、そういう話でしたね。三人の共通点は、殺人罪で服役したということだけではないんじゃないですか」

「どういう意味なんだい？」

「谷村、本城、古屋の三人はそれぞれ犯歴を隠して、仮出所後に町工場、倉庫会社、製靴工場で働きはじめたんじゃないんですか？」

「そのあたりのことは第一期捜査資料には触《ふ》れられてなかったが、多分、そうだったんだろうな。過去に人を殺したことがあると正直に話したら、雇い主は採用をためらうだろうからね」

「ええ。三人は前科歴を伏せて、本気で更生しようと思ってたんでしょう。だけど、誰かに犯歴があることを勤め先に密告されて、もっともらしい理由で解雇されたんじゃないのかな」

「原ちゃん、いいヒントを与えてくれたね。その密告者は谷村、本城、古屋の三人を故意に失職させて、悪事の片棒を担《かつ》がせたのかもしれないな」

畔上は言った。

「それ、考えられますね。動いてくれた調査員たちの報告によると、谷村一豊はアパートの入居者たちを居酒屋やスナックに誘って、すべて勘定を持ったらしいんですよ。町工場で働いてるときは倹約《けんやく》してた感じだったそうなんですけどね」

「そう。本城幸範も、同じアパートに住んでる連中に奢《おご》ってたりしてたんだろうか」

「そういうことはなかったようですが、本城は七月に入ると、高そうな服や靴を次々に買ったみたいですよ。それから、家賃二十万円近い賃貸マンション物件を探してたらしいんです」

「急に金回りがよくなったことは間違いないな。古屋正康も生活が派手になったのかい？」

「みたいですよ。古屋はロレックスの腕時計を嵌《は》めて、キャバクラ通いもしてたようなんです。白人ホステスを揃えたクラブにもちょくちょく出入りしてたそうです」

「そう。本城の母親は、息子が麻薬の運び屋か何かやって荒稼ぎしてたのかもしれないと言ってたんだ」

「三人の元受刑者がどんな悪事に手を染めてたのかはわかりませんが、谷村たちは仕事を辞めざるを得なくなって、やむなく犯罪の片棒を担がざるを得なくなったんじゃないのかな。世間は、どうしても前科者を色眼鏡《いろめがね》で見がちでしょ？」

「そうだな。殺人の犯歴があると、働き口を見つけるのも容易じゃないだろう。谷村たち三人の前科歴を雇い主たちに告げ口した者がいたとしたら、卑劣《ひれつ》だね」

「ええ。密告者は自分の手は直《じか》に汚さずに、三人の元受刑者に犯罪の実行犯になることを強《し》いたんじゃないかな。谷村たちは勤め先を辞めさせられたんで、つい自暴自棄になっちゃったんでしょう。そうだったとしたら、三人はかわいそうだな」

原の声には、同情が含まれていた。

「谷村たち三人が去年の六月まで働いてた職場を訪ねて、雇い主に探りを入れてみるよ。三人とも解雇されてたんなら、誰かが彼らは元受刑者だと密告したんだろうな」

「ええ、そうなんでしょう。畔上《アゼ》さん、おれはいつでも動けますから、指示を与えてくださいね」

「わかった」

畔上は携帯電話を懐《ふところ》に戻し、すぐに部屋を出た。エレベーターで地下駐車場に下《くだ》り、ジープ・チェロキーに乗り込む。

捜査資料ファイルを開き、畔上は去年の六月まで谷村一豊が働いていた豊島区内にあるプレス工場の所番地を確認した。『中丸《なかまる》製作所』は千早《ちはや》四丁目にある。

畔上は四輪駆動車を走らせはじめた。山手《やまて》通りに出て、中落合《なかおちあい》から目白《めじろ》通りに入る。道なりに進み、南長崎《みなみながさき》六丁目交差点を右折した。

西武新宿線の線路を横切ると、千早町五丁目に入っていた。『中丸製作所』は、住宅密集地帯の一角にあった。

ごくありふれた町工場だ。工員は十人もいないのではないか。

畔上はジープ・チェロキーを路上に駐《と》め、『中丸製作所』に歩《ほ》を運んだ。週刊誌の特約記者に化けて、社長の中丸利雄《としお》との面会を求める。取り次《つ》いでくれたのは茶髪の若者だった。二十一、二歳だろう。

プレス機の向こうに事務室がある。畔上は、そこに通された。中丸社長は七十歳前後だった。小太りで、腹が迫《せ》り出している。

「なんの取材なのかな？」

「去年の六月まで、こちらで働いてた谷村一豊さんが十月上旬に自宅アパートで何者かに絞殺されましたよね」

「ま、坐りましょう」

中丸が古びた布張りの応接ソファに腰を落とした。

畔上はコーヒーテーブルを挟んで、中丸と向かい合った。

「谷村さんは昔、自動車修理工場を経営してたんで、仕事はすぐに覚えてくれたんだ。働きはじめて三日目には、熟練工と同じようにプレス機を使えるようになったよ」

「そうですか」

「うちとしては長く働いてもらいたかったんだけどさ、谷村さんは仕事がきついと言って依願退職したんだよ。もう六十過ぎだったから、体力的に無理だったんだろうね」

「谷村さんは自分から辞めたんですか？」

「そうだよ。解雇したんじゃないんだ」

　中丸が強調した。

「単刀直入に言いますが、谷村さんはアパートの入居者に仕事をクビになったとぼやいてたらしいんですよ」

「それは事実じゃないな。谷村さんは自分から辞めたいと言ったんだよ。わたしは慰《い》留《りゅう》したんだが、谷村さんの気持ちは変わらなかった」

「谷村さんの辞表があったら、見せてもらいたいな」

「大会社じゃないんだ。町工場の従業員が辞めるときは、誰も口頭で申し出るもんさ。谷村さんもそうだったよ」

「そうなんですか」

　畔上は応じながら、中丸の表情をうかがった。思いなしか、少し狼狽《ろうばい》しているように見受けられた。

「谷村さんは九年前、闇金業者の集金係が娘を風俗店で働かせると凄んだことに逆上して、相手を文化庖丁で刺し殺したんですよ。中丸さんは、そのことを知ってらしたのかな」

「そんな話は初耳だね。谷村さんは穏《おだ》やかな性格だったが、人を殺したことがあったのか」

「谷村さんは前科歴を隠して、この工場に就職したわけか」

「そういうことになるな。谷村さんは市販の履歴書を持って面接にやってきたんだが、職歴にブランクがあるようには記入されてなかった。面接時に殺人歴があるとわかってたら、当然、採用は見合わせてたよ。犯行動機はわかるけど、人殺しを雇うことには抵抗があるからさ」

中丸は伏し目がちだった。視線がまともに交わることを避けているようだ。中丸に谷村の前科歴を密告した人物がいたにちがいない。

畔上は、そう直感した。

「人は見かけによらないね。温厚な谷村さんが殺人者だったなんてさ、びっくりしたよ。谷村さんは、九年前に殺した相手の親族に復讐されたのかもしれないね。それとも、押し込み強盗に殺《や》られてしまったのかな」

「犯人に心当たりは？」

「ないよ、全然。あんたは、谷村さんを殺した犯人を見つけたいわけだ？」

「ええ、そうです。警察が加害者をいまも特定してないんで、犯人捜しをする気になったんですよ」

「谷村さんを殺《や》った犯人が早く捕まるといいね」

中丸が言って、わざとらしく左手首の腕時計に目をやった。そろそろ引き揚げてほしいというサインだろう。

「お忙しいところをありがとうございました」

畔上は立ち上がって、事務室を出た。と、すぐ近くに髪を茶色に染めた青年がいた。

「きみ、ちょっと小遣いを稼ぐ気はないか？」

「え？」

「外で待ってる」

畔上は言い置き、『中丸製作所』を出た。工場の出入口からは死角になる場所にたたずむ。通行人の目には留《と》まらない。

待つほどもなく茶髪の若者が駆け寄ってきた。

「何が知りたいの？」

「去年の六月に工場を辞めた谷村一豊のことなんだが、自主的に退職したのかな。中丸社長は、依願退職したと言ってたんだがね」

「それは……」

「口ごもったな。谷村は解雇されたんだ？」

畔上は言って、相手に五枚の万札を握らせた。

「おれ、困るな」

「金は嫌いかい？」

「大好きだよ。けどさ、余計なことを喋ったら、社長《オヤジ》に怒られそうだから」

「そっちから聞いたなんて、誰にも絶対に言わないよ」

「だったら、言っちまうか。谷村のおっさんは解雇されたんだ。真面目に働いてたんだけど、一方的にクビになっちゃったんだよ。詳しいことはわからないけど、工場に密告電話がかかってきて、谷村のおっさんは九年前に人を殺したって教えられたみたいだね。それで社長《オヤジ》はビビって、谷村のおっさんを解雇したわけさ」

「やっぱり、そうだったか」

「給料に少し色をつけたみたいだけど、社長は一方的に谷村のおっさんをお払い箱にしたんだ。おっさんは、ずっと働かせてくれって何回も頼み込んでた。でも、社長《オヤジ》は冷たく突き放したんだよ」

「密告者は男だったのか？」

「そうだってさ。でも、ヘリウムガスを吸ったような妙な声だったらしい。だから、年恰好《としかっこう》は察しがつかなかったみたいだよ」

「密告電話をかけた奴は、ボイス・チェンジャーを使ってたんだろう」

「あっ、そうかもしれないね。おれ、五万円も貰っちゃっていいの？」

「渡した金で一杯飲《や》ってくれ」

「そうさせてもらうよ。悪いね！」

若者は折った紙幣《しへい》を作業服の胸ポケットに仕舞《しま》うと、工場に駆け戻った。

畔上はジープ・チェロキーの運転席に入り、捜査資料のファイルを開いた。本城幸範が働いていた倉庫会社は大井埠頭《おおいふとう》にある。

すぐに大井埠頭をめざす。目的の倉庫会社に着いたのは小《こ》一時間後だった。

前回と同様に、畔上は週刊誌の特約記者を装って責任者に会った。五十代後半の責任者は、本城は依願退職したと言い張った。

畔上は何度か、誘導尋問《ゆうどうじんもん》を試《こころ》みた。だが、責任者は言《げん》を翻《ひるがえ》すことはなかった。畔上は倉庫係の男たちに探《さぐ》りを入れてみた。

しかし、本城が不本意な形で仕事を失ったことを裏付ける証言は得られなかった。

畔上は責任者を尾《つ》け、何か弱みを押さえて口を割らせることも考えた。

だが、夕方まで時間がありすぎる。畔上は、生前の古屋正康が働いていた製靴工場に捜査車輌を向けた。

目的の工場は荒川区町屋《まちや》にある。製靴工場に到着したのは午後二時過ぎだった。

畔上は週刊誌の特約記者に化けて、受付で取材を申し入れた。四、五分待たされたが、工場長室に通された。工場長は須藤《すどう》という苗字で、五十年配だった。細身で、眼鏡をかけている。

畔上は偽名刺を差し出し、須藤とほぼ同時にソファに腰を沈めた。

「去年の十一月上旬に射殺された古屋正康さんの事件を取材されてるとか？」

先に工場長が口を開いた。

「そうです。古屋さんは去年の六月下旬に依願退職したようですね？」

「ええ、そうなんですよ。わたし個人としては長く働いてもらいたかったんですが、そうもいかない事情があって……」

「古屋さんは自ら辞表を書いたわけではないんでしょう？」

「はい、いいえ」

「須藤さん、どちらなんです？」

畔上は相手を見据《みす》えた。

「警察の聞き込みがあったときは古屋さんが依願退職したと答えてしまいましたが、

実はそうではなかったんですよ」

「会社が解雇したんですね」

「はい、そうなんです。去年の六月二十七日か八日だと思いますが、会社に密告電話があったんですよ。電話をかけてきた男は、七年あまり前に起こった通り魔殺人事件の犯人は古屋さんなんだと……」

「先をつづけてもらえますか」

「わかりました。わたしは、その告げ口を単なる中傷だと思いました。まともに取り合わないでいたら、相手の男は昔の新聞の縮刷版を見てみろと言いました」

「あなたは縮刷版を見たんですね？」

「ええ。密告電話をかけてきた男の言った通りでした。品川区内の路上で古屋さんが前方から歩いてきた二十四歳のＯＬを洋弓銃《ボウガン》の矢で射貫《いぬ》いて死なせたという記事がでかでかと載《の》ってました。被害者の名は、確か山岸綾乃さんだったな。わたし、驚きました」

「でしょうね」

「古屋さんはちょっと短気でしたけど、行きずり殺人をするようには見えなかったですから。わたし、本社の役員に密告電話のことを話したんです。そうしたら、役員は殺人歴のある人間はただちに解雇しろと……」

「会社のイメージダウンになると役員は言ったんだろうな」

「そうです。古屋さんはちゃんと刑に服したんですから、やり直すチャンスを与えてやるべきだったんでしょうが、わたしはサラリーマンですんでね」

「上役の指示を無視することはできなかった？」

「ええ、その通りです。情けない話ですが、古屋さんに前科歴があることを知ったと正直に話しました。それで依願退職という形にするから、もう職場に来ないでくれないかと頼んだんですよ」

「古屋正康は、どんな反応を見せました？」

「一瞬、怕《こわ》い顔つきになりました。ですが、すぐに哀《かな》しそうな目をして『仕方ねえな。元受刑者が職場にいたら、そのうち何か問題を起こすと思われるだろうからさ』とうなだれたんです。わたし、心が痛みましたよ」

工場長の須藤は、自分の無力さに打ちのめされている様子だった。

「古屋は正社員じゃなかったんでしょ？」

「ええ、契約社員でした。ですけど、職場の仲間だったんです。彼を庇《かば》ってやれなかった自分が腑甲斐《ふがい》ありませんでした。古屋さんは更生のチャンスを失ったんで、自棄《やけ》になって何かダーティーなことをやってたんでしょうね。で、去年の十一月の末に撃ち殺されたんじゃないのかな」

「謎の密告者は古屋のほかの人殺しの元受刑者二人の犯歴を雇い主に告げ口して、失業させた疑いがあるんです」

「本当ですか⁉　ひどいことをするもんだな」

「密告者は三人の元受刑者の職を奪って、何か悪事を強《し》いてたんでしょう。しかし、何らかのトラブルが起きたんで、殺人歴を持つ三人の前科者を抹殺したんじゃないのかな。それが〝前科者狩り〟の真相なんでしょう」

「そうなんですかね」

「ご協力に感謝します」

畔上は暇《いとま》を告げることにした。

2

製靴工場を出る。

畔上は、あたりを見回した。

怪しい人影は見当たらない。不審な車輛も目に留《と》まらなかった。畔上はジープ・チェロキーの運転席に腰を沈めた。

エンジンを始動させる。数秒後、懐でポリスモードが着信音を発した。発信者は折方副総監だった。

「捜査は進んでるかね？」

「これといった手がかりはまだ摑んでませんが、谷村たち三人の元受刑者は密告電話によって、職を失ったようです」

畔上は詳しく報告をした。

「本城幸範が働いてた倉庫会社は、あくまで当人の依願退職だと言い張ってたんだね？」

「そうです。しかし、谷村が勤めてた町工場と古屋が働いてた製靴工場に密告電話があったことは裏付《ウラ》けが取れました。本城の勤め先にも、同じ密告者から電話があったにちがいありませんよ」

「だろうね。そんなことで、谷村たち三人は解雇されてしまった。その後、誰も仕事に就《つ》いていないのに、金に困った様子はなかったのか」

「ええ、そうです。三人の元受刑者は、密告電話をかけた人物に犯歴をバラされたくなかったら、悪事の片棒を担げと脅迫されたんではないのかな。元刑務官の野中は〝前科者狩り〟を取材してて、そのことを知ったと思われますね」

「だから、三月十六日の夜に射殺されてしまったんだろうか」

「まだ証拠は押さえてませんが、わたしはそう筋を読んでます」

「そうか。密告電話をかけた人間なんだが、誰なんだろうな」

折方が言った。

「谷村たち三人が引き起こした殺人事件は、派手に新聞やテレビで報じられました。三人の犯歴は多くの人々が知ってるでしょう」

「だろうね」

「しかし、一般市民が谷村たち三人を解雇に追い込むようなことはしないと思います。三人に殺された被害者の遺族や友人が、それぞれの職場に密告電話をかけたのかもしれません」

「そうなのかな。畔上君、話を戻すようだが、谷村たち三人は仮出所後、すんなり働き口を見つけてる。捜査資料によると、谷村たちは担当保護司の世話で町工場、倉庫会社、製靴会社で働くようになったわけじゃないようだ。三人とも犯歴を隠して面接試験を受けたんだろうが、よく会社側に前科歴がバレなかったな？」

「毎日のようにどこかで、人が殺されてます。八年も九年も前の殺人事件の加害者のことを鮮明に記憶してる者は案外、少ないんじゃないですか」

「そうかもしれないな。被害者の身内や友人は、犯人の名を忘れることはないだろうがね」

「ええ、そうでしょう」

「谷村たち三人の犯歴を故意に勤務先に教えたのは、暴力団関係者なんじゃないのかね。三人は何か悪事の片棒を担がされて、相当の分け前を貰ってた疑いがあるようだから」

「そうとは限らないでしょう？　谷村、本城、古屋の三人は別に暴力団とは繋《つな》がってませんでしたから」

「そうか、そうだったね。きみは誰が密告したと思ってるんだ？」

「警察関係者、検事、国選弁護士、刑務官、保護司の中に密告者がいるのではないかと推測してます」

「そう読んだ理由は？」

「さっき挙《あ》げた職業に携《たずさ》わってる者たちは、犯歴が大きなハンディになることをよく知ってます。ですんで、前科者の弱みをちらつかせて従わせることも可能でしょう。

一般市民は、そんなことは考えもしないでしょうがね」

「畔上君、ちょっと待ってくれないか。裏社会の連中も、前科者の弱みにつけ込むと思うんだが……」

「ええ、考えられますね。しかし、谷村、本城、古屋の三人は犯罪のプロじゃありません。盗みや恐喝の常習犯なら、闇社会の連中も抱き込むでしょう」

「そうだろうな」

「谷村たち三人に悪事の片棒を担がせた奴は、あえて犯罪の素人を選ぶ気になったんじゃないのかな。リスクはありますが、犯行が発覚しにくいでしょ？」

　畔上は持論を述べた。

「言われてみれば、そうだね。捜査本部事件の被害者はかつて刑務官だったわけだが、野中順司が元受刑者たちの職場に密告電話をかけたとは考えられないだろうな」

「ええ、それはあり得ないでしょうね。今の段階では、谷村たちがどんな犯罪を強《し》いられてたのか、まだ読めません」

「野中は〝前科者狩り〟と並行して、五件の連続貴金属強奪事件のことも調べてたんだったね？」

「そうです。副総監、新沼理事官に貴金属強奪事件の捜査資料を集めてもらってください」

「きみは、犯罪ジャーナリストが取材してた〝前科者狩り〟と一連の貴金属強奪事件はリンクしてると思ってるようだな」

「リンクしてると読んだわけではないんですが、ちょっと調べてみたいんですよ」

「わかった。すぐに理事官にそっちのデータも揃えさせよう」

「お願いします。後《あと》で捜査資料を取りに行きます」

「そうしてくれないか」

折方が電話を切った。

畔上は車を走らせはじめた。野中が借りていたマンションは、北区赤羽三丁目にある。部屋は十日前に引き払われていたが、室内を隅々まで検《しら》べてみたくなったのだ。

捜査本部は、野中の自宅から取材メモやパソコンのCD－ROMやUSBメモリーは発見していない。犯人がそれらを奪ったか、野中本人が見つかりにくい場所に隠したのだろう。

捜査資料によると、野中が住んでいた賃貸マンションの最上階が大家の自宅になっているようだ。

二十分弱で、『赤羽スカイハイツ』に着いた。五階建てのマンションだった。

畔上は最上階の家主宅を訪ねた。警察手帳を大家に呈示《ていじ》し、三〇五号室のスペアキーを借り受けた。

すぐにエレベーターで三階に下《くだ》り、かつて野中が暮らしていた部屋に入る。新しい借り手はまだ決まっていないとかで、2DKの室内は空っぽだった。

壁紙と畳は張り替えられている。畔上は真っ先に手洗いを覗いた。組対時代、貯水タンクに麻薬や銃器が隠されているケースがよくあった。

畔上は、貯水タンクの蓋《ふた》を持ち上げてみた。

何も沈められていない。浴室に移り、排水口の中をチェックする。やはり、何も隠されていなかった。

畔上はダイニングキッチンのシンクの下にも顔を突っ込んでみた。しかし、何も見つからない。

居室《きょしつ》は洋間と和室だった。洋間には、作り付けのクローゼットがあった。先に洋室をくまなく検《しら》べる。結果は虚《むな》しかった。

畔上は和室の押入れの上段に上がり、天井板もずらしてみた。だが、隠されている物はなかった。無駄骨を折ってしまったわけだ。しかし、畔上はさほど気落ちしなかった。よくあることだった。

畔上は三〇五号室のスペアキーを家主に返し、今度は丸の内に向かった。

野中の妹は、全日本ツーリストという旅行会社に勤めている。未苗《みなえ》という名で、三十五歳だ。添乗員《てんじょういん》として働いているらしい。

目的の会社に着いたのは数十分後だった。

畔上は野中の友人と称して、受付カウンターで未苗との面会を求めた。あいにく野中未苗はヨーロッパ周遊ツアー一行のコンダクターとして数日前に出国したという。

畔上は受付嬢を犒《ねぎら》って、大手旅行会社の本社ビルを出た。ジープ・チェロキーに乗り込み、千代田区一ツ橋《ひとつばし》に向かう。

野中の単行本を四冊刊行した総合出版社に到着したのは、十七、八分後だった。畔上は担当編集者に会うことができた。

しかし、何も手がかりは得られなかった。徒労感を覚えながら、畔上は登庁した。地下二階の車庫に四輪駆動車を置き、十一階に上がる。

畔上はドア越しに名乗ってから、副総監室に入った。

折方警視監は、新沼理事官と応接ソファに腰かけていた。コーヒーテーブルを挟んで向かい合う形だった。

「きみが欲しがってた捜査資料は、理事官がすべて揃えてくれたよ。それから、事件当日の防犯カメラの映像を持ってきてもらった。ま、掛けなさい」

副総監が口を開いた。

畔上は新沼に会釈《えしゃく》して、かたわらに坐った。ソファセットは十人掛けだった。

「理事官、ありがとうございました」

「きょうから五係の十二人を追加投入させたんだが、捜査に特に進展はないんだ」

「そうですか」

「副総監と同様に、わたしもきみの働きに期待してる」

「ベストを尽くします」

「これが、五件の貴金属強奪事件の詳しい捜査資料だよ」

新沼理事官が水色のファイルを卓上から浮かせた。畔上はファイルを受け取り、すぐに目を通しはじめた。

綴《つづ》りのフロントページには、銀座に本店を構える『銀宝堂《ぎんぽうどう》』の被害状況が記《しる》されていた。五店の中では最も被害額が高く、約一億円だ。

事件は去年の七月五日の夜に発生している。午前零時五分前にセキュリティーシステムが解除され、従業員通用口から窃盗グループは店内に侵入した。陳列ケースのガラスがバール状の物で破られ、高価なピンクダイヤモンド二個と金の延べ棒が三十六個持ち去られた。

犯行時間は十分以内と推定される。目撃情報はない。

「手口が鮮やかなんで、強盗の常習犯の仕業《しわざ》と捜査本部は睨んだんだ。それで築地署《つきじ》の盗犯係は、ベテランの泥棒《ノビシ》を徹底的に洗ったそうなんだよ。しかし、臭《くさ》い奴はひとりもいなかった」

理事官が言った。

「犯行前に予《あらかじ》め防犯システムがオフになってるんだったら、素人でもピンクダイヤや金の地金を手早く盗《ギ》れるでしょ？」

「そうだろうね。池袋署、新宿署、渋谷署、上野署管内で発生した他の四件も同じように犯行前にセキュリティーシステムがオフになってた。事前に内部の者か警備保障会社の人間が防犯システムが誤作動するようプログラミングしておいた疑いが濃いね」

「そうなんでしょう」

畔上は低く応じ、捜査資料に目を通しつづけた。残りの四つの被害店も、侵入方法は同じだった。

「池袋署、新宿署、渋谷署、上野署も窃盗歴の多い前科者を洗ったんだが、連続強奪事件には関与してないことがわかったんだ」

「新沼理事官、実行犯は盗みのプロではないと考えるべきでしょう。貴金属泥棒どもは、もっと手口が荒っぽいですよ。地下トンネルを掘って店内に侵入したり、ドアを爆破したりね」

「確かに過去の事例では、そういう乱暴な手口が多かった。予《あらかじ》め犯行前にセキュリティーシステムに細工をしてるから、内部の者か警備保障会社の社員が犯人グループを手引きしたんだろう」

「ええ、おそらくね。被害店の従業員の中に会社に不満を持ってる人間は？」

「各所轄が被害店で働いてる全従業員から事情聴取したようなんだが、そうした不満分子はまったくいなかったらしいんだ」

「従業員の中に大きな負債を抱えてる者はいなかったんでしょうか？」

「そういう従業員は、ひとりもいなかったそうなんだ」

「『銀宝堂』は老舗ですから、経営は安定してたんでしょう。しかし、『ジュエリー上野』は新興ですよね。十数年前までは、アクセサリーショップだったわけですから。急成長した会社の多くは、どこかで無理をしてます。上野で最大の貴金属店は、黒字経営だったんでしょうか」

「畔上君、何か含みのある言い方をしたが、どういうことなのかな」

折方副総監が口を挟んだ。

「ある程度値の張る宝飾品には、たいがい盗難保険がかけられてます」

「当然だろうね。業績の思わしくない貴金属店が強盗に商品をごっそり盗まれたことにして、損保会社から保険金を詐取《さしゅ》したとも考えられるんじゃないかってことだな？」

「ええ。狂言強盗事件を仕組めば、店から故意に持ち去らせた貴金属を回収できる上に保険金も手に入ります」

「そうだが、『ジュエリー上野』もいまや一流店だよ。前身がアクセサリーショップで、たとえ赤字つづきだったとしても、そんな詐欺まがいのことはしないだろう」

「そうでしょうか。理事官はどう思われます？」

畔上は、新沼に意見を求めた。

「わたしも副総監と同意見だね。きみは考えすぎだよ」

「なんでも疑ってみる習性が身についてしまったのかな」

「それはそれとして、被害店の従業員が犯人グループを手引きした気配はうかがえないんだが、五店とセキュリティー契約をしてる東西警備保障の社員の中に犯人グループに抱き込まれた奴がいるのかもしれないぞ。渋谷署が東西警備保障のセキュリティー担当者の轟賢人《とどろきけんと》、二十八歳の交友関係を調べたことがあるらしいんだ」

「そいつは急に金回りがよくなったんですか？」

「そうなんだよ、去年の夏ごろからね。年収五百万円にも満たないのに、轟はＢＭＷの新車を買って、ギャンブルにも金を注ぎ込んでるというんだよ」

「ちょっと怪しいな。理事官、その轟に関する個人情報はわかります？」

「ファイルの最後の頁《ページ》に轟に関する個人情報を記入しておいた。ちょっと轟の私生活と交友関係を調べてみたほうがいいかもしれないね」

「わかりました」

「築地署を含めて五つの所轄署から借り受けてきた防犯カメラの画像をきみに観《み》てもらいたいんだ。わたしがざっと観た限りでは、三人の元受刑者は誰も映ってなかったようなんだがね」

新沼がソファから立ち上がって、大型テレビに歩み寄った。ＤＶＤをプレイヤーにセットし、事件当日に録画された画像を再生させる。

『銀宝堂』の斜め前にある呉服店に設置された防犯カメラが捉《とら》えた映像だ。まだ陽《ひ》は完全に落ちていない。

畔上は通行人を集中的に見た。ステッキを持った白髪の男性が、『銀宝堂』の前を行きつ戻りつしている。どこか動きが不自然だった。

「理事官、画像を少し戻してもらえますか」

畔上は新沼に声をかけた。新沼が言われた通りにする。

ほどなく気になる白髪の男が画面に現われた。畔上はタイミングを計《はか》って、理事官に画像を静止してもらった。

目を凝《こ》らす。総白髪の男は、紛《まぎ》れもなく谷村一豊だった。谷村は額が大きく禿《は》げ上がっていた。白髪のヘアウイッグを被《かぶ》っているにちがいない。

「その白髪の男は殺害された谷村ですよ。理事官、よく画像を観てください」

「あっ、本当だ。髪型がまったく違ってたんで、谷村とはまるで気づかなかったんだよ」

「多分、谷村は『銀宝堂』に侵入する前に下見をしてるんでしょう。別の画像にも、変装した本城幸範と古屋正康が映ってると思います」

「そうかもしれないな」

新沼が手早くＤＶＤを換えた。渋谷にある有名宝飾店の前を三往復する本城の姿が映っていた。本城は若者ファッションに身を包み、黒いハットを被っていた。

池袋にある被害店の前を行ったり来たりしている不審者は、古屋に間違いない。サングラスで目許《めもと》を隠していたが、背恰好で察しがついた。

「密告電話で職を失った元受刑者たちが貴金属の強奪を強《し》いられたんだろうか。そうではなく、単に見張り役を命じられたのかね」

折方が畔上に顔を向けてきた。

「三人とも去年の夏ごろから金回りがよくなったという話ですから、ただの見張りをやらされたんではないでしょう」

「だろうね。見張りがたんまりと分け前を貰えるわけないからな」

「ええ。谷村たち三人は密告電話をかけた奴に巧みに唆《そその》かされて、ピンクダイヤや金のインゴットをかっぱらったんでしょう」

「そう思ってもよさそうだね」

「あっ、これは野中順司じゃないか」

新沼が驚きの声をあげ、画像を静止させた。

畔上はソファから離れ、大型テレビに駆け寄った。池袋にある被害店の横に立っているのは、捜査本部事件の被害者だった。

「この店は四番目に被害に遭《あ》ってる。野中は何らかの方法で、三人の元受刑者が五件の連続貴金属強奪事件に関与してると知って、その証拠を押さえようとしてたんではないだろうか」

理事官が畔上に顔を向けてきた。

「ええ、そうなんでしょう。犯罪ジャーナリストは谷村、本城、古屋の三人のうち誰かが下見に現われるかもしれないと予想してたようですね」

「わたしも、そう思ったよ。ほんの一瞬だが、野中が悪事の片棒を担がせたんではないかと思ったが、そうじゃないようだね。元刑務官が主犯だとしたら、射殺されるはずないからな」

「ええ。野中は、三人の受刑者に悪さを強要した謎の人物に先月、始末されたんでしょう。といっても、黒幕が直《じか》に自分の手を汚したとは思えません。おそらく殺し屋《プロ》に野中を葬らせたんでしょう」

「そうなんだろうね」

「やはり、野中が並行して取材してた〝前科者狩り〟と五件の連続貴金属強奪事件は繋がってたんだな」

折方が畔上に話しかけてきた。

「そうだったと考えてもいいでしょうね。首謀者が何者かわかりませんが、谷村たち三人を利用だけして消し、野中まで抹殺したと思われます」

「そうだね。畔上警部、東西警備保障の轟賢人という社員をマークしてくれないか。一連の事件の主犯と繫《つな》がってるかもしれないからね」

「わかりました。すぐに轟をマークします」

畔上は大きくうなずいて、画面に映し出されている野中に視線を当てた。故人の姿が刑事魂を膨らませた。

3

見通しは悪くない。

東西警備保障本社ビルの表玄関と社員通用口の両方がよく見える。

本社ビルは新宿区新宿一丁目にあった。十二階建てだ。

畔上は専用捜査車輌の運転席から、轟賢人が現われるのを待っていた。午後七時を回っている。

轟が社内にいることは、偽電話で確認済みだった。畔上は轟の旧友になりすまし、在席しているかどうか確かめたのである。捜査対象者の顔もわかっていた。理事官が轟の運転免許証に貼付《ちょうふ》されている顔写真を複写してくれていたのだ。

張り込んで、およそ二時間が経《た》つ。あとどのくらい轟は残業するつもりなのか。

畔上は少し焦《じ》れてきた。そんな自分を戒《いまし》める。張り込みは忍耐との闘いだ。もどかしがって焦《あせ》ったりしたら、失態を招く。

畔上は気分転換にカーラジオのスイッチを入れる気になった。ちょうどそのとき、原が電話をかけてきた。

「畔上《アゼ》さんに電話で頼まれたこと、もう調べましたよ」

「仕事が早いな。『ジュエリー上野』は数年、赤字経営だったんじゃないのか？」

「ええ、三年連続赤字でしたね。しかし、去年リストラをやって、人員を削減《さくげん》してました。それから業績の悪い支店も閉めてますね」

「そう」

「さらに、盗難保険の掛け金も赤字経営になってからは減らしてましたよ。『ジュエリー上野』が仮に狂言強奪事件を仕組んだとしても、たいした額の保険金は下りませんね」

「リスクをしょってまで狂言強奪騒ぎなんか仕組まないか」

「ええ、そう思います」

「原ちゃん、ちょっと待ってくれ。保険金は少額でも、実行犯グループに同業の四店からピンクダイヤや金の延べ棒をごっそりと盗《ギ》らせれば……」

「そう疑えないこともないけど、『ジュエリー上野』はそこまではやらないと思いますよ。宝飾店としては新興ですが、それなりに信用を得てきてますからね。赤字に陥《おちい》ったからといって、事業家がそんな無茶なことは考えないと思うな」

「『ジュエリー上野』の自作自演はあり得ないか？」

「そうですね」

「疑いすぎだったか」

「だと思います。調査会社のスタッフたちに轟賢人の私生活をちょっと調べさせたんですけど、かなり夜遊びをしてるようです。白人ホステスを揃えたクラブや違法カジノに出入りしてるらしいんですよ。給料だけで、そういう遊びはできっこない」

「そうだな。おそらく轟は、何か危《ヤバ》いことをして副収入を得てるんだろう」

畔上は言った。

「轟は麻薬の密売の手伝いをしてるのかな？」

「サラリーマンが麻薬ビジネスに関わってるとは考えにくいな」

「ま、そうでしょうね。女子高生を集めて、ＪＫクラブの経営を副業にしてるんだろうか。それなら、さほど元手はかかりません。マンションの一室を借りれば、そういうサイドビジネスはできますからね」

「そうだな。二、三日、轟の動きを探《さぐ》れば、何で副収入を得てるかはわかるだろう」

「ええ、多分ね。畔上《アゼ》さん、今夜、『エトワール』に行くのは無理でしょ？」

「無理だな」

「それでは、別の日にしましょう」

原が通話を切り上げた。

畔上は折り畳んだ携帯電話を上着の内ポケットに戻し、煙草をくわえた。一服し終えて間もなく、社員通用口から轟が姿を見せた。流行の３Ｄスーツに身を包んでいる。スラックスは細い。

轟は最寄《もよ》りの地下鉄駅とは逆方向に歩きだした。

畔上は少し間《ま》を取ってから、ジープ・チェロキーを発進させた。低速で、轟を追尾《ついび》しはじめる。

轟は二百メートルほど進み、立体駐車ビルに入った。マイカーで通勤しているのか。

畔上は四輪駆動車を立体駐車ビルの手前の暗がりに停めた。ヘッドライトを消し、エンジンも切る。

数分待つと、立体駐車ビルからドルフィンカラーのＢＭＷが走り出てきた。３シリーズながら、まだ新しい。

畔上は一定の車間距離を保《たも》ちながら、ＢＭＷを尾《つ》けつづけた。

轟の車は明治通りに出ると、池袋方面に進んだ。歌舞伎町二丁目に差しかかると、左折した。じきにＢＭＷは、ラブホテル街の裏通りで停止した。

ヘッドライトが消された。エンジンも切ったようだ。

畔上は車をＢＭＷの三十メートルあまり後方に停め、ヘッドライトを消した。エンジンも静止させる。

轟は車を降りようとしない。客とラブホテルに入ったデート嬢を車で迎えにきたのか。徒歩でラブホテルに入るカップルが多かったが、たまに乗用車でホテル入りする男女もいる。

車がラブホテルの駐車場に入ると、きまって轟はＢＭＷから降りた。そして、駐車場に入り込んだ。

どうやら轟は、ラブホテルの駐車場で客車のナンバーを手帳に書き留《と》めているらしい。陸運局に行けば、ナンバーから車の所有者は造作なく割り出せる。

轟は不倫カップルの身許を調べ、口《くち》止め料をせしめているのではないか。ＢＭＷは数十分ごとに別のラブホテルの前に移動した。轟はラブホテルの駐車場にセダンやワンボックスカーが滑り込むたびに、そのつどＢＭＷから出た。

やがて、轟の車は池袋のラブホテル街に移動した。

ラブホテルに吸い込まれた車のナンバーをことごとく控え、次に湯島《ゆしま》のラブホテル街に移った。轟が不倫カップルたちを強請《ゆす》っていることは、ほぼ間違いない。脅し取った金で夜遊びをしているのだろう。

畔上はジープ・チェロキーから静かに降りた。

通行人を装って、ＢＭＷの横を抜ける。車内に目をやると、アンテナ付きの電波受信機が搭載《とうさい》されていた。

轟は何軒かのラブホテルの客室に盗聴器をこっそりと仕掛けておいて、客たちの情事の音声を録音しているにちがいない。その淫《みだ》らな録音音声を強請《ゆすり》の材料にしているのではないか。

畔上は四つ角でＵターンした。

ＢＭＷの横まで引き返すと、無言で車体を思うさま蹴った。助手席のドアが大きくへこんだ。

「おい、何をしたんだっ」

轟が運転席のドアを勢いよく開け、フロントグリルを回り込んできた。畔上は黙したままだった。

「あっ、こんなにへこんでるじゃないか！　なんでおれの車のボディーを蹴ったんだよっ。あんたがやったことは、器物損壊罪になるんだぞ」

「恐喝野郎が一丁前のことを言うんじゃない！」

「あんた、何を言ってるんだ⁉　おれは恐喝なんかしてないぞ」

轟が息巻いた。

「おまえはラブホテルに入った車のナンバーをメモして、陸運局で所有者を調べ、口止め料をせびってるんだろうが！」

「そんなことはしてない」

「ばっくれても、意味ないぜ。おれは、おまえが不倫カップルらしい男のナンバーを一台ずつ手帳に控えてるとこを目撃してるんだ」

「えっ⁉」

「おまえはいろんなラブホテルの部屋に盗聴マイクを仕掛けて、男女の睦事《むつごと》の音声を録音し、そいつも脅迫材料にしてるんじゃないのかっ」

「言いがかりをつけると、警察を呼ぶぞ」

「その必要はない。おれは警視庁の者なんだよ」

畔上はせせら笑って、ＦＢＩ型の警察手帳の表紙だけを短く見せた。

「それ、ポリスグッズの店で買った模造警察手帳だよな？　あんた、偽刑事だろ？もしかしたら、おれと同じことを……」

「おれを薄汚ない強請屋《ゆすりや》と一緒にするな」

「本物なら、顔写真付きの身分証明書を見せてくれよ」

轟が言った。畔上は黙って、警察手帳を押し開いた。

次の瞬間、轟が慌《あわ》てて背を向けた。畔上は急《せ》かなかった。

轟が十数メートル逃げてから、地を蹴った。

助走をつけ、高く跳《と》ぶ。轟は飛び蹴りをまともに受け、大きく前にのめった。両腕で空《くう》を掻きながら、そのまま路面に倒れ込む。

「もう観念しろ」

畔上は、轟の横で足を止めた。ほとんど同時に、轟がタックルをするような動きを見せた。

畔上は半歩退《さ》がって、足を飛ばした。

スラックスの裾がはためく。前蹴りは轟の側頭部を直撃した。轟が呻《うめ》いて、横に転がった。畔上は轟を摑み起こし、ＢＭＷまで歩かせた。轟を先に後部座席に押し込み、すぐにかたわらに坐る。

「刑事が暴力を振るってもいいのかよっ」

「おれがおまえに何かしたか？　おれは、自分で引っくり返ったそっちを親切に起こしてやっただけじゃないか。そうだろ？」

「くそ！　なんてお巡りなんだっ」

「やっぱり、車にアンテナ付きの電波受信機を積んでるじゃないか」

「好奇心から盗聴電波を拾ってるだけだよ。それで、盗聴器が仕掛けられてるお宅にそのことを教えてやってるんだ。疚《やま》しいことは何もしてない」

「粘《ねば》っても無駄だ」

畔上は言うなり、轟の脇腹に肘打ち《エルボー》を叩き込んだ。轟が長く唸《うな》って、上体を屈《かが》める。

「もう一発エルボーを喰《く》らわせれば、素直になるかな。エルボーじゃ、生ぬるいか。いっそチョークスリーパーで気絶させてやろう」

「もう手荒なことはやめてくれ。いや、やめてください。お願いです」

「これ以上、痛い目に遭《あ》いたくなかったら、正直者になるんだな」

「わ、わかりました」

「おまえは、車でラブホテルに入った不倫カップルの氏名や住所を調べ上げて、恐喝《カツアゲ》してたんだなっ」

「それは……」

「裸締《はだかじ》めを掛けてもらいたいらしいな」

畔上は右腕を轟の首に回し、軽く喉笛《のどぶえ》を圧迫した。

「く、苦しい！　力を緩《ゆる》めてくれーっ」

「おれの質問にちゃんと答えないと、気絶させるぞ。運が悪けりゃ、死ぬだろうな」

「車のナンバーから不倫してる妻子持ちの自宅を調べて、十万から五十万の口留め料を巻き揚げたことは認めますよ」

「これまでに何人ぐらいの男から銭をせしめたんだ？」

「四十人ぐらいかな。いや、五十人近いかもしれません」

「総額で一千万円以上は脅《おど》し取ったんじゃないのか？」

「正確には憶《おぼ》えてないけど、一千四、五百万はいただいたと思うよ」

「金をせびっただけじゃないんだろうが！」

「え？」

「おまえは、妻子持ちの男と不倫関係にある若い女もホテルに連れ込んでたんじゃないのかっ」

「そういうことは……」

「口ごもるな」

「五、六人の女をホテルに連れ込んだことはありました」

「体を弄《もてあそ》んだ後《あと》、相手の所持金をそっくり奪ってたんじゃないのかっ」

「おれ、いいえ、わたし、そんなに悪党じゃありませんよ。女たちからは、一円も奪《と》ってません。ただ、警察に駆け込まれたくなかったんで……」

「ビデオでハメ撮《ど》りをしたのか？」

「そこまではしなかったけど、相手がフェラチオしてるときにスマホのカメラで動画撮影しておきました。強引にホテルに連れ込んだことが発覚したら、まずいことになるでしょ？」

轟は、少しも悪びれた様子を見せなかった。畔上は右腕に力を込めた。轟が喉を軋《きし》ませ、苦しがる。

「小悪党め！」

畔上は腕の力を抜いた。

「息が詰まって死にそうでしたよ」

「オーバーな野郎だ。恐喝で稼いだ金でＢＭＷを買ったんだな？」

「ええ」

「それから、違法カジノや白人ホステスを揃えたクラブにも通ってたそうだな」

「なんで警察がそこまで知ってるんです⁉　おれが口止め料をせしめた奴の中の誰かが被害届を出したんですか？　そうなんでしょ？」

「恐喝の被害届は一件も出されてない」

「なのに、どうして警察はおれをマークしてるんです？」

轟が首を傾《かし》げた。

「去年の夏から秋にかけて銀座の『銀宝堂』を含めた五店の有名宝飾店に強盗が押し入って、ピンクダイヤや金の延べ棒がごっそり盗まれたよな？」

「は、はい」

「被害店のセキュリティーシステムの管理をしてたのは、そっちだった。警察は手口から被害店と関わりのある者が窃盗グループを手引きしたと見てる」

「えっ」

「おまえが犯人グループに協力したんじゃないのか？」

「わたし、共犯者じゃありませんよ」

「轟、おまえの出方によっては裏取引をしてもいいんだぜ」

畔上は囁《ささや》くように言った。

「裏取引って？」

「アメリカでは、すべての犯罪の司法取引が認められてる。被疑者が有力情報を提供してくれたら、罪を大幅に軽減してやってるんだ」

「そういう話は、どこかで聞いたことがあるな。だけど、日本では司法取引は禁じられてるんでしょ？」

「確かに表向きは、その通りだ。しかし、公《おおやけ》にはされてないが、司法取引が皆無というわけじゃない」

「本当ですか？」

轟の声が急に明るんだ。

畔上は、密かにほくそ笑《え》んだ。こうも簡単に轟が罠《わな》に引っかかるとは思っていなかった。日本の警察が麻薬事案以外で司法取引をした前例はない。

「おまえは五十人近い男から十万円以上の口止め料をせしめ、不倫相手を何人かホテルに連れ込んで姦《や》ってた。恐喝罪と婦女暴行罪のダブルで立件されたら、実刑判決が下《くだ》ることは確実だ。おそらく刑務所で四、五年は服役しなけりゃならないだろう。当然、会社は解雇され、友人や知人は一斉に遠ざかる。場合によっては、親兄弟も縁を切るかもしれない」

「そんなことになったら、人生終わりだな。捜査には全面的に協力しますんで、おれ、いや、わたしがやったことに目をつぶってくれませんか。脅し取った金は一生かかっても、きれいに返します。ホテルに連れ込んだ女たちには土下座して、それぞれに示談金を払いますよ。だから、なんとか見逃《みのが》してください」

「有力情報を提供してくれたら、司法取引に応じてもいい」

「ありがとうございます」

「礼を言うのは、まだ早い。おまえは連続貴金属強奪事件の犯人グループに何らかの形で協力したんじゃないのか？」

「わたし、正体不明の男に恐喝の件を知られて、防犯システムを誤作動させろって命じられたんですよ」

「ちょっとリアリティーがないな」

「嘘じゃありません。本当にそうなんですよ。去年の七月上旬のある夜、わたしのスマホに脅迫電話がかかってきたんです。発信場所は公衆電話でした」

「相手は男だったのか？」

「ええ、そうです。でも、口にハンカチか何か含んでたみたいで、声は不明瞭でした。脅迫者はかなり前からわたしを尾けてたようで、恐喝のことを詳しく知ってましたよ。それから、不倫してた女たちをラブホテルに連れ込んでたこともね」

轟が長嘆息《ちょうたんそく》した。

「先をつづけてくれ」

「は、はい。電話の男は、こちらが命令に従わなかったら、恐喝の件をすぐに警察に告げ口すると威《おど》したんです」

「で、おまえは言いなりになったと言うんだな?」

「防犯システムを故意に狂わせたら、会社を裏切ったことになります。背徳行為なんかしたくなかったですよ。特に愛社精神があるわけじゃないけど、就職難の時代に東西警備保障に入社できて、定収入を得られるようになったわけですから、それなりに恩義は感じてたんです」

「きれいごとを言いやがる。会社を裏切りたくないというより、刑務所にぶち込まれたくなかったんだろうが?」

「正直に言うと、その通りです。それだから、脅迫者に指示された日時に『銀宝堂』など五店のセキュリティーシステムが働かなくなるように裏技《うらわざ》を使ってプログラミングに細工したんですよ。空白の時間を十分ほど作ってくれればいいということでしたんで、さほど苦労はしませんでした」

「犯人グループが侵入しやすいよう、ドア・ロックも解除しておいたんだな？」

「ええ。逆らうわけにはいかなかったんでね」

「犯人グループの誰とも会ったことはないのか？」

畔上は訊《き》いた。轟が黙ってうなずく。

「脅迫者から最後に電話があったのは？」

「去年の十一月中旬でした。渋谷の『クリスタル豊栄《ほうえい》』が襲撃された前日だったな。その後は一度も電話がかかってきませんでした。犯人グループは目標額に達したんで、もう犯行を重ねる必要がなくなったんでしょう」

「そうなんだろうな」

「貴金属強奪事件の犯人グループは同じだろうとマスコミで報じられてましたが、捜査当局はもう目星はつけてるだろうな」

「いや、まだ容疑者は絞り切れてないんだ」

「そうなんですか」

「ところで、野中順司という犯罪ノンフィクションを主に書いてたフリーライターが東西警備保障に取材に来たことはあるか？」

「その人かどうかわかりませんが、ノンフィクションライターが会社の広報部に取材の申し込みをしたという話は聞いたことあります。でも、会社は取材拒否したはずですよ。被害に遭った五店は、東西警備保障《うち》とセキュリティー契約してたんです。取材を受けても、何もメリットがないでしょ？」

「そうだな」

「わたしの話、役に立ちました？」

「まあな。一応、司法取引は成立だ。しかし、もう恐喝《カツアゲ》なんかよせよ」

「ええ、わかりました。大目に見てくれて、心から感謝してます。ありがとうございました」

轟が涙声で謝意を表した。畔上はＢＭＷのリア・シートから降りた。司法取引に応じた振りをして、しばらく轟を泳がせることにしたのだ。

畔上は自分の車に足を向けた。

4

ＢＭＷの進路は予想できた。

畔上は湯島のラブホテル街を回り込んで、大通りに出た。轟が正体不明の脅迫者と一度も会ったことがないという話を鵜呑《うの》みにはできなかった。

彼は脅迫者とどこかで落ち合って、防犯システムを誤作動させろと命じられたのではないか。そのとき、いくばくかの金を渡されたとも考えられる。

轟をマークしていれば、謎の脅迫者の正体がわかるのではないか。畔上はそう考え、引きつづき轟の車を追走する気になったわけだ。

予想通りだった。待つほどもなくＢＭＷが大通りに出てきた。

畔上は充分に車間距離を取ってから、轟の車を尾行しはじめた。ＢＭＷは都心に向かい、やがて神楽坂《かぐらざか》に入った。

畔上の実家は神楽坂四丁目にある。母と兄夫婦が住居付き店舗で扇子《せんす》専門店を営んでいる。屋号は『英屋《はなぶさや》』だった。

あろうことか、ＢＭＷは『英屋』の少し手前で停まった。神楽坂商店街から一本奥に入った通りである。人影はまったく見当たらない。

畔上はジープ・チェロキーを表通りに停め、そっと運転席から出た。物陰から脇道に目をやる。

轟はＢＭＷの後ろに立っていた。トランクリッドは開けられている。轟があたりを見回してから、トランクルームの中から予備のポリタンクを取り出した。

中身はガソリンだろう。どうやら轟は、畔上の実家に火を放つ気らしい。

「おい、何をしてるんだっ」

畔上は走りはじめた。

轟がポリタンクを路上に投げ捨て、一目散に逃げだした。

畔上は全力疾走して、轟に組みついた。そのまま大腰《おおごし》で、路面に投げ落とす。轟が腰を強《したた》かに打ちつけたらしく、長く唸った。畔上は轟の上体を摑み起こした。

「トランクから出したポリタンクには、ガソリンが入ってたんだな？」

「ただの水ですよ」

「ふざけんな！　ガソリンだなっ」

「…………」

轟は答えようとしない。畔上は片手で轟の頬《ほお》をきつく挟んで、顎《あご》の関節を外した。

轟が横倒しに転がり、のたうち回りはじめた。

喉の奥で呻くだけで、声は上げられない。

轟が涎《よだれ》を垂らしながら、体を左右に振る。かなり痛いはずだ。畔上は頃合を計って、轟の上体を摑み起こした。顎の関節を元の位置に戻す。

轟が肺に溜《た》まっていた空気を一気に吐いた。その肩は上下に弾んでいる。

「おれの実家に火を点ける気だったんだなっ」

「………」

「急に日本語を忘れちまったか。それじゃ、思い出させてやろう」

畔上は、二本貫手《ぬきて》で轟の両眼を突いた。指先に眼球の感触がはっきりと伝わってきた。轟が動物じみた唸り声を発した。

「司法取引は、なかったことにしよう」

「待ってくれ。いや、待ってください。正体のわからない脅迫者から湯島のラブホテル街にいるときに電話がかかってきて、神楽坂の『英屋』という扇子専門店に火を点け、家から六十六、七歳の女が出てきたら、拉致《らち》しろと命じられたんですよ」

「脅迫者はおれの母親を人質に取って、どうする気なんだ？」

「刑事さんの母親を囮《おとり》にして、おそらくあなたを誘《おび》き出して……」

「おれを殺す気でいるわけか」

「そうなんだと思います。わたしは恐喝の件を警察に密告されたくなかったんで、仕方なく命令に従おうとしたんです。でも、まだ火を点けてないんですから、どうか勘弁してください」

「脅迫者は例によって、公衆電話を使ったのか？」

「そうです」

「恐喝、婦女暴行、放火未遂のトリプルなんだから、もう大目に見るわけにいかない。おまえを放火未遂の容疑で所轄署に引き渡す」

畔上は轟の肩口を摑んだ。

そのとき、前方から全裸の若い女が走ってきた。丸めた衣服を小脇に抱えている。

「どうしたんです？」

畔上は裸の女に声をかけた。

「救《たす》けて！　救けてください。わたし、ナンパされた男の自宅マンションに連れ込まれてレイプされそうになったんです。それで、逃げてきたの。男が追ってくるんですよ」

「早く衣服をまとうんだ。追ってくる男を懲《こ》らしめてやろう」

「ありがとうございます」

女が震え声で礼を言い、後ろ向きになった。ランジェリーをまとい、ブラウスとスカートを身につける。

女が向き直ったとき、急に轟が走りだした。畔上は反射的に轟を追いかけようとした。しかし、すぐに思い留《とど》まった。女を犯そうとした男が来るかもしれない。

じきに轟の後ろ姿が見えなくなった。忌々《いまいま》しい気持ちだったが、やむを得ない。

「ご親切にありがとうございました」

女が、また礼を言った。

「きみをレイプしようとした男は、どんな奴だった？」

「二十六、七歳で、イケメンでした。ミュージシャンだと言ってたけど、まだプロじゃないんだと思うわ」

「そうか。追ってこないな」

「ええ、そうですね」

「そいつのマンションに案内してくれないか」

「わたし、怖いわ。あなたがぶっ飛ばされたりしたら、またレイプされそうになるかもしれないじゃない？」

「少しばかり武道を心得てるんだ。まだ若い奴らにのされることはないだろう。とにかく、男のマンションまで案内してくれないか。きみは部屋に入らなくてもいいんだ」

「そういうことなら……」

「行こう」

畔上は女を促《うなが》した。

女が道案内に立った。裏通りを二百メートルほど進むと、急に女が立ち止まった。

「どうした？　こっちが一緒なんだから、ビビることはない」

「そうじゃないんです。あなたに救けてもらったわけだから、何かお礼をしたいと思ったの。だけど、お金は一万数千円しか持ってないんですよ。だから、体でお礼を払います。わたしをホテルに連れてって」

「自分をもっと大切にしろ」

「わたし、他人《ひと》に借りを作りたくない性分《しょうぶん》なんです。わたしをレイプしようとした奴を懲らしめる前に、抱いてください」

「きみ、どうかしてるぞ」

畔上は困惑した。女が全身で抱きついてきて、片手で畔上の股間をまさぐった。

「おい、よせ！　離れるんだ」

畔上は女を軽く押しやった。次の瞬間、女が何かを投げつけてきた。顔面に当たったのは、砂礫《すなつぶて》だった。両眼に砂が入った。

「なんの真似なんだっ」

畔上は目をしばたたいた。女が無言で勢いよく走りだした。

先に逃げた轟とグルだったのか。そうにちがいない。

涙とともに砂が目から流れ出た。畔上は、ようやく視界が利《き》くようになった。

すぐ目の前に二人の男が立っていた。どちらも二十代後半だった。風体《ふうてい》から察して堅気ではなさそうだ。

「轟と女を逃がしたんだな」

畔上は、怪しい男たちを等分《とうぶん》に睨みつけた。

すると、オールバックの男が口を開いた。

「そうや。殉職しとうなかったら、五件の貴金属強奪事件のことをもう嗅《か》ぎ回らんほうがええで」

「おまえらは関西の極道らしいな。轟の弱みにつけ込んで、被害店の防犯システムに細工させた正体不明の脅迫者の手下か？」

「わしらは極道やない。大阪育ちやけど、善良な府民やで。な？」

「そうや」

相棒の坊主頭が相槌《あいづち》を打って、にたにたと笑った。右手の甲には彫《ほ》り物《もの》が入っていた。

「刺青《スミ》入れてる堅気は見たことないな」

「えっ、刺青《スミ》やて？　ああ、刺青《ガマン》のことやな。関東では、彫り物のことをスミ言うことを忘れとったわ」

「おまえらのボスは、警察の内部事情にも通じてるようだな。そうじゃなきゃ、こっちの動きは知らないはずだ」

「好きなように考えればええわ。けど、捜査を打ち切らんと、あんた、ほんまに長生きできんで」

オールバックの男が凄んだ。畔上は嘲《あざけ》った。

「わしらをなめとんやな。ほんなら、少し痛い目に遭わせたるわ」

オールバックの男が仲間を目顔でけしかけた。

坊主刈りの男が腰の後ろから、短い棍棒《ブラジョン》を引き抜いた。長さは三十四、五センチで、直径五センチほどだ。芯《しん》の部分は鉛《なまり》だろう。

畔上は丸腰だった。グロック32は、四輪駆動車のグローブボックスの中に入れてあった。

坊主頭の男がブラジョンを斜め上段に構えた。そのままステップインして、短い棍棒を振り下ろした。畔上は横に跳《と》んで、横蹴りを放った。坊主頭の男が胴に蹴りを受け、体をふらつかせた。

畔上は肩で相手を弾《はじ》いた。

坊主頭が路上に尻餅《しりもち》をつく。すかさず畔上は、中段回し蹴りを浴びせた。狙ったのは相手のこめかみだった。

ブラジョンが宙を舞った。坊主頭の男が横転する。オールバックの男が地に落ちたブラジョンを拾い上げる動きを見せた。畔上は短い棍棒を足で押さえ、オールバックの男に前蹴りを見舞った。蹴りは、相手の右の向こう臑《ずね》に極《き》まった。

畔上はブラジョンを掴み上げ、二人の頭頂部を一度ずつ強打した。オールバックの男が痛みに顔を歪《ゆが》めながら、黒っぽい上着の裾を撥《は》ね上げた。

ベルトの下から引き抜いたのは、ノーリンコ54だった。中国でパテント生産されたトカレフだ。殺傷力は高い。

侮《あなど》ったら、危険だ。畔上は身構えながら、後ずさりはじめた。

オールバックの男が拳銃の撃鉄《ハンマー》を起こし、仲間に目配せした。坊主刈りの男が小さくうなずき、轟の車に駆け寄った。ＢＭＷで暴漢たちは逃げる気になったらしい。

「こんな場所でぶっ放したら、たちまち取っ捕まるぞ。おとなしくノーリンコを渡すんだ」

畔上はブラジョンを握り直しながら、オールバックの男に言った。

「やっかましいわい！」

「おまえら、どこの組に足《ゲソ》つけてるんだ？」

「さっき極道やない言うたやないかっ」

「どう見ても、素人《トウシロ》には見えないな」

「おまえのおかんを引っさらうつもりやったけど、ここで撃《ハジ》いたるわ」

相手は言いながら、ＢＭＷに視線を投げた。坊主頭の男は、すでにドイツ車の運転席に入っていた。

「撃てるものなら、撃ってみろ」

畔上は挑発した。オールバックの男が銃把《グリップ》に両手を掛けた。人差し指は引き金に絡《から》められている。

本気で撃つ気になったようだ。気持ちを引き締める。

畔上は、相手の顔面をめがけてブラジョンを投げつけた。短い棍棒はオールバックの男の顎に当たった。

畔上は横に走った。てっきり発砲してくると思っていたが、銃声は響かなかった。

オールバックの男がＢＭＷに向かって走りだした。

畔上は追った。ＢＭＷのヘッドライトが灯《とも》された。

ハイビームだった。畔上は目が眩《くら》んだ。小手《こて》を額に翳《かざ》して、ＢＭＷに向かう。

早くもオールバックの男は、ドイツ車の助手席に乗り込んでいた。ＢＭＷが半ドアのまま、急発進する。

畔上は道路の中央に躍《おど》り出た。

ＢＭＷがスピードを落とすかもしれないと思ったのだ。しかし、その考えは甘かった。

坊主頭の男は逆にアクセルを深く踏み込んだ。

ＢＭＷが猛進してくる。畔上を撥ねる気になったようだ。無理はできない。

畔上は道端に逃れた。

ＢＭＷが凄《すさ》まじい風圧を置き去りにして走り去った。畔上は表通りまで駆け戻り、ジープ・チェロキーに飛《の》び乗った。すぐに車を脇道に乗り入れる。

ＢＭＷの尾灯《テールランプ》は闇に呑まれかけていた。赤い点はごく小さい。

畔上は加速した。少しずつ車間距離が縮まっていく。

ＢＭＷは早稲田《わせだ》通りに出ると、九段《くだん》で靖国《やすくに》通りに乗り入れた。千代田区を走り抜け、江東区方面に進んでいる。

強引に前走車を追い越すことはできるはずだが、なぜだかドイツ車はスピードを上げない。どうやら二人組は、畔上を人目のない場所に誘い込むつもりらしい。

畔上は罠の気配を感じ取ったが、少しも怯《ひる》まなかった。民家のない場所なら、グロック32も使える。

ＢＭＷは江東区新木場《しんきば》で首都高速湾岸線の下を潜《くぐ》り、東京へリポートの横を抜けた。そのまま直進し、若洲橋《わかすばし》を越えた。

深夜とあって、走行中の車は数えられるほど少ない。橋の左手先には、若洲ゴルフリンクスがある。都心から最も近いゴルフコースのある多目的公園だ。キャンプ場やサイクリングコースが併設されている。

ＢＭＷは、東京湾沿いにある若洲海浜公園の手前で右折した。倉庫ビルが連《つら》なり、その先は埠頭になっている。

ＢＭＷが岸壁の手前で停止した。ヘッドライトが消される。

畔上は、ＢＭＷの四十メートルほど後方に四輪駆動車を停めた。ヘッドライトを消し、グローブボックスからオーストリア製の拳銃を摑み出す。

畔上は車を降り、ＢＭＷに向かった。

歩きながら、グロック32のスライドを引く。初弾が薬室に送られた。すぐにも発砲可能だ。

BMWの助手席のドアが開けられた。

降り立ったのはオールバックの男だった。数秒後、乾いた銃声が轟《とどろ》いた。橙色《だいだいいろ》がかった赤い銃口炎《マズル・フラッシュ》が瞬《またた》いた。

放たれた銃弾は、畔上のはるか頭上を疾駆《しっく》していった。

畔上は姿勢を低くして、ジグザグに走りはじめた。敵に無駄弾《だま》を撃たせる気になったのだ。

案の定《じょう》、オールバックの男が三発連射してきた。二発は七、八メートル先に着弾し、跳弾《ちょうだん》が畔上の後ろに落ちた。残りの一発は、畔上の肩の上を抜けていった。

畔上は威嚇射撃することにした。わざと的《まと》を大きく外して、引き金を一気に絞る。衝撃《キック》が手首から右腕全体に伝わった。

オールバックの男は、畔上がハンドガンを携行しているとは思っていなかったのだろう。明らかにうろたえ、ノーリンコで撃ちまくってきた。だが、どの弾も掠《かす》りもしなかった。

銃声が熄《や》んだ。

弾倉が空になったのだろう。オールバックの男があたふたと助手席に乗り込んだ。予備のマガジンは持っていなかったのか。あるいは、怖気《おじけ》づいたのかもしれない。

ＢＭＷが走りだした。

畔上は駆けた。埠頭に達すると、ＢＭＷの後ろのタイヤを撃ち抜いた。ドイツ車が不安定に揺れ、岸壁から海に落下した。

畔上は落下地点まで走った。

海底からヘッドライトの光が射《さ》している。無数の水泡が浮上してくるが、二人の男たちの姿は見えない。どちらもシートベルトは着用していなかっただろう。

車が海中に沈む寸前にドアを押し開け、脱出したのか。そうだとすれば、そのうち暗い海面から頭を突き出すだろう。

畔上は黒々とした波間に目を凝《こ》らした。

いくら待っても、海面は泡立たない。どちらの男も水死してしまったのか。それとも潜水で落下場所から遠のき、平泳ぎか背泳ぎをしているのだろうか。

畔上は墨色《すみいろ》の海面を凝視した。

しかし、何も見えなかった。

畔上はグロック32の安全弁を掛け、ベルトの下に差し入れた。ポリスモードを使って、折方副総監に連絡を取る。

スリーコールで、電話は繋がった。畔上は事の経過を伝えた。

「わかった。新沼理事官に連絡して、別働隊に動いてもらおう。関西弁の男たちが水死してないといいが……」

「ええ、そうですね。ひょっとしたら、あの二人はＢＭＷからうまく脱出して、海浜公園のキャンプ場あたりから陸《おか》に這《は》い上がる気なのかもしれません」

「そのあたりも念のため、調べてみてくれないか」

「わかりました。二人組が見つからないようだったら、わたしは轟の初台《はつだい》にある自宅マンションに行ってみます」

「いくらなんでも、今夜は警戒して自分の塒《ねぐら》には寄りつかないんじゃないのか？」

「ええ、多分ね。しかし、轟に裏をかかれたら、癪《しゃく》ですから」

「そうだな。轟とつるんでたと思われる裸の女を突き止める手立てはないんだね」

「ええ、残念ながら。とにかく、轟の家《ヤサ》を張り込んでみます。明け方に奴が塒に戻ってくるかもしれませんので」

「そうだな。後処理は新沼理事官がうまくやってくれるだろう。畔上君、大変だろうが、極秘捜査を続行してくれ」

副総監が電話を切った。

畔上はポリスモードを懐に戻すと、突端近くにあるキャンプ場まで急いだ。岸壁伝いにゆっくり歩いてみたが、二人組が海から這い上がった痕跡はなかった。

畔上はキャンプ場を出て、ジープ・チェロキーを駐《と》めた場所に向かって駆けはじめた。

第三章　不審な元上司

1

張り込みは無意味なのか。

そんな思いが膨らんできた。畔上はジープ・チェロキーの中から、『初台《はつだい》コーポラス』の表玄関に目を向けていた。

轟賢人に逃げられたのは、三日前の夜だ。畔上は若洲から轟の自宅マンションに回り、夜が明けるまで張り込んでみた。しかし、轟は自宅に戻ってこなかった。

関西の極道と思われる二人組の水死体は発見されなかった。男たちは海中に没したＢＭＷから脱出し、埠頭のどこかから陸に上がって逃走したにちがいない。

轟は姿を消してから、ずっと無断欠勤している。むろん、自宅マンションにも寄りついていない。

飲み友達の原がきのう、轟の郷里の長野県松本市に出向いてくれた。逃亡者の実家だけではなく、親類宅、友人の家々を訪ねてくれた。だが、轟はどこにも潜伏していなかったらしい。

丸二日も無駄に過ごしてしまった。

間もなく正午になる。これ以上、張り込んでも意味ないだろう。作戦を練り直すべきではないか。

畔上は四輪駆動車のイグニッションキーを捻《ひね》った。エンジンが始動しはじめた。

そのすぐ後、刑事用携帯電話《ポリスモード》が鳴った。畔上は懐からポリスモードを掴み出し、ディスプレイに目を落とした。発信者は折方副総監だった。

「轟の潜伏先が判明したんでしょうか?」

畔上は先に口を開いた。

「逃亡者は殺されてたよ」

「えっ⁉ 副総監、詳しいことを聞かせてください」

「轟は、日野《ひの》署管内の雑木林の地中に埋められてた。首には、樹脂製の結束バンドが二重に巻きつけられてたそうだ。体の一部が腐乱しはじめてるらしいから、おそらく神楽坂の裏通りから逃げた夜か、次の日に絞殺されたんだろう」

「ええ、そうなんでしょうね。轟に防犯システムを誤作動させた謎の脅迫者が連続貴金属強奪事件の犯人グループの割り出しを恐れて、協力者を消したんだと思います」

「ああ、そう考えてもいいだろうな。新沼理事官に指示して、捜一の管理官を臨場させたよ。本庁《うち》の機捜と日野署刑事課から何か手がかりを得られるかもしれない。野中殺しと繋がってる遺留品《リュウ》が見つかるかどうかわからないが、轟の死は捜査本部事件とリンクしてるんじゃないのかね？」

「ええ、多分。轟を殺《や》ったのは、大阪の極道と思われる例の二人組のどちらかかもしれません」

「考えられないことじゃないね。その二人は、轟を脅迫してた謎の人物の手下なんだろう」

「そうなんでしょう。轟に逃げるチャンスを与えた裸の女も犯人グループの一員だと疑えますが、まだ彼女の正体も摑めてないんです」

「そういう雑魚《ざこ》から首謀者を突き止めるのは難しいだろう。芝居を打った女のことは、新沼君に捜させよう」

「わかりました」

「犯人グループは、本気できみのおふくろさんを拉致して、囮《おとり》にする気でいるのかもしれないぞ。充分に警戒したほうがいいな」

「ええ。一昨日《おととい》、実家の兄に電話をして、絶対に母をひとりだけで外出させないでくれと頼んでおきました」

「そうか」

「犯人グループは、わたしが特命捜査に携わってることを知ってるにちがいありません。捜査関係者の中に、犯人グループに通じてる人間がいると思います」

「その件について、理事官に極秘で調べてもらったんだ。でね、警備一課に属してる特殊急襲部隊《SAT》の隊員の中に畔上君が非公式の特命捜査をしてることを快く思ってない者が数人いるらしいんだよ。そんな人間の誰かが、きみが殉職することを望んでるとも考えられるんじゃないか」

「ええ、そうですね。だから、犯人グループにわたしが特命捜査をしてることを注進したのかもしれません」

「新沼君に畔上君に悪感情を持ってるSAT《サット》のメンバーを別働隊に監視させろと言ってあるから、内通者はじきにわかるだろう」

「そう願いたいですね。轟が始末されたわけですから、わたしは野中順司の妹に会いに行きます。きのう、帰国してるはずなんですよ」

「そうしてくれないか」

折方が通話を切り上げた。

畔上は通話終了キーを押し、全日本ツーリストの本社に電話をかけた。野中未苗は、きょうは休暇を取っているという話だった。

畔上はジープ・チェロキーを発進させ、近くにあるファミリーレストランで昼食を摂《と》った。それから、未苗が住んでいる下北沢《しもきたざわ》の賃貸マンションに向かった。

数十分で、目的地に着いた。

ツアーコンダクターの部屋は二〇一号室だった。

畔上はインターフォンを鳴らした。しかし、応答はなかった。部屋の主は留守なのか。ふたたびインターフォンを響かせる。

今度は、すぐに女性の声で応答があった。

「どちらさまでしょう？」

「警視庁の畔上といいます。あなたは野中未苗さんですね？」

「はい、そうです。兄を殺害した犯人が捕まったんでしょうか」

「いいえ、そうではないんですよ。捜査本部の者がすでに聞き込み捜査をさせてもらってますが、また少しうかがいたいことがあるんです。ご協力していただけますか？」

「はい。少々、お待ちください」

「わかりました」

畔上は少しドアから離れた。姿を見せた未苗は、亡兄と目許《めもと》がよく似ていた。三十五歳のはずだが、ずっと若く見える。

畔上は警察手帳を見せ、支援捜査員であることを明かした。だが、細かいことは口にしなかった。

「どうぞお上がりください」

未苗が玄関マットの上に客用スリッパを並べた。

畔上は居間に通された。間取りは１ＬＤＫだった。

「一度目のインターフォンには応答がなかったんで、外出されてるのかなと思ったんですが……」

「ごめんなさい。ベランダで洗濯物を干してたんで、チャイムが聞こえなかったんです。仕事で海外に出ると、洗濯物が溜まってしまうんですよね。どうぞお掛けください」

未苗はリビングソファに畔上を坐らせると、手早くゴブレットに清涼飲料水を注いだ。

「どうかお構いなく」

畔上は言った。未苗がほほえんで、向かい合う位置に浅く腰かける。供されたのは、コーラだった。

「お兄さん、残念でしたね」

「ええ、まだ四十二でしたから。病死なら、諦《あきら》めもつくんでしょうが、兄は射殺されてしまったわけですから……」

「慰める言葉もありません。これまでの捜査本部の調べでは、事件当夜、なぜ野中順司さんが渋谷区桜丘町の裏通りにいたのかが不明なんですよ。何か心当たりは？」

「ありません。兄の知り合いが犯行現場の近くに住んでるという話は聞いたことが一度もなかったんですよ」

「そうなんですか。お兄さんは、元受刑者が仮出所後に相次いで三人も殺害されたことを調べてたんですよ」

「そのことも、わたし、渋谷署の刑事さんに教えられるまで知りませんでした。それから、兄が去年の夏から秋にかけて発生した連続貴金属強奪事件のことを取材してる

ことも ね」

「そうですか」

「刑務官をやってるころから、もともと兄は仕事のことは身内に話さないほうだったんです。職場で、受刑者のことを部外者にやたら喋るなと言われてたんでしょうね。でも、フリーライターになって、最初の署名入り原稿が月刊誌に載《の》ったときはとても誇らしげでした」

「野中さんは学生時代から、物を書く仕事に憧れてたそうですね」

「そうなんですよ。郷里の島根の地元紙の記者になりたかったみたいですけど、採用試験に通りませんでした。それで生活のため、兄は刑務官になったわけです」

「しかし、やっぱり文章を綴《つづ》る職業に就《つ》きたくて、奥さんに一言も相談しないで転職しちゃったんでしょうね」

「その通りです。別れた伊緒さんに反対されることになっても、兄は妻には相談すべきでしたよね。夫婦だったんですから」

「ええ、そうすべきだったんだと思います」

「兄は伊緒さんのことを大事な女性と思ってたはずですけど、子供のころから我《が》を通す性分《しょうぶん》でしたんで。伊緒さんは自分の存在を無視されたと感じて、少しずつ兄から気持ちが離れてしまったんでしょうね。兄が悪いんですよ」

「先日、内海伊緒さんにお目にかかりましたが、元気で事業に没頭してる感じだったな。インテリアデザイナーとして、注目されはじめてるみたいでしたよ」

「そうでしょうね。伊緒さんは昔から美的センスが光ってましたんで、立ち上げた会社は伸びると思います。それに彼女、ちょっと愁《うれ》いを帯びた美人だから、そのうち誰かと再婚するんじゃないかしら？　兄が無念な死に方をしたんで、伊緒さんには幸せになってもらいたいわ」

「あなたも、お兄さんの分まで幸せにならないとね」

畔上は言って、コーラで喉を潤《うるお》した。

「わたしは充分に幸せですよ、男運はよくありませんけどね。わたし、添乗員の仕事を天職だと思ってるんです。旅行も好きですけど、人のお世話をすることが生き甲斐《がい》なんですよ。体が動くうちは、現役のツアーコンダクターでいたいわ」

「仕事熱心も結構だが、まだ若いんだから、恋愛もしないとね」

「ええ、そのうち夢中になれる男性を見つけます」

「おっと、話が脱線しそうだな。生前、お兄さんが気になるようなことを洩らしてませんでした？」

「事件に関係があるとは思えませんが、兄に目をかけてくれてた昔の上司の生活ぶりが急変したことを少し訝《いぶか》しがってました」

「その人物のことをできるだけ詳しく話してもらえませんか」

「わたしは兄の自宅マンションでたまたま一度お目にかかっただけで、細かいことは知らないんですよ」

「かつての上司だというのは、男性なんでしょ？」

「そうです。高松義郎《たかまつよしろう》という名前で、兄が府中刑務所に勤務してるころに所長を務《つと》めてました。いま五十八歳だと思います。高松さんは二年数カ月前に早期退職して、『恒和交易《こうわこうえき》』という貿易会社を興《おこ》したという話でした」

「そう」

「主に中国から農産加工物を輸入してたらしいんだけど、買い付けた筍《たけのこ》の水煮に防腐剤が多量に混入してたとかで、取引先の信用を失って倒産しかけたみたいですよ。でも、去年の夏から急に高松さんの羽振りがよくなったそうなんです」

「野中さんは、そのことを怪しんでたんですね？」

「ええ、そうです。兄は、高松さんが何か不正なビジネスに手を染めて荒稼ぎするようになったのではないかと疑ってました。でも、何かと高松さんには世話になったんで、悪事を暴《あば》くようなことはしたくないんだと悩んでる様子でしたね」

未苗が溜息をついた。

「お兄さんは正義感が強かったんでしょ？」

「ええ、とっても。独身時代に栃木の刑務所で服役してる強盗犯が冤罪《えんざい》で苦しんでるのかもしれないと感じて、兄は休みの日に独自に事件のことを調べ直したんですよ。そして、その服役囚は遊び仲間に濡衣《ぬれぎぬ》を着せられたことを立証したんです」

「それは立派だな」

「兄は持ち前の正義感から、そういう行動をとったんですが、先輩の刑務官たちには余計なことをするなと窘《たしな》められたそうです。そのとき、兄は刑務官を辞めてフリージャーナリストになりたいと田舎の親兄弟に相談したんですよ」

「でも、家族に猛反対されたんで、辞表は書かなかったんでしょ？」

「ええ。それは、そうですよね。新聞記者か週刊誌記者をやったことがあるんだったら、フリーライターになっても原稿を記事にしてもらえるでしょう。だけど、元刑務官がすぐフリージャーナリストで食べられるわけありませんものね」

「そうだろうな。だから、きみの兄さんは退官しても、一、二年は無収入でも生活できるだけの貯《たくわ》えができてから、刑務官を辞めたわけですね？」

「そうなんです。でも、結婚してましたんで、辞表を書く前に伊緒さんに相談すべきだったんですよ。彼女が夫に失望しただけじゃなく、腹を立てても無理ないわ。兄は悪い人間じゃないんだけど、自分の考えを曲げようとしないから。本来、結婚には向かないタイプだったんだと思います。兄夫婦は離婚してしまったけど、まだ子供がいなかったことが唯一の救いでしょうね」

「話を戻しますが、『恒和交易』のオフィスはどこにあるんです？」

畔上は訊《たず》ねた。

「西新宿七丁目にあるテナントビルに事務所を構えてるみたいですよ。でも、正確な所在地まではわかりません」

「それは、こちらで調べましょう。元刑務所所長は当然、家族持ちなんでしょ？」

「ええ。もう社会人になってる息子さんと娘さんがひとりずついるそうですよ。奥さんは三つ下で、独身のころは保母さんをしてらしたようです。自宅は稲城《いなぎ》市内の戸建て住宅だと聞いてます」

「そうですか。その後、野中さんが高松義郎の不正の事実を摑んだ様子は？」

「それはわかりません。でも、高松さんが兄の事件に関与してるとは思えないわ」

「そう思われた理由は？」

「高松さんはわざわざ松江の実家に足を運んで、兄の遺骨の前で男泣きに泣いてくれたんです」

「そう。お休みのところ時間を割《さ》いていただいてありがとう」

「いいえ、ご苦労さまです。早く犯人が見つかるといいな。よかったら、コーラを……」

未苗が勧めた。

畔上はコーラを半分ほど飲んでから、ソファから立ち上がった。未苗に見送られて、部屋を出る。

捜査本部事件の被害者は、かつての上司が急に羽振りがよくなったことを不審がっていたという。元刑務所所長なら、警察関係者と交友があっても不思議ではない。高松義郎のことを少し調べてみる必要がありそうだ。

畔上は賃貸マンションを出ると、ジープ・チェロキーに乗り込んだ。一〇四で『恒和交易』の代表電話番号を問い合わせ、そのまま先方に繋いでもらう。

受話器を取ったのは若い女性社員だった。畔上はフリージャーナリストと偽って、電話を高松社長に回してもらった。

「お電話、替わりました」

「わたくし、野中順司さんと同業のフリーライターの津上という者です。彼の事件を取材してるんですが、高松さんはかつての上司だったそうですね」

「ええ。しかし、野中君がフリーの犯罪ジャーナリストになってからは数度しか会ってないんですよ。ですんで、お役に立つような情報を提供することはできないと思うがな」

「それでも、結構です。いまから三十分後には貴社にうかがいますんで、数十分、取材をさせていただけませんでしょうか？」

「数十分でしたら、なんとか都合をつけられます」

「ありがとうございます。オフィスは西新宿七丁目のどのへんにあるんですか？」

「柏木《かしわぎ》公園の並びにＳＫビルがあるんですが、その八階にオフィスがあります」

高松が答えた。畔上は電話を切ると、すぐさま車を走らせはじめた。

ＳＫビルを見つけたのは二十六、七分後だった。

畔上は路上に車を駐《と》め、エレベーターで八階に上がった。それほど大きなビルではない。『恒和交易』はワンフロアを使っていた。

出入口のそばに事務フロアがあり、十卓ほどスチールデスクが置かれている。その手前に応接ソファセットが据《す》えてあった。

畔上は女性社員に導かれて、奥の社長室に入った。両袖机《りょうそで》に向かっていた高松がすぐに立ち上がって、自己紹介した。

いかにも仕立てのよさそうな背広を着込み、左手首には数百万円はするスイス製の高級腕時計を光らせている。とても元刑務所所長には見えない。確かに羽振りはよさそうだ。

畔上は偽名刺を高松に手渡した。なぜか高松は、自分の名刺を出そうとしなかった。

二人はコーヒーテーブルを挟んで向かい合った。

「世の中はまだ不況ですが、高松さんの会社は順調らしいですね。わたしなんか、死ぬまで何百万円もする腕時計は買えそうもないな」

「事業をやってると、はったりも必要なんですよ。この腕時計も、取引先の信用を得るために無理して購入したんです」

「そうなんですか。実は、こちらにお邪魔する前に野中未苗さんに会ってきたんですよ。あなたの会社は防腐剤入りの筍の水煮を掴まされて、倒産の危機に晒《さら》されたことがあったそうですね？」

「野中君の妹さんは、そんなことまで言ってましたか。確かにそんなことがありました。その後、良心的な甘栗《あまぐり》卸し業者と商取引できるようになって、大手スーパーに納入させてもらえるようになったんですよ。おかげさまで年商が飛躍的に伸びて、社員たちにも安心して働いてもらえるようになりました。そんなことより、警察は何をしてるんでしょうね。野中君が殺されたのは先月の十六日でしょう。いくらなんでも、犯人を検挙《アゲ》てもらわないとな」

「どうも捜査は進展してないようですね。ですから、わたしも焦《じ》れて事件のことを個人的に調べはじめたんですよ」

「怪しい奴はいるんですか？」

「残念ながら、まだそこまではわかりません。高松さんは、野中さんが去年に発生した三人の元受刑者殺しと五件の連続貴金属強奪事件を並行して取材してたことはご存じなんでしょ？」

「いいえ、そのことは新聞報道で知りました」

「並行取材してた事件は、どこかで繋がってる気がするんですよ」

「それはどうですかね。どう考えても、関連はなさそうじゃないですか」

高松は言いながら、急に落ち着きを失った。うろたえていることは隠しようがない。

「まだ確証は押さえてないんですが、双方がリンクしてるという心証は得てるんですよ」

「わたしは、別に繋がりはないと思うな。野中君は、どちらかの事件の真相に迫ったんで、命を奪われてしまったんでしょうか。いや、そうじゃなさそうだな。彼は、別の未解決事件を解く大きな手がかりを摑んだんで……」

「葬られてしまった？」

「そんなふうにも推測できるんではないのかな。野中君は刑務官のころから、事件記者みたいに迷宮入りした凶悪犯罪にえらく関心を持ってたんですよ。独身のころ、ある冤罪《えんざい》を暴いたこともありました」

「その話は、妹さんからうかがいました」

「そうですか。彼がフリージャーナリストになってからは、なんとなく仕事の内容は訊《き》きにくくなって、もっぱら当たり障《さわ》りのない話をするだけだったんですよ。だから、わたしは役に立つような話はできないな」

「社長にお会いすれば、何か手がかりを得られると期待してたんですがね」

　畔上は、ことさら残念がってみせた。

「期待外れで申し訳ありません」

「気にしないでください」

「もうじき商談の相手が訪れることになってるんですよ」

高松が左手首に視線を落とした。あまり深追いすることは得策ではない。畔上は退散することにした。高松に謝意を表し、『恒和交易』を出る。元刑務所所長が狼狽したことが気になって仕方がない。高松は何か疚《やま》しさを覚えたのではないか。高松の私生活を探ってみる価値はありそうだ。

畔上はそう思いつつ、函《ケージ》に乗り込んだ。

2

残照が弱々しくなった。

午後四時半近い。畔上は四輪駆動車のステアリングを抱え込み、ＳＫビルに目を向けていた。前髪を額に垂らし、変装用の黒縁眼鏡をかけている。

少しは印象が変わっただろう。レンズに度は入っていない。視力は両眼とも一・二だった。

高松はまだオフィスに留《とど》まっている。もうしばらく待たされそうだ。生欠伸《なまあくび》が出そうになったとき、ＳＫビルの地下駐車場から黒塗りのレクサスが走り出てきた。ステアリングを握っているのは高松義郎だった。商談に赴《おもむ》くのか。

畔上は十秒ほど経《た》ってから、レクサスを追尾しはじめた。

高松の車は近くの青梅《おうめ》街道に出ると、そのまま靖国通りをたどった。明治通りを右折し、渋谷方面に向かっている。

行き先に見当はつかなかった。畔上は慎重にレクサスを追った。

レクサスは渋谷駅の横を通過し、なおも道なりに進んだ。ジープ・チェロキーで追走しつづける。

やがて、高松の車は恵比寿《えびす》ガーデンプレイスに乗り入れた。平成六年の秋にサッポロビールの工場跡地にできた〝複合都市〟だ。四十階建てのオフィスビルを中心に、外資系ホテル、レストラン、デパート、多目的ホールなどが建ち並んでいる。

レクサスは外資系ホテルの地下駐車場に潜《もぐ》った。畔上は倣《なら》って、高松の車から少し離れた場所に専用捜査車輛を停めた。

高松が慌《あわ》ただしく車を降りた。黒革のセカンドバッグを抱えている。高松は一階ロビーに上がり、ティールームに入った。

畔上は高松を追った。エントランスロビーから、さりげなくティールームを覗く。

高松は中ほどのテーブル席で、四十七、八歳の男と向かい合っていた。ウェイトレスが下がると、彼はセカンドバッグから分厚い紙袋を取り出した。

下部にメガバンク名が刷《す》り込まれている。中身は札束だろう。四十代後半の男が紙袋を押しいただき、手早く自分の黒いビジネスバッグに収《おさ》めた。

領収証を高松に渡すことはなかった。借用証の類《たぐい》も認《したた》めない。高松が手渡した札束は、商取引とは無縁なのだろう。

疚《やま》しい金と思われる。相手の男は、いったい何者なのか。

畔上はホテルの外に出て、車寄せにたたずんだ。原圭太に電話をする。ツーコールで、通話可能状態になった。

「原ちゃん、いま動けるかい？」

「ええ、大丈夫ですよ」

「ちょっと正体を突き止めてもらいたい男がいるんだ」

畔上は経緯《いきさつ》をかいつまんで話した。

「タクシーを飛ばして、すぐに恵比寿に向かいます」

「仕事、大丈夫なのかい？」

「ブレーンが優秀ですから、こっちがいなくても問題ありませんよ。やっと出番が回ってきたか」

「妙に張り切ってるな」

「探偵ごっこが大好きですんで」

「なら、いっそ特別枠で警視庁《うち》の特別捜査官になるか」

「特別捜査官？」

原が訊《き》き返した。

「そう。即戦力を持ってるスペシャリストたちが中途入庁の採用枠で、コンピューター犯罪捜査官、財務捜査官、科学捜査官なんかになってるんだ。原ちゃんに税理士や公認会計士の資格があれば、すぐに財務捜査官になれる」

「どっちも資格はないな」

「しかし、ＩＴには精《くわ》しいじゃないか。だから、俗にハイテク捜査官と呼ばれてるコンピューター犯罪捜査官にはなれるよ」

「そういう採用枠があるとは知らなかったな」

「原ちゃん、どうする？　折方副総監の口利きなら、必ず採用されるだろう」

「遠慮しておきます。どんな職業もプロになったら、それなりに苦労があるでしょうから、お気楽には仕事はできないでしょ？」

「ああ、それはそうだろうな」

「おれは素人探偵のままでいいですよ」

「わかった。ロビーで待ってるよ」

畔上は電話を切り、ホテルの回転扉を押した。ティールームの近くのソファに腰かけ、備《そな》え付けのグラフ誌の頁《ページ》を繰《く》りはじめる。

畔上はグラビア写真に見入っている振りをしながら、高松たちの様子をうかがった。二人は愉《たの》しげに談笑している。

相手の男はサラリーマン風の身なりだが、眼光は鋭い。警視庁の刑事なのか。本庁舎には、職員を含めて約一万人の警察関係者がいる。捜査一課だけでも、およそ四百五十人の課員が働いていた。組織犯罪対策部は、およそ千人の大所帯だ。したがって、同じ本庁詰めでも全員と顔見知りというわけではない。

高松と話し込んでいる男は、畔上が副総監直属の特命刑事であることを嗅ぎ当て、正体不明の犯罪者集団に教えたのだろうか。

しかし、よく観察すると、目つきの悪い男は刑事とはどこか雰囲気が違う。どこの誰なのか。

二十分も経《た》たないうちに、原が外資系ホテルに駆けつけた。彼は畔上のかたわらに腰かけ、ティールームに目を走らせた。

畔上は、高松たち二人を目顔で教えた。

「相手の男は取引先の者じゃないんでしょうね。札束を受け取ったのに、領収証を高松に渡さなかったという話でしたから」

「そうだろうな。どことなく相手の男は公務員っぽいんだ」

「高松の昔の部下なんじゃないのかな。いや、違いますね。刑務官に金を渡すなんてことは考えられませんから。待てよ、考えられなくもないか」

「原ちゃん、どう推測したんだい？」

「高松は、服役中の大物やくざの関係者からたっぷりと謝礼を貰って、脱獄させる段取りをつけてやってるんじゃないのかな。相棒の男は現役の刑務官で、脱獄の手助けをして遊興費を稼いでるんじゃありませんかね？」

「ここ何年も服役囚が脱獄したなんて事案《じあん》はないんだ。その線は考えにくいな。高松の会社は潰《つぶ》れそうになったのに、なんとか持ち直した。中国から良質の甘栗を輸入するようになってから経営が安定したと言ってたが、それで急に金回りがよくなったとは思えない」

「でしょうね。高松は何か非合法ビジネスで荒稼ぎしている気がする」

「おそらく、そうなんだろう」

　会話が中断した。

そのとき、高松たち二人がほぼ同時に腰を浮かせた。ティールームの前で、彼らは別れた。眼光の鋭い男は回転扉に向かって歩いてくる。

「尾行を開始します」

原が畔上に耳打ちして、ソファから離れた。

畔上は、地下駐車場に向かった高松を追った。高松は自分の車に乗り込むと、すぐに発進させた。

畔上はジープ・チェロキーで追った。レクサスは恵比寿ガーデンプレイスを後《あと》にし、渋谷方向に進んでいる。西新宿の会社に戻るつもりなのか。

畔上の予想は外れた。高松の車は渋谷駅の手前で脇道に入り、桜丘町の坂を登りはじめた。野中順司が射殺された現場はすぐ近くだ。

レクサスは坂道の途中で、路肩《ろかた》に寄った。

すぐ横には、八階建ての集合住宅がそびえている。賃貸マンションだろう。

高松は車を降りなかった。運転席に坐って、スマートフォンを右の耳に当てている。マンションの入居者の中に知り合いがいるのだろうか。

畔上は、四輪駆動車をガードレールに寄せた。

五分ほど過ぎたころ、八階建ての集合住宅から二十五、六歳の美女が現われた。いくらか目に険《けん》があるが、女優のように美しい。プロポーションも申し分なかった。

女が高松に笑いかけ、レクサスの助手席に乗り込んだ。馴《な》れた様子だった。高松とは親密な間柄なのだろう。

レクサスが走りはじめた。坂を登り切ると、猿楽町《さるがく》方面に向かった。畔上は細心の注意を払いながら、高松の車を尾行しつづけた。

レクサスは、東急東横線代官山《だいかんやま》駅の近くにある有名フレンチ・レストランの駐車場に入った。高松は美女と腕を組んで店内に入っていった。

畔上はフレンチ・レストランの斜め前にある四川《しせん》料理を売り物にしている中華料理店の駐車場にジープ・チェロキーを突っ込み、すぐに店内に足を踏み入れた。窓際のテーブル席につき、フカヒレの姿煮蕎麦《そば》を注文する。

畔上はロングピースに火を点け、斜め向かいのフレンチ・レストランに視線を向けた。

高松たち二人は、道路に面した席で向かい合っている。嵌《は》め殺しのガラス窓には白いレースのカーテンが垂れているが、照明で店内は透《す》けて見えた。

二人はコース料理をオーダーしたようだ。卓上には、前菜の皿が載っている。

連れの女性の前には、シェリー酒のグラスが置かれていた。食前酒だ。車だからか、高松の前にはソフトドリンクが見える。

メインディッシュの肉料理が届けられたとき、畔上の卓上にも注文した物が運ばれてきた。フカヒレの姿煮は割に大きかった。二千四百円では、採算が合わないのではないか。

畔上は余計なことを考えながら、中華箸《ばし》を使いはじめた。蕎麦を啜《すす》り込みつつ、高松たちの様子を盗み見る。

高松は終始、にこやかな表情を崩さない。

美女は高松に甘えた顔を向けている。二人は不倫の関係なのだろう。

高松は女性に好《す》かれるような外見ではない。金の力で、目の前の若い女を口説《くど》いたのではないか。

小さな貿易会社の経営者が真っ当なビジネスで、俄成金《にわかなりきん》になれるとは考えにくい。高松は何か闇商売で悪銭を手に入れたのだろう。畔上は確信を深めた。

野中殺害事件の現場近くに高松の愛人と思われる美女の住まいがあることは、単なる偶然ではない気がする。捜査本部事件の被害者は去年の七月ごろから急に金回りのよくなった高松を怪しみ、ちょくちょく昔の上司の動きを探《さぐ》っていたのではないか。

高松は野中に悪事に手を染めていることを知られ、かつての部下を射殺したのだろうか。

元刑務官なら、人殺しが割に合わないことは承知しているはずだ。高松が捜査本部事件に関与しているとしても、自ら手は汚していないだろう。野中は、高松に雇われた第三者に撃ち殺されてしまったのか。

畔上は食事を摂《と》り終えると、中華料理店を出た。

高松たちは、まだメインディッシュを平らげていない。当分、店から出てこないだろう。畔上は四輪駆動車に乗り込み、桜丘町に引き返した。高松の連れが出てきた八階建ての集合住宅の近くに車を駐《と》め、アプローチをたどる。

マンションの出入口は、オートロック・システムにはなっていなかった。常駐の管理人もいない。

畔上は集合郵便受けのネームプレートを一つずつ読んだ。入居者の中に、一つだけ外国人の姓があった。五〇一号室の名札には、葉《イエ》と記《しる》されている。中国人の姓と思われる。

『恒和交易』は、主に中国から農産加工物を輸入しているという話だった。高松の連れの美人は葉《イエ》という姓なのかもしれない。

畔上はエレベーターで五階に上がった。

五〇一号室の名札には、葉春紅《イエチュンホン》と女性のフルネームが掲《かか》げられている。試《ため》しにインターフォンを鳴らしてみたが、スピーカーは沈黙したままだった。

畔上は集合住宅を出て、代官山のフレンチ・レストランに舞い戻った。高松たちはデザートの洋梨のシャーベットをつついていた。

畔上は車をフレンチ・レストランから少し離れた暗がりに停め、ヘッドライトを手早く消した。エンジンも切る。

高松たちがフレンチ・レストランから出てきたのは、午後七時半過ぎだった。レクサスは閑静な住宅街を抜け、玉川《たまがわ》通りに出た。渋谷駅前で明治通りに乗り入れ、新宿方面に向かった。

畔上は数台の車を挟みながら、高松の車を追いつづけた。

やがて、レクサスは歌舞伎町のあずま通りにある立体駐車ビルの中に吸い込まれた。畔上はジープ・チェロキーを路上駐車し、素早く物陰に隠れた。

数分待つと、高松と美女が立体駐車場から現われた。

二人は身を寄り添わせ、近くにある白い飲食店ビルの中に入っていった。

畔上はビルの袖看板を見た。四階にクラブ『上海《シャンハイ》パラダイス』というプレートが張り出している。

畔上は飲食店ビルに近づいた。高松たち二人はエレベーターホールに立っている。ほどなく函《ケージ》の中に消えた。畔上はエレベーター乗り場に走り、階数表示盤を仰《あお》いだ。ランプは四階で静止した。どうやら高松の連れは、『上海パラダイス』のホステスらしい。高松は彼女と同伴で店に飲みに行ったのだろう。

伊達《だて》眼鏡をかけているが、『恒和交易』の社長には顔を知られている。『上海パラダイス』に入るわけにはいかない。

畔上は飲食店ビルを出て、四輪駆動車に乗り込んだ。

ドアを閉めたとき、私物の携帯電話が懐で振動した。マナーモードにしておいたのだ。電話をかけてきたのは原だった。

「畔上《アゼ》さん、眼光の鋭い男は法務省東京入国管理局の入国警備官でした。名前は菊竹《きくたけ》政明《まさあき》で、四十八歳だそうです」

「入国警備官だったのか」

「ええ。入国警備官は不法入国者や不法滞在者などを摘発して、それぞれの母国に送還してるんでしょ？」

「ああ、そうだよ」

「高松義郎は中国との貿易をしてるんで、日本に不法滞在してる大陸出身者の摘発をしないで欲しいと菊竹に袖《そで》の下を使ってたんじゃないのかな。もちろん、善意による人助けなんかじゃなく、不法滞在中国人から多額の謝礼を貰って、その一部を入国警備官の菊竹に渡してたんでしょう」

「そうなんだろうか」

「高松は恵比寿のホテルから自分の会社に戻ったんですか？」

「いや、そうじゃないんだ」

畔上は経過を伝えた。

「高松が中国人ホステスらしい葉春紅《イエチユンホン》という彼女を愛人にしてるとしたら、おそらく元刑務所所長は不法滞在外国人の収捕《しゆうほ》をしないでやってくれと菊竹に賄賂《わいろ》を使ってるんだと思うな」

「原ちゃん、まだ東京入管の近くにいるのか？」

「ええ、港区港南《こうなん》五丁目にいます」

「それなら、タクシーで歌舞伎町に来てくれないか。『上海パラダイス』というクラブに客として入って、高松と連れの女の関係を探《さぐ》ってもらいたいんだ。おれは高松に面《つら》を知られてるからさ」

「わかりました。現在地を教えてください」

原が言った。

畔上は質問に答えて、通話を切り上げた。

原がタクシーで駆けつけたのは三十数分後だった。畔上は、助手席に乗り込んできた原に十枚の万札を差し出した。

「これを飲み代にしてくれ」

「おれ、金なんか受け取れませんよ。押しかけ助手みたいなもんだし、経済的には困ってません」

「そっちが富豪だってことはわかってるよ。しかし、捜査費はたっぷり遣《つか》えるんだ。おれが自腹を切るわけじゃないんだから、遠慮するなって。足りなかったら、後で払うよ」

「しかし……」

「いいから、受け取ってくれって。おれ、年下の人間に借りを作りたくないんだよ」

「そういうことなら、この金で店のホステスたちから情報を集めます」

原がジープ・チェロキーを降り、飲食店ビルに足を向けた。

畔上は煙草をくわえ、カーラジオのスイッチを入れた。原が四輪駆動車に戻ってきたのは一時間数十分後だった。少し酒臭かった。

「高松は、同伴したホステスのパトロンでした。女は葉春紅《イエチュンホン》と名乗ってるようですが、それは本名じゃないそうです。本当の名は呉香梅《ウーシャンメイ》で、上海育ちの二十六歳だということでした」

「偽名を使ってるのは、オーバーステイしてるからなんだろうな」

「ええ、そうでしょう。もう三年以上も不法滞在してるようですよ。『上海パラダイス』のナンバーツーだそうですけど、去年の夏に高松の愛人になったらしいんです。渋谷のマンションの家賃は高松が払ってるみたいですね。ただ、香梅《シャンメイ》が月々いくらの手当を貰ってるかはホステス仲間もわからないと口を揃えてました」

「月の手当が五十万円以下ってことはないだろう。店の売れっ子ホステスを高松が囲うことになったんだから」

「そうでしょうね。高松は週に三、四回は愛人の部屋に泊まってるみたいですよ。おそらく夫婦仲は冷え切ってるんだろうな」

「そうなんだろう。ホステスは全員、中国人だった？」

「二十一人とも上海生まれだって話でしたね。でも、ママの陳秀蓮《チェンシウリエン》は北京《ペキン》育ちだそうです。ママは四十二、三歳なんですが、日本人の夫と十年以上連れ添ったとかで、日本語は達者でした。数年前に離婚して、いまは台湾人実業家の世話になってるそうですよ」

「それなら、『上海パラダイス』のオーナーは台湾人のパトロンなんだろう」

「でしょうね。ホステスたちの半数はオーバーステイみたいなんですが、東京入管の者が店に来たことは一度もないそうです。高松が入国警備官の菊竹に鼻薬をきかせてるからなんでしょう」

「そうなんだろうな」

「多分、高松は香梅《シャンメイ》の知り合いの不法滞在中国人たちから多額の謝礼を貰って、菊竹に摘発をしないでくれと根回ししてるんでしょう」

「そういう非合法ビジネスだけで、上海美人を囲えるかな。高松はもっと金になる裏ビジネスをやってるんだろう。そういう裏の顔を昔の部下の野中順司に知られたんで、高松は第三者に捜査本部事件の被害者を始末させたのかもしれないぞ。野中が射殺された現場は、呉香梅《ウーシャンメイ》の自宅マンションの近くだったんだ」

「あっ、そうですね。高松が『上海パラダイス』から出てきたら、少し締め上げてみますか」

「それは、まだ早いな。もう少し高松の動きを探ってみるよ。原ちゃんは、もう自分の塒《ねぐら》に戻ってもいいぜ。おれは、ここで高松を待つ」

畔上は言った。

「おれもつき合いますよ。鳥居坂のマンションに帰っても、特にやることはないしね」

「それなら、原ちゃん、『エトワール』にちょっと顔を出してくれないか。今夜は真梨奈ちゃんがピアノの弾き語りをしてるはずだから。おれは、彼女に店に来ないでくれと言われちゃったから、行きたくても行けない」

「真梨奈ちゃんは、例のインテリやくざとの件で少し腹を立ててるだけですよ。心の中では、畔上《アゼ》さんの忠告に感謝してると思うな。筋者と長くつき合ってても、女は幸せになれっこないですからね」

「いや、彼女はおれが余計なことをしたんで、本気で怒ってるんだろう。それだけ死んだ彼氏に惚れてたんだと思うよ。お節介なんかしなければよかったのかもしれない」

「おれは、畔上《アゼ》さんがやったことは間違ってなかったと思います。クサい言い方になるけど、畔上《アゼ》さんの隣人愛は素晴らしいですよ。真梨奈ちゃんに悲しい思いをさせないよう、あえて憎まれ役を買って出たんですから。大人の優しさは、いつか彼女に伝わりますって」

「それはどうでもいいんだが、原ちゃん、ちょっと真梨奈ちゃんの様子を見に行ってくれないか。彼女が早く元通りになってくれないと、なんか後味が悪いんだよ」

「わかりました。『エトワール』を覗いてから、塒に帰ることにします」

原がおどけて敬礼し、ジープ・チェロキーを降りた。畔上は原の後ろ姿に目を当てながら、背凭《せもた》れに上体を預けた。

3

飲食店ビルから一組の男女が姿を見せた。

高松と葉春紅《イエチュンホン》だった。春紅《チュンホン》はチャイナドレス姿だ。切れ込み《スリット》から覗く白い太腿《ふともも》がなまめかしい。

畔上はダッシュボードの時計を見た。

午後十一時六分過ぎだった。高松が愛人に何か言って、立体駐車ビルに足を向けた。少し酔っている様子だ。

春紅《チュンホン》がエレベーター乗り場に戻っていった。

高松は愛人宅に向かうのか。それとも、稲城の自宅に戻る気なのだろうか。どちらにしても、いまレクサスを動かしたら、酒気帯び運転になる。

畔上は一瞬、身分を明かして高松を揺さぶってみる気になった。

しかし、相手は相当な狸《たぬき》だろう。あっさりと悪事を認めるとは思えない。

畔上は、とりあえず高松の行き先を見届けることにした。
四、五分待つと、レクサスが立体駐車ビルから滑り出てきた。畔上は少し間《ま》を取ってから、ジープ・チェロキーを走らせはじめた。
高松の車は青梅街道に出ると、高層ビル街を抜け、甲州街道に乗り入れた。どうやら自宅に帰るようだ。

畔上は追尾を切り上げた。四輪駆動車をUターンさせ、あずま通りに引き返した。車を路上に駐《と》め、白い外壁の飲食店ビルに足を踏み入れる。

エレベーターの中には、化粧と香水の匂いが充満していた。思わず畔上は、むせそうになった。函《ケージ》が四階に達した。

『上海パラダイス』のドアを押すと、黒服の男が近づいてきた。三十歳前後に見える。

「いらっしゃいませ。お店の営業時間、午後十一時五十分までなんですが、よろしいでしょうか?」

「いいよ。日本語がうまいね」

「もう日本に来て六年になりますから、日常会話はできます。お客さま、初めていらっしゃいますでしょう？」

「そう。知り合いに春紅《チュンホン》という上海美人がいると教えられたんで、ちょっと顔を見に来たんだよ」

「そうですか。それでしたら、ご指名は春紅《チュンホン》さんでよろしいですね？」

「ああ」

「お席にご案内します」

「よろしく！」

畔上は黒服の男の後《あと》に従った。

店内は仄暗《ほのぐら》い。十五、六卓のテーブルは三分の一程度しか埋まっていない。客の大半は、日本人のビジネスマンのようだ。どのテーブルにも、三人のホステスが侍《はべ》っている。

春紅《チュンホン》は、奥まったボックスで接客中だった。客は初老の二人連れだ。片方の男は、春紅《チュンホン》のくびれた腰に手を回していた。反対側の手は、彼女の太腿に置かれている。

畔上は中ほどのボックス席に落ち着き、スコッチ・ウイスキーの水割りと数種のオードブルを注文した。

黒服の男が春紅《チュンホン》のいるボックス席に歩み寄り、彼女の耳許で囁《ささや》いた。

春紅《チュンホン》にまとわりついている客が、嫌悪に充《み》ちた眼差《まなざ》しを畔上に向けてきた。それを黙殺し、畔上はロングピースをくわえた。

煙草を喫《す》い終えたとき、ボーイが酒とオードブルを運んできた。水割りを二口《ふたくち》ほど喉に流し込んだとき、春紅《チュンホン》が畔上の席にやってきた。

「初めまして！　わたし、春紅《チュンホン》です。ご指名、ありがとうございます」

「噂以上の美人だな。ま、坐ってよ」

畔上は、春紅を左横に腰かけさせた。

「お客さんに指名していただいて、ラッキーでした」

「どういうことなのかな？」

「わたしが接客してた社長さん、しつこいんです。キャッシュで百万円あげるから、今夜、ホテルにつき合えって来るたびに言うんですよ」

「酒の席での戯《たわむ》れだろう」

「ううん、本気なんだと思います。連れの方が手洗いに立った隙《すき》に、必ず帯封の掛かった札束をドレスのスリットから突っ込むんですよ」

「なら、本気で口説きたいんだろう。ちょっと体を貸してやるだけで百万も稼げるなら、割り切って……」

「中国の女性、そんなにドライじゃありません。好きな男性でないと、メイクラブなんかできないですよ」

「堅いんだな。こりゃ、失礼なことを言っちまった。何か好きなカクテルを飲んでくれよ」

「はい。それでは、マルガリータをいただきます」

春紅《チュンホン》が片手を高く挙げた。ボーイがすぐにやってきた。春紅《チュンホン》がカクテルをオーダーする。ボーイが下がると、彼女が笑顔を向けてきた。

「お客さまのお名前を知りたいわ」

「笑っちゃうほど平凡な名前なんだ。おれは、佐藤一郎《さとういちろう》っていうんだよ」

「そうですか。普通のサラリーマンって感じじゃありませんね」

「ジゴロだよ。要するに、女に喰《く》わせてもらってるヒモさ」

「嘘でしょ?」

「もちろん、冗談だ。そんなに女にモテるタイプじゃないよ」

「ううん、とっても素敵ですよ。男臭いマスクで、筋肉質の体型だから、女性には好かれると思います」

「どうせなら、きみに好かれたいな」

「嬉しいことを言ってくれるんですね。でも……」

「彼氏がいるから、ノーサンキューってわけか」

「わたし、彼氏なんかいませんよ」

「それが本当なら、毎晩、通うかな」

畔上は冗談めかして、春紅《チュンホン》にオードブルを勧めた。春紅《チュンホン》は礼を言ったが、オードブルには手をつけようとしなかった。

ボーイがカクテルを運んできた。

畔上たちはグラスを触《ふ》れ合わせた。春紅《チュンホン》がマルガリータを口に含んで、さりげなく親指の腹でグラスの縁《ふち》を拭《ぬぐ》った。口紅を拭《ぬぐ》う仕種《しぐさ》が女っぽかった。

「いま日本には、六十八万人以上の中国人が暮らしてるんだよな。中国の経済は急成長したから、どんどん海外に進出するようになったんだろう」

「でも、貧富の差が大きくなりました。都市部は確かに経済的に豊かになりましたけど、内陸部の農村なんかはすごく貧しいんです。党の幹部らは自分の利益になるようなことしかやってないから、おとなしい庶民はいっこうにいい思いができません。ううん、都市部でも富裕層はそんなに多くないですね。世渡りの上手な人たちがリッチになってるだけで、上海の一般市民は物価高に泣かされてます」

「日本の景気は長いこと低迷してるが、それでも中国にいるよりも稼ぐチャンスがあるんだろうな」

「ええ、そうですね」

「だから、中国人の不法滞在者がいっこうに減らないんだろうな」

畔上は揺さぶりをかけた。春紅《チュンホン》が表情を強張《こわば》らせ、目を伏せた。何か言いかけたが、言葉は発しなかった。

「夜の歌舞伎町で働いてる中国人男女の三割ぐらいは不法滞在者らしいじゃないか」

「そうなんですか。この店のスタッフの中には、オーバーステイしてる者はひとりもいません。ママのチェックが厳しいから」

「そう。誰かから聞いたことがあるんだが、東京入国管理局の職員の中には金に弱い奴がいるらしく、不法滞在外国人の摘発に手心を加えてるそうだよ。十年以上もオーバーステイしてても、一回も摘発されない者がだいぶいるみたいだぜ」

「そうなんですか」

「そういう連中は偽造旅券を所持してて、他人になりすましてるんだってさ。きみは、葉春紅《イエチュンホン》さんだったね？」

「どうしてお客さんが、わたしの姓をご存じなんですか!? わたし、下の名しか教えませんでしたよ」

「実はね、こっちは東京入国管理局の者なんだよ」

畔上は春紅《チュンホン》に小声で告げた。春紅《チュンホン》が驚きの声を洩《も》らし、腰を浮かせそうになった。すかさず畔上は押し留《とど》めた。

「こっちに協力してくれたら、きみのオーバーステイには目をつぶってやろう。もう三年以上も不法滞在してることはわかってるんだ。シラを切っても無駄だよ」

「なんてことなの」

「きみの本名は呉香梅《ウーシャンメイ》だね？」

「…………」

「もう観念したほうがいいな。こっちは、ずっと内偵してたんだからさ」

「オーバーステイはよくないこととわかってたんですけど、もっと日本で稼ぎたかったんですよ。ごめんなさい」

「謝らなくてもいいんだ。きみを摘発しないよう手を打っておくから、何も不安がることはない」

「本当に見逃してくれるんですか、わたしのオーバーステイのことを？」

「ああ、約束するよ。その代わり、知ってることはちゃんと正直に話してほしいんだ。いいね？」

「は、はい」

「本名で呼ばせてもらおう。呉香梅《ウーシャンメイ》、きみは高松義郎の世話になってるね。『恒和交易』の社長の愛人だよな？」

「高松さんは、わたしをよく指名してくれるお客さんです」

「下手《へた》な嘘をつくと、上海に送還せざるを得なくなるよ」

「それ、困ります。わたし、まだまだ日本で働きたいんです。どうかわたしを捕まえないでください」

香梅《シャンメイ》が哀願した。

「それだったら……」

「わかりました。わたし、去年の夏から高松さんにパトロンになってもらってます」

「渋谷のマンションの家賃を払ってもらって、毎月、手当を貰ってるんだね？」

「はい、家賃のほかに月に七十万円貰ってます」

「『恒和交易』は細々と貿易をやってるはずだ。去年の七月ごろから高松の金回りがよくなったのは、裏ビジネスをしてるからにちがいない。きみのパトロンは、不法滞在の中国人から金を取って、東京入管の職員に鼻薬をきかせてるんだろ？」

「その日本語、よく理解できません」

「そうか。つまり、高松は東京入管の人間を金で抱き込んで、オーバーステイしてる大勢の中国人男女の摘発を控えさせてるという意味だよ」

「あなたの説明で、意味はわかりました。高松さんがそういうダーティー・ビジネスをしてるかどうかわかりませんが、彼がわたしに葉春紅《イエチュンホン》名義の偽造旅券をくれたことは確かです。だから、わたしは普段は春紅《チュンホン》になりすましてるんですよ」

「ホステスの大半も、不法滞在者なんだね？」

「十二人、いいえ、わたしを含めて十三人がオーバーステイです。でも、みんなの偽造旅券はママが用意してくれたと聞いてます」

「ママは陳秀蓮《チエンシウリエン》という名だよな？」

「はい」

「どこにいるのかな」

「少し前まで接客してたんですが、店が空《す》きはじめたんで、事務室に戻りました」

「事務室に連れてってくれ」

畔上は、ごく自然に立ち上がった。香梅《シャンメイ》が諦《あきら》め顔で腰を浮かせる。

事務室は厨房《ちゅうぼう》の横にあった。香梅《シャンメイ》がドアをノックして、ドアを開けた。スチール製デスクの前に長椅子が置かれている。三畳ほどの広さだった。

事務机に向かっていた四十年配の女が顔を上げた。

「春紅《チュンホン》ちゃん、その方は？」

「ママ、こちらは東京入国管理局の方だそうです」

「えっ⁉」

「きみは、もうフロアに戻ってもいいよ」

畔上は香梅《シャンメイ》に言って、勝手に狭い事務室に滑り込んだ。後ろ手にドアを閉める。

「わたしがママの陳秀蓮《チエンシウリエン》ですけど、従業員に不法滞在者なんかひとりもいませんよ」

「そうかな。自己紹介が遅れたが、東京入管の佐藤一郎です。菊竹政明の同僚ですよ」

「菊竹さん？　そういう方は存じ上げませんけど」

秀蓮《シウリエン》が首を横に振った。チャイナドレスに包まれた体は熟《う》れていた。バストは豊満で、目鼻立ちも割に整っている。目が大きく、鼻も高い。

「坐らせてもらうよ」

畔上は断って、モケット張りの長椅子に腰を沈めた。木製の肘掛《ひじか》けの端に煙草の焦《こ》げ跡があった。

「女の子たちの旅券をまとめて預かってますんで、いま出しますよ」

「ママは際《きわ》どい芝居を打つね。おれがこんなことを言ってはまずいんだが、外国人の不法滞在者を根絶《ねだ》やしにすることは不可能だろう。摘発した連中を本国に送還しても、その気になれば、偽造旅券で日本に再入国できるわけだからな」

「何が言いたいんです？」

「おれたち入国警備官は安い俸給で働かされてるんだよ。それなりに職務に励んでも、虚《むな》しい結果になる。ばかばかしくて、やってられない」

「………」

「菊竹みたいに肚《はら》を括《くく》れば、副収入を得られる。おれも、彼みたいに小遣いを稼ぎたくなったんだよ。この店の常連の高松義郎は菊竹を抱き込んで、不法滞在してる中国人男女の摘発をしないように働きかけてるんだなっ」

「わたしは、そんなこと知りませんよ」

「ママ、そんな強気に出てもいいのかな。店のホステスの半分が中国に送還されたら、商売にならないんじゃないの？」

「うちの娘《こ》たちは、さっきも言ったように誰もオーバーステイなんかしてませんよ」

「ママ、もう芝居なんかしなくてもいいんだ。おれは、まともに摘発する気なんかないんだからさ。菊竹と同じように甘い汁を吸いたくなっただけなんだ」

「どうしろって言うんです？」

「わざわざ口に出さなくても、わかってるだろうが。おれは長いこと安い金で扱《こ》き使われてきたから、少し贅沢《ぜいたく》な暮らしをしたくなったんだよ。高松はオーバーステイしてる連中から、ひとりに付きどのくらいの謝礼をせしめてるんだい？」

「そんなことを訊かれても、わたし、答えようがありませんよ」

秀蓮《シウリエン》がバージニア・スリムライトをくわえて、デュポンの赤漆《あかうるし》塗りのライターで火を点けた。真紅のマニキュアが毒々しい。

「ママ、瀬踏《せぶ》みなんかしなくてもいいんだって。お互い本音で裏取引をしようや。で、高松のひとり当たりの謝礼は？」

「五十万よ。わたし、十二人分の謝礼を立て替えてやったの。だから、間違いないわ。その娘《こ》たちの給料から毎月五万円ずつ差し引いてきたから、わたしは別に損してないのよ」

「菊竹はひとり当たり十万ぐらい高松から貰ってるんだろうな」

「そのあたりのことは、わからないわ」

「そうかい。高松はママにオーバーステイのホステスたちがびくびくしないで働けるようにしてやるって、裏取引を持ちかけてきたんだろ?」

「ええ、そう。高松さんは春紅《チュンホン》ちゃん、ううん、香梅《シャンメイ》ちゃんに偽造旅券を只《ただ》で与えて、彼女を愛人にしたのよ。香梅《シャンメイ》ちゃんは六十近い男の世話になんかなりたくないと最初は渋ってたんだけど、毎月、結構な額の手当を貰えるんで、愛人になったわけ。でも、どうしても高松さんのことは好きになれないんで、絶対にスキンなしではセックスさせないんだって。彼女、上海に好きな男がいるのよ。でも、三つ下の弟がハーバード大学に留学してて、その学費を援助してあげてるの」

「そうだったのか。高松は、この店のホステスだけじゃなく、いろんな不法滞在中国人が摘発されないよう菊竹に働きかけてるんだろ?」

「そうみたいだけど、わたしは詳しいことはわからないわ」

「そうか。ところで、ここにフリージャーナリストの野中順司って男が来なかった?」

「その男なら、去年の秋に一度訪ねてきたわ。フロアマネージャーに高松さんのことを根掘り葉掘り訊くんで、適当にあしらって追っ払ったみたいだけどね」

「そう。ママ、同胞の不法滞在者がいたら、おれに紹介してくれないか。おれはひとりに付き三十万で、摘発しないようにしてやるよ」

「断ったら、うちのホステスたちを中国に送還させるつもりなんでしょ？」

「そういうことになるな」

畔上は、ことさら卑《いや》しく笑ってみせた。

「悪党ね。でも、あなたを怒らせたら、わたしは商売できなくなっちゃう。それは、困るのよ。きょうは、お車代として五十万円差し上げるわ」

「ママから口《くち》止《ど》め料を貰う気はない」

「お金、嫌いじゃないんでしょ？」

「大好きさ。しかし、ママが紹介してくれる不法滞在者たちから三十万円ずつ貰うから、妙な気は遣《つか》わないでくれ」

「そう言われても、こちらは不安なのよ。あなたに弱みを握られてしまったわけだもの。わたしがもっと若かったら、あなたを寝室に誘うんだけど、もう四十過ぎで体型も崩れはじめてるしね」

「ママは、まだ色っぽいよ」

「本当に？」

秀蓮《シウリエン》が艶然《えんぜん》とほほえみ、回転椅子から立ち上がった。腰をくねらせて事務机を回り込んでくると、畔上の前にひざまずいた。

「どうする気なんだ？」

「わたしも、あなたの弱みを押さえておきたいの。肌の張りはなくなったけど、オーラル・セックスなら、まだ若い娘《こ》たちには負けないわ。ふやけるぐらいにたっぷりとしゃぶってあげる」

「せっかくだが、タンクは空っぽなんだよ。フェラチオはノーサンキューだ。それより、オーバーステイしてる中国人を百人は紹介してほしいな。近々、またママに会いに来るよ」

畔上は秀蓮《シウリエン》を横にのかせ、勢いよく長椅子から立ち上がった。

「お願いだから、くわえさせて。わたし、一方的に弱みを押さえられてるんじゃ、落ち着かないわ」

秀蓮《シウリエン》が女坐りをしたまま、畔上の腰にしがみついた。露《あらわ》になった白い太腿が妖《あや》しい。

「おれはゲイなんだよ」

「本当なの⁉　そんなふうには見えないけど」

「冗談だよ。今夜の勘定は、ママの奢《おご》りってことにしてくれ。無銭飲食も、こっちの弱みになるじゃないか。そんなにビビるなって」

畔上は秀蓮《シウリエン》の両手を振りほどき、事務室のドア・ノブに手を掛けた。

4

身繕《みづくろ》いを終えた。

畔上は寝室から居間に移った。

『上海パラダイス』で軽く飲んだ翌朝だ。あと数分で、十時になる。

いつの間にか、リキは自分のケージに入っていた。飼い主が出かける気配を感じ取ったらしい。リビングの液晶テレビは点けっ放しだった。

「リキ、留守番を頼むぞ」

畔上は鳥籠《とりかご》の扉を閉め、コーヒーテーブルの上からテレビのリモート・コントローラーを抓《つま》み上げた。

ちょうどそのとき、画面にダンプカーに突っ込まれた宝飾店が映し出された。畔上は立ったまま、画面を観《み》た。

「きょう午前二時過ぎ、横浜の馬車道《ばしゃみち》にある宝飾店に何者かがダンプカーで突っ込んで、店内にあった宝冠《ほうかん》や金の延べ棒などを強奪しました。被害額は、およそ二億円です。詳しいことは、まだわかっていません」

男性アナウンサーがアップで映り、すぐに映像が切り替わった。交通事故現場が映し出された。

畔上はテレビのスイッチを切り、遠隔操作器をコーヒーテーブルの上に置いた。去年の夏から秋にかけて連続して発生した都内の五件の貴金属強奪事件と関連があるのだろうか。

犯行の手口は明らかに異《こと》なる。だが、金の延べ棒が持ち去られている。畔上は、そのことに少し引っかかった。金の価値は上がる一方だ。強盗が宝冠だけではなく、インゴットも奪ったことはうなずける。

畔上は戸締まりをして、そのまま自宅を出た。

エレベーターで地下駐車場に下《くだ》り、四輪駆動車に乗り込む。エンジンをかけた直後、私物の携帯電話が着信した。発信者は原だった。

「畔上《アゼ》さん、昨夜《ゆうべ》は何か収穫がありました？」

「あったよ」

畔上は、前夜のことを詳しく喋った。

「やっぱり、高松義郎は裏ビジネスに励んでたんだな。不法滞在中国人の摘発をさせないように東京入管の菊竹に鼻薬をきかせるだけで、ひとり当たり四十万を稼げるのはおいしいですね」

「そうだな。十人で四百万、百人で四千万円が懐に入る計算だ。ただ、その中から偽造旅券代を出してたんだろうな」

「ええ、そうなんでしょう。高松は急に去年の夏ごろから金回りがよくなったらしいから、オーバーステイしてる中国人数百人から謝礼を貰ったんじゃないのかな。春紅《チュンホン》、いや、本名は香梅《シャンメイ》だったですね。彼女に毎月七十万円の手当を与えて、渋谷のマンションの家賃も払ってやれるわけだから、すでに千人以上の不法滞在者の摘発を回避してやってるんじゃないだろうか」

「そうなのかもしれない」

「『上海パラダイス』のママは、野中順司が一度、店に来たことがあると証言したって話でしたよね？」

「ああ、陳秀蓮《チェンシウリエン》はそう言ってた」

「なら、その証言で捜査本部事件は解明できるでしょ？　元刑務官の犯罪ジャーナリストは昔の上司である高松のダーティー・ビジネスのことを知ったんで、始末されたんですよ。おそらく射殺犯は、高松に雇われた殺し屋《プロ》なんでしょう」

「そう疑えるよな。野中は、高松の愛人のマンションの近くの裏通りで撃ち殺されたわけだから。本部事件の被害者は、かつての上司をマーク中だったと思われる」

「そうだったにちがいありませんよ」

「ただな……」

畔上は言い澱《よど》んだ。

「事件は、そう単純じゃないと思ってるんでしょ？」

「まあね。野中順司は、〝前科者狩り〟と五件の連続貴金属強奪事件の両方を並行して取材してたんだ。高松は不法滞在中国人の摘発を控えさせてただけじゃなく、どっちかの事件に何らかの形で関わってたんじゃないだろうか。刑事の勘ってやつなんだが、おれはそんな気がしてるんだよ。だから、これから東京入管に行って、菊竹政明をちょっと締め上げてみようと思ってるんだ」

「もしかしたら、菊竹は高松の別の裏ビジネスのことを知ってるかもしれないと考えたんですね？」

「そう！」

「そういえば、きのうの午前二時過ぎに横浜の宝飾店にダンプカーを突っ込んだ奴が宝冠と金のインゴットをかっぱらいましたね」

「ああ。少し前のテレビニュースで、その事件《ヤマ》のことを知ったんだ。しかし、去年の一連の貴金属強奪事件とは手口が違うから、犯人グループは別だろうな。去年の五件は、元受刑者の谷村たち三人が犯行《ヤマ》を踏んだにちがいない」

「ええ。その三人は、それぞれ殺されてしまった。横浜の貴金属強奪事件の実行犯ではあり得ない」

「そうだね。それはそうと、原ちゃんは『エトワール』に行ったのかい？」

「ええ、行きましたよ。真梨奈ちゃんは畔上《アゼ》さんがよくリクエストしてたマル・ウォルドロンの『レフト・アローン』を弾き語りしながら、ちらちらおれのほうを見たんですよ。彼女、畔上《アゼ》さんにきついことを言ったと後悔してるんじゃないのかな。いつもは、おれの横に畔上《アゼ》さんが坐ってましたからね。心なしか、真梨奈ちゃんは寂しそうに見えたたな」

「死んでしまったインテリやくざのことを思い出してたんだろう」

「そうなのかな。おれは、畔上《アゼ》さんがいないことを寂しがってるように感じましたけどね」

「いや、そうじゃないと思うよ」

「どっちでもいいか。話は飛びますが、新沼理事官は轟賢人殺害事件に関する新情報をもたらしてくれました？」

「新たな手がかりは結局、得られなかったそうだ。遺体が発見された日野の雑木林の近くに不審な車が停まってたという目撃情報が所轄署に寄せられたらしいんだが、それは虚偽《ガセ》だったんだってさ」

「悪質ないたずらだな」

「警察を嫌ってる連中は案外、多いんだよ。高圧的な警察官《サツカン》がいることは否《いな》めないし、不正で懲戒免職になる奴が毎年五、六十人はいるからな」

「多くのお巡りさんは真面目に社会の治安を守ろうとしてるのに、残念ですね」

「どんな組織にも、心根《こころね》の腐った人間はいるもんさ。仕方ないよ」

「畔上《アゼ》さんは、いつも冷徹なんだな。カッコいいと思います」

「茶化すなって」

「からかってなんかいませんよ。おれ、畔上《アゼ》さんに憧れてるんです。捜査に進展があったら、教えてくださいね」

原が電話を切った。

畔上は私物の携帯電話を懐に収めると、ジープ・チェロキーを走らせはじめた。駐車場のスロープを一気に登り、港区港南をめざす。

東京入国管理局に到着したのは、午前十一時数分前だった。

畔上は旧友を装って、菊竹の職場に電話をかけた。菊竹は非番で、足立区鹿浜《しかはま》二丁目の自宅にいるはずだという。

畔上は菊竹宅を訪ねることにした。目的の家を探し当てたのは正午過ぎだった。

菊竹宅は荒川の河川敷《かせんしき》のそばにあった。古ぼけた二階家だ。敷地は四十数坪だろう。

畔上は四輪駆動車を路地に停め、濃いサングラスで目許を覆《おお》った。数十メートル歩き、菊竹宅の旧式のブザーを鳴らす。

少し待つと、玄関のガラス戸が開けられた。応対に現われた菊竹はジャージの上下を身に着けていた。紺と灰色のツートーンだった。

畔上は勝手に木戸を開けて、踏み石の上に立った。

「おたく、無礼だぞ。無断で他人《ひと》の家に入り込んで」

菊竹が詰《なじ》った。

「小悪党がいっぱしなことを言うんじゃない」

「きさま、何者なんだっ」

「強請屋《ゆすりや》だよ」

「くだらない冗談を言ってないで、正体を明かせ！」

「自己紹介は省《はぶ》かせてもらうが、入国警備官のあんたが不正な手段で副収入を得てる事実は知ってる。先日、あんたは恵比寿ガーデンプレイスの外資系ホテルのティールームで高松義郎からメガバンク名の入った分厚い袋を受け取った。中身が札束だということも確認済みだよ」

「えっ」

「あんたは高松に頼まれて、不法滞在の中国人男女の摘発を故意に控えてるなっ」

「ばかなことを言うな！　妙な言いがかりをつけると、一一〇番するぞ」

「警察を呼んだら、困るのはそっちだろうがっ」

畔上は冷笑した。

「別に困らないよ」

「だったら、早く一一〇番しろ」

「おたくの目的は金だな？　そうなんだろっ」

「金をせしめる気はない」

「本当なのか？」

「ああ」

「外で立ち話もなんだから、とにかく家の中に入ってくれ。女房はパートに出てて、誰もいないんだ」

　菊竹が体を反転させ、玄関のガラス戸を大きく開けた。

　畔上は三和土《たたき》に入り、ガラス戸を閉ざした。菊竹は上がり框《かまち》に立ち、両手を腰に当てていた。虚勢を張ったつもりなのだろうが、顔面蒼白《そうはく》だった。全身が小刻みに震えている。

「おれはチンケな恐喝屋じゃない。あんたから、口止め料を出させようとは思ってないよ」

「本当に本当なんだな?」

「ああ。職を失いたくなかったら、こっちの質問にちゃんと答えるんだね」

「わ、わかった。それで、何を知りたいんだ?」

「あんたに内職の話を持ちかけてきたのは、高松なんだろう?」

「そうだよ。去年の春、高松さんが職場の近くで待ち伏せてて、『楽な方法で小遣い銭を稼ぐ気はないか』って声をかけてきたんだ。知らない人間に唐突にそんなことを言われたんで、とっさには何も言えなかったよ」

「だろうな」

「高松さんは以前、刑務官をやってたことを問わず語りに明かして、公務員の俸給はまだまだ安すぎると言った。こっちは思わず相槌を打ってしまったよ。実際、その通りだからね」

「話をつづけてくれ」

「高松さんはどこで調べたのか知らないが、うちの女房が一昨年《おととし》に投資詐欺に引っかかって、虎の子の一千二百万を騙《だま》し取られてしまったことをご存じだった。そんなことで、我が家は耐乏生活を強《し》いられるようになったんだ。こっちは好きな酒を断《た》ち、煙草の本数も極端に減らさざるを得なくなった。同僚たちと割り勘で居酒屋に行くこともできなくなったよ。女房は自分が欲をかいたのがいけないんだと反省して、すぐに製パン工場でパートで働くようになったんだ。でも、わたしの小遣いを増やしてくれるほどの余裕はなかった」

「人並に酒を飲みたくなって、高松の誘いに乗ってしまったわけか」

「そうなんだ。魔が差したんだね。偽造旅券屋を紹介してくれて、リストに載《の》ってる不法滞在の中国人のオーバーステイに目をつぶってくれたら、ひとりに付き十万円の謝礼を払ってくれると高松さんは言ったんだよ」

「危《ヤバ》いことだが、手っ取り早く銭を稼げると思ったんだな？」

畔上は菊竹の顔を直視した。

五十歳近い入国警備官が幼児のようにうなずく。

「うん、そう」

「これまでにどのくらいの不法滞在者を見逃してきた？」

「正確な数ははっきりと記憶してないが、四十人以上は……」

「もっと多いんじゃないのかい？」

「正直に言うと、四十数人だよ。高松さんから貰った金は、総額で四百数十万円だった」

「嘘じゃないなっ」

「本当だって」

「高松はオーバーステイしてる中国人から偽造旅券代を含めて、ひとりに付き五十万円程度貰ってたようだ。あんたの取り分と偽造旅券代を差っ引くと、実入りは三十万前後だろう。四十数人じゃ、千二百万円ぐらいしか稼げない」

「そうなるね」

「おそらく高松は、おたくのほかに何人かの入国警備官を抱き込んでたんだろう。そういう気配は？」

「それは、うかがえなかったよ」

「おかしいな。高松は去年の夏から、急に金回りがよくなってるんだ。中国人の美人ホステスを愛人にして、月々七十万円の手当を渡してるんだよ。それとは別に愛人宅の家賃も払ってやってる」

「そんなにリッチなのか。高松さんの会社は好転しはじめたのかな」

「良質の甘栗を中国から輸入して、大型スーパーに納入できるようになったと高松は言ってたが、その程度のビジネスで大儲《おおもう》けはできないはずだ」

「ま、そうだろうな。高松さんは、わたしの同僚たちも五、六人抱き込んでたんだろうか。ううん、それはないな。そうなら、なんとなく気配でわかるからね」

「同僚の中に急に金遣いの粗《あら》くなった奴は？」

「ひとりもいないよ」

「そうか。なら、高松は別の裏ビジネスをやってるんだろう。あんた、何か思い当たらないか？」

「特に思い当たることはないけど、高松さんはわたしに謝礼をくれるとき、『遊んでる金があったら、ゴールドの地金を買っておくんだね。金の相場は、まだまだ上がるよ』なんて言ってたな。あの人、貴金属に明るい感じだったよ」

「そんなことを言ってたのか」

「ああ。高松さんは金の延べ棒を買い漁《あさ》って、ゴールドの相場が高くなったときに売ってるのかもしれないな。売却益が増えれば、贅沢な生活もできるよね？」

「ゴールドの購入資金は、どこで都合《つごう》つけるんだい？　あんたと組んで得た裏収入の千二百万前後を元手にしても、金地金《きんじがね》を大量に買い占めることは無理だ」

「そうだね。高松さんは、ほかに何か闇ビジネスをしてるな。きっとそうにちがいない」

「そうなんだろうな。ホテルのティールームで高松と会った後、新たに不法滞在中国人のリストを渡されなかったか？」

「渡されなかったよ。高松さんからリストをよく渡されたのは去年の五月から八月ごろまでで、その後はあまり連絡してこなくなったんだ。こないだは、数カ月ぶりに高松さんと会ったんだよ」

「そういう話を聞くと、高松は別のダーティー・ビジネスにシフトしたんだろうな」

「これを機会に、高松さんから遠ざかることにするよ」

菊竹が意を決したような表情で言った。

「そうするんだな」

「わたしの不正を職場には黙っててもらえるの？」

「猛省してるんだったら、黙っててやる。ただし、同じことを繰り返したら、そのときはあんたを刑事告訴するぞ」

「わかったよ。おたくは、高松さんを強請る気でいるようだな。有り金をそっくり吐き出させるつもりなのかな？」

「高松の悪銭には興味がない」

「だけど、おたくは強請屋だと言ったじゃないか」

「そうだったっけ？」

畔上は菊竹を煙《けむ》に巻いて、そのまま辞去した。

菊竹宅を出て、ジープ・チェロキーに向かって歩きだす。いくらも進まないうちに、折方副総監から電話がかかってきた。畔上は道の端に寄って、ポリスモードを耳に当てた。

「畔上君、きょうの午前二時過ぎに横浜の宝飾店にダンプカーが突っ込まれて、約二億円の商品が奪われた事件《ヤマ》は知ってるかね？」

「テレビのニュースで知りましたが、詳細はわかりません」

「そうか。新沼理事官が少し前に気になる報告をしてきたんだが、犯行に使われた盗難ダンプカーのハンドルに盗犯歴のある男の指紋が付着してたんだ。そいつは丸茂寛《まるもひろし》という名で四十二歳なんだが、高松が府中刑務所の所長をしてたころに服役してたらしいんだよ」

「そうですか」

「丸茂の旧姓は四元《よつもと》だったというんだが、仮出所後に養子縁組で改姓したんだよ。それで、先月まで川崎の鉄工所で働いてたそうだ」

「そいつは、前科歴を隠して鉄工所に就職したんじゃないんですか？」

「さすがだね。しかし、正体不明の男が電話で鉄工所の社長にわざわざ丸茂の犯歴を教えたんで……」

「解雇されたんですね？」

「ああ、そうだ。殺害された三人の元受刑者と同じパターンだろう？」

「ええ。謎の密告者は、高松義郎だったのかもしれません」

「その疑いが濃くなったね。畔上君、高松を徹底的にマークしてみてくれないか。高松は、野中順司が並行して取材してた〝前科者狩り〟と連続貴金属強奪事件の双方に関与してるんだろう」

「そうなんだと思います。逃亡中の丸茂を動かしたのは、高松臭いですね」

「丸茂は全国指名手配されたらしいが、いつ捕まるかわからない。身柄を確保する前に、口を塞《ふさ》がれる可能性もあるな」

「考えられますね」

「畔上君、高松を追い込んでみてくれないか。頼んだぞ」

副総監の声が途絶《とだ》えた。

畔上は刑事用《ポリスモード》携帯電話を折り畳み、大股で歩きはじめた。

第四章　多重脅迫の気配

1

何も動きはない。

捜査対象者の高松は、自分の会社から出かける様子がなかった。午後四時を数分回っていた。

畔上は、四輪駆動車を三十メートルほどバックさせた。

同じ場所で張り込んでいると、どうしても人目につく。柏木公園からは少し遠ざかったが、SKビルの出入口は見える。

ギアをP《パーキング》レンジに戻したとき、上着の内ポケットでポリスモードが着信した。電話をかけてきたのは新沼理事官だった。

「高松は外出する気配がないようだね？」

「ええ、いまのところは」

「実は別働隊に去年の五件の貴金属強奪事件の盗品の行方をずっと追わせてたんだが、複数の故買屋が同じ証言をしてるらしいんだ。銀座の『銀宝堂《ギ》』から盗られた二十カラットのピンクダイヤを今年の一月に福建省出身の窃盗団が大物故買屋の母袋征夫《もたいゆきお》、五十九歳に買い取ってもらったはずだと言ってるそうなんだよ」

「組対《そたい》四課にいたころ、ある事件で母袋と接触したことがあります。事務所兼自宅は百人町《ひゃくにんちょう》にあったと思います」

「いまも、そこがアジトだよ。一連の貴金属強奪事件の実行犯は三人の元受刑者なんだろうが、首謀者は福建マフィアのメンバーなのかもしれないぞ」

「理事官、それは考えられないでしょ？　馬車道の事件《ヤマ》も考え併《あわ》せると、谷村、本城、古屋を動かしたのは高松義郎の疑いが濃いですね」

「畔上警部、わたしはこう推測したんだ。高松は上海出身の美人ホステスを愛人にしてる」

「ええ」

「『恒和交易』は裏で、中国から麻薬を密輸してるんじゃないだろうか。それだから、社長の高松は急に金回りがよくなった。福建マフィアは高松が麻薬ビジネスをしてることを嗅ぎつけ、貴金属の強奪を強《し》いたんじゃないのかね。福建省出身のアウトローたちは、日本で貴金属や高級車をかっぱらってる」

「そうですね」

「しかし、どのグループも警察に目をつけられてるんで、犯行《ヤマ》を踏みにくくなった。そこで、何か弱みのある奴を脅迫し、強奪の代行を強要したんではないのかな」

「そうなんでしょうか」

「別働隊の者を張り込み現場に行かせるから、きみは母袋をちょっと揺さぶってみてくれないか。そこから百人町までは、ほんのひとっ走りだよな」

「ええ」

「三十分以内には、堀切《ほりきり》巡査部長がそっちに行くと思う。きみが母袋のアジトから戻るまで、堀切に高松を見張らせるよ」

「わかりました」

畔上は通話を打ち切った。新沼理事官の筋の読み方にはうなずけなかったが、強く否定するだけの根拠もなかった。

別働隊の黒いスカイラインが柏木公園の際《きわ》に停まったのは、二十六分後だった。スカイラインの運転席には、三十二歳の堀切昇《のぼる》が坐っている。

畔上はジープ・チェロキーを走らせはじめた。覆面パトカーを追い越しざまに、堀切に目で合図する。どちらも口は開かなかった。

七、八分で、大物故買屋の自宅兼事務所に着いた。プレハブ鉄筋造りの三階建てだった。一階は倉庫で、二階に事務所があった。三階は居住スペースになっている。

畔上は車を敷地内に入れ、鉄骨階段を駆け上がった。

事務所に入ると、母袋が長椅子に横たわっていた。小太りで、背は低い。事務机が二卓置かれていたが、従業員はいなかった。

「旦那、久しぶりだな。体調が悪いのか？」

畔上は言って、勝手にソファに腰かけた。母袋が大儀そうに上体を起こす。

「ここんとこ、ずっと血圧が高くてね」

「盗品ばかり買い取ってるから、血圧が上がるんだよ」

「故買屋稼業はとっくの昔に廃業してる。いまは、リサイクル屋だって」

「よく言うな。最近は、福建マフィアの盗品を買い取ってるって話じゃないか。今年の一月に福建省グループから、『銀宝堂』で盗《ギ》られたピンクダイヤを安く買い叩いたって噂が同業者の間に広まってるぜ」

「あんた、刑事総務課でくすぶってるって話だったが、捜一の盗犯係になって現場捜査に復帰したの？」

「そんなとこだ」

畔上は話を合わせた。

「ふうん。妙な噂が流れてるようだが、おれは不良中国人から品物《ブツ》は買い取らない主義なんだ。上海マフィアみたいに荒っぽくはないが、福建グループは欲深《よくぶか》で狡《ずる》いからな。事件絡みの貴金属を倒産品だと騙《だま》されて、警察で厳しく取り調べられたことがあるんだよ。それ以来、柄の悪い中国人が持ち込んでくる品物《ブツ》は買ってない」

「本当だな？」

「ああ。信用できないんだったら、階下《した》の倉庫を隅々まで検《しら》べてみなよ。宝石も金の延べ棒もどこにもないはずだからさ。去年の五件の事件を踏んだ連中《ヤマ》が捜査当局の目を逸《そ》らしたくて、故買屋連中に妙な情報を流したんだろう」

「思い当たる奴はいるのか？」

「いないよ。一連の貴金属強奪事件を起こした犯人は、盗品を外国人宝石ブローカーに引き取ってもらったんじゃねえのか。日本人の故買屋は、足のつきそうな品物《ブツ》はどんなに安くたって買わないと思うぜ」

「そうだろうな」

「日本の宝飾品や金の地金《じがね》は、経済的に豊かになった中国やインドの富裕層に高く売れるんだよ。だからさ、『銀宝堂』なんかの被害店の商品は、とうに中国人宝石バイヤーかインド人宝石商に引き取られてるんじゃないの？　ダイヤのカットを少し変えれば、盗品でも母国で堂々と売れるんだ」

「だろうな。旦那の知り合いに高松義郎って男はいるかい？」

「そんな名前の知り合いはいないよ。そいつは何者なんだ？」

母袋が問いかけてきた。

「元刑務所所長で、いまは小さな貿易会社を経営してる。中国から農産加工物を細々と輸入してたんだが、急に去年の夏ごろから羽振りがよくなったんだよ」

「昔、刑務所の所長をやってたんなら、犯罪者はたくさん知ってるわけだ。その男が元受刑者を使って、都内の五店の宝飾店に押し入らせたんじゃねえのかな」

「旦那も、そう思うか」

「ああ。確証はないけど、充分に怪しいね」

「そうだな。邪魔して悪かったな。しっかり降圧剤を服《の》んだほうがいいぞ」

畔上は腰を上げ、そのまま事務所を出た。母袋が事件絡みの宝石や金の延べ棒を買った様子はみじんもうかがえなかった。

新沼理事官の情報に振り回された恰好《かっこう》だが、別段、腹は立たなかった。刑事歴が長くても、快刀乱麻のごとく謎は解けるものではない。地道な努力が必要だ。苦労させられた分だけ、落着したときの喜びは大きくなる。

畔上は専用捜査車輛に乗り込み、西新宿七丁目に舞い戻った。

すぐに堀切がスカイラインから降りてきた。

畔上は母袋に不審な点はなかったことを手短に伝え、別働隊の堀切を引き取らせた。

覆面パトカーが走り去って数分後、ＳＫビルの地下駐車場から見覚えのあるレクサスが車首を覗かせた。

高松の車だ。畔上は前髪を垂らし、変装用の黒縁眼鏡をかけた。

そのとき、レクサスがＳＫビルから離れた。畔上は慎重にレクサスを追いはじめた。

高松の車は靖国通りから明治通りに入り、渋谷方面に向かった。

愛人の呉香梅《ウーシャンメイ》と夕食を摂《と》ってから、先日と同じように『上海パラダイス』に行くのか。あるいは、高松は出勤前の香梅《シャンメイ》と肌を重ねる気になったのだろうか。

やがて、レクサスは香梅《シャンメイ》の自宅マンションの前に停まった。ほとんど同時に、集合住宅のエントランスから着飾った上海美人が姿を見せた。

高松がレクサスを降りた。茶色のトラベルバッグを提《さ》げている。路肩で、香梅《シャンメイ》がトラベルバッグを受け取った。二人は短い言葉を交わし、相前後して片手を軽く挙げた。

高松はマイカーに乗り込み、すぐさま発進させた。香梅《シャンメイ》はトラベルバッグを手にして、坂道を下《くだ》りはじめた。

畔上はジープ・チェロキーをUターンさせ、低速で香梅《シャンメイ》を尾《つ》けはじめた。

香梅《シャンメイ》はJR渋谷駅まで歩き、タクシーを拾った。彼女はパトロンの代理として、トラベルバッグをどこかに届けるのではないか。

畔上は、そう睨んだ。トラベルバッグの中身は何なのか。だいぶ重そうだ。札束か、金のインゴットか。それとも、麻薬が収まっているのだろうか。

タクシーは四十分ほど走り、JR御徒町《おかちまち》の近くにある喫茶店の前で停止した。

香梅《シャンメイ》はタクシー料金を払うと、喫茶店の中に入っていった。昭和時代の名残《なごり》を留《とど》めた名曲喫茶だった。

畔上は数分経《た》ってから、店内に足を踏み入れた。

香梅《シャンメイ》は奥のテーブル席で、四十代と思われる外国人と向かい合っていた。彼女は後ろ向きだった。

話し込んでいる男は肌が浅黒く、彫《ほ》りが深い。顔立ちから察し、インド人かパキスタン人だろう。茶色いトラベルバッグは、男のかたわらの椅子の上に置かれている。

運よく手前の席が空《あ》いていた。畔上は香梅《シャンメイ》と背中合わせに坐り、ウェイトレスにブレンドコーヒーを頼んだ。

店内には、ショパンのピアノソナタがほどよい音量で流れていた。畔上はロングピースに火を点け、背後の男女の遣《や》り取《と》りに耳を傾けた。

「あなた、高松さんの会社の社員じゃないでしょ？」

男の日本語には少し癖があったが、たどたどしくはなかった。

「わたし、『恒和交易』の事務員ですよ」

「それ、嘘ね。あなた、高松さんの彼女でしょ？」

「どうしてそう思うんです？」

「あなたが届けてくれた物、高松さんの会社では扱ってない商品だから。もしかしたら、あなた、中身を知らないのかな？」

「ええ。彼は、中身を教えてくれなかったんですよ。バッグの中身を見るなとも言われました。この店に着いたら、シャンタヌ・サラヤンというインドの方が待ってるはずだから、その方にトラベルバッグをそのまま渡せと指示されたんです」

「そうなのか」

「中に何が入ってるんですか？」

香梅《シャンメイ》が訊いた。

「それ、教えられない。でも、高松さんもわたしもハッピーになる物ね。インドでとっても高く売れるんで、わたし、買った。代金の半分は、もう先方の指定銀行口座に振り込んだ。残金は明日の午前中にちゃんと入金するよ。高松さんとわたし、信頼し合ってる。去年の夏から何度も品物を買い取って、約束の代金を払ったからね」

「彼、高松さんはなぜ品物を直《じか》にサラヤンさんに届けないのかしら？」

「去年は、ずっとそうしてた。でも、ちょっと事情が変わったね。だから、あなたを高松さんは代理人にしたんだよ」

インド人が言って、急に黙り込んだ。ウェイトレスが畔上のテーブルにコーヒーを運んできたからだ。

畔上は短くなった煙草の火を消し、ウェイトレスを犒《ねぎら》った。ウェイトレスがにっこりと笑い、すぐに下がった。

畔上はブラックのままコーヒーをひと口飲み、ふたたび耳をそばだてた。

「サラヤンさんも貿易の仕事をしてるんですか？」

「そう。でも、高松さんみたいに農産加工物の取引をしてるわけじゃない。わたし、日本で宝石類をたくさん買い集めて、自分の国で売ってるよ。日本の貴金属、すごく人気があるね。アメリカやヨーロッパの宝石より売れ行きがいい。それから、ゴールドのインゴットの純度も高いから、飛ぶように売れる」

「彼は宝石の商売もはじめたの？」

「それ、高松さんのアルバイトね。そんなことよりも、あなた、中国の出身でしょ？」

「わたし、日本人ですよ」

「ううん、そうじゃないね。あなた、日本語のアクセント、少し変よ。だから、すぐにジャパニーズガールじゃないとわかったね。チャイニーズでしょ？」

「え、ええ。上海で育ったの。わたしが働いてる新宿のお店に高松さんがよく来てたんで……」

「あなた、高松さんの彼女になったね？」

「そうです」

「わたし、日本や中国の女性、すごく好き。肌の色が白くて、とってもセクシーね。インドの女、色が黒いよ。あなた、高松さんから毎月いくら貰ってる？」

「言えません」

「わたし、高松さんよりお金持ち。近くの宝石店街に自分のビル持ってるよ。五階建てね。社員も四十人以上いる。いい車も持ってる。ベンツ、フェラーリ、ベントレー、マセラティ、ランボルギーニね。わたしのガールフレンドになったら、百万でも二百万でもあげる。ブランド物の服やバッグもプレゼントするよ。この話、高松さんには内緒にしてほしいね」

「わたし、高松さんには世話になってるんですよ」

「でも、高松さんは結婚してるね。だから、いつまで待っても、彼の奥さんにはなれない。わたし、十年以上も前に離婚した。まだ四十四歳ね。日本人のガールフレンドがいるけど、結婚する気はない」

「…………」

「だけど、あなたとなら、結婚してもいいね。ひと目惚《ぼ》れよ。高松さんには内緒で、わたしとつき合ってみない？　そうしたほうが、あなた、ハッピーになれると思うよ」

「そうかもしれないけど……」

「あなた、ずっと年上の男が好き？　高松さん、あなたのお父さんよりも年上なんじゃない？」

「ええ、少しね」

「年配の男、パワーがないよ。わたしは、まだ四十代ね。ベッドであなたを情熱的に愛せるよ。あなたがそうしたいんだったら、すぐに結婚してもいい」

「高松さんを裏切ったら、わたしは狡《ずる》い女になっちゃいます」

「彼のこと、そんなに好き？」

サラヤンが不機嫌そうな声で訊《たず》ねた。

「特に恋愛感情なんか持ってません。でも、弟の学費を何とかしないといけないんですよ。弟、アメリカの大学に留学してるの」

「お金のために、あなた、高松さんの愛人になったのか。それ、よくない。辛くて悲しいことでしょ？」

「その通りだけど、上海の実家にかなりの額の仕送りをしないとね」

「あなたの弟の学費、わたしが払ってもいいよ。それから、親の面倒も見てあげる。だから、わたしの彼女になって。ね、いいでしょ？」

「そこまで言ってもらえるのは、女として嬉しいわ。だけど、高松さんを裏切るようなことはできません。ごめんなさい」

香梅《シャンメイ》が椅子から立ち上がり、小走りに店から出ていった。シャンタヌ・サラヤンが何か母国語でぼやき、大きな吐息をついた。

どんな手で、怪しいインド人に迫ろうか。

畔上は頭の中で考えはじめた。そのとき、サラヤンがトラベルバッグを掴んで立ち上がる気配が伝わってきた。

畔上は少し待って、通路に故意に右足を突き出した。サラヤンが蹴つまずき、大きくよろけた。トラベルバッグが通路に落ちる。

畔上は詫《わ》びて、トラベルバッグを拾い上げようとした。

だが、一瞬遅かった。先にサラヤンがトラベルバッグを掴み上げた。インド人は畔上を睨《ね》めつけ、レジに向かった。

「あっ、失礼！」

畔上は苦く笑って、卓上の伝票を抓《つま》み上げた。

サラヤンが支払いを済ませ、レトロな喫茶店から出ていった。畔上は勘定を払い、急いで外に出た。インド人は、ガード沿いにある宝石店街に達しかけていた。

畔上は駆け足になった。サラヤンとの距離が縮まる。

サラヤンはトラベルバッグを大事そうに抱え、足早に宝石店が軒《のき》を連ねる通りを抜けた。そして、大通りの少し手前にある五階建てのベージュのビルの中に吸い込まれた。

畔上は、五階建てのビルの袖看板に目をやった。『マハラジャ・カンパニー』という社名が読める。サラヤンの会社だろう。

しばらくビルの前で張り込んでみることにした。

畔上は踵《きびす》を返し、ジープ・チェロキーを駐《と》めた場所に戻りはじめた。

2

客の姿は見当たらない。

宝石店街の中ほどにあるジュエリーショップだ。畔上は、奥に控えている店長らしい男に会釈《えしゃく》した。五十歳前後だろう。

畔上は信用調査会社のスタッフと偽って、宝飾店をすでに四店訪ねていた。シャンタヌ・サラヤンの評判は、おおむね悪かった。

「いらっしゃいませ。奥さまの誕生プレゼントでもお探しでしょうか？」

「申し訳ない！　客じゃないんですよ。『東都《とうと》経済リサーチ』の調査員なんです」

畔上は言い繕《つくろ》った。相手が落胆した顔つきになった。

「実はですね、ある宝飾品問屋がこの通りの並びにある『マハラジャ・カンパニー』のインド人社長の信用調査を依頼してきたんですよ。それで、わたしは調査に当たってるわけです」

「シャンタヌ・サラヤンという社長は物腰は柔らかいけど、相当な悪徳ブローカーですよ。何年か前にスリランカから仕入れた良質だというルビーを日本人宝石商に売りつけたんですが、それは精巧な人工ルビーでした」

「買い手は、『マハラジャ・カンパニー』の社長を詐欺罪で告訴したんでしょ？」

「ええ。でも、サラヤンは自分もスリランカの業者に騙《だま》されただけで、犯意はなかったと主張したんです。確か現在も係争中のはずですよ」

「そうですか」

「インド人社長は、汚ない商売を平気でやってるにちがいありません。サラヤンは六年前までインドから取り寄せた各種の香辛料《こうしんりょう》を売ってたんですよ。地味な商売では儲からないんで、宝飾品のブローカーになったんでしょうね。それから二年そこそこで、サラヤンは五階建ての自社ビルを建てたんですよ」

「宝飾品の利幅は大きいんだろうな」

「それは認めますが、素人が二年やそこらで自社ビルを持てるほど儲けられるはずありません。あのインド人社長は盗品を安く買い叩いて、本国で高く売り捌《さば》いてるんでしょう。ええ、そうにちがいありません。この通りの宝石店の経営者や従業員は誰もがそう思ってますよ」

「そうなんですか。去年、『銀宝堂』を含めた有名宝飾店五店に強盗が押し入って、ピンクダイヤや金の延べ棒がごっそりと奪われましたでしょ？」

「ええ。犯人グループは同一と見られてるようですけど、まだ検挙されてません。被害総額は四億円近かったんじゃなかったかな」

「マスコミでは、そう報道されましたよね。盗まれた貴金属の行方も、まだわからないみたいだが……」

「御徒町の宝飾店街では、その盗品は『マハラジャ・カンパニー』が買い取ったんではないかと噂が流れてます。それが事実ではないとしても、サラヤンが危ない商売をして財を築いたことは間違いないでしょう」

店長らしい男は顔をしかめ、言い重ねた。

「自社ビルのこともそうですけど、インド人社長はフェラーリやランボルギーニなど超高級車を五台も所有して、その日の気分で車を選んで乗り回してるんですよ」

「そうなんですか。サラヤンさんはホテルを月極《つきぎめ》で借りて、大金持ちのようにデラックス・スイートで暮らしてるのかな」

「以前は、そうでしたね。でも、一年半ぐらい前から自社ビルの最上階を居住スペースに改造して、夜ごと複数の女たちを連れ込んでるようです。インド人社長は日本人女性が大好きみたいで、手当たり次第に口説いてるんですよ。独身の女性従業員は全員、サラヤンに手をつけられたんじゃないだろうか」

「社長は精力絶倫なんでしょうね」

「性欲が強いだけじゃなく、ちょっと変態みたいですよ。ノーマルなセックスよりも、3Pや4Pが好きらしいんです。ハーレム状態じゃないと、おそらく燃えないんでしょうね。刺激が足りなくなると、パートナーの女たちにレズプレイを演じさせてるみたいですよ」

「根っからの快楽主義者なんだろうな、インド人社長は」

「そうなんでしょう。レズプレイを強要された若い娘《こ》が素っ裸で真夜中に『マハラジャ・カンパニー』から逃げ出したこともありました。サラヤンは、まともな宝石ブローカーじゃない。あの社長と取引した会社は、ひどい目に遭《あ》ってますよ。調査報告書には、インド人社長はとんでもない奴だと書いてください。御徒町にはインド人宝石商が四、五人いるんですが、彼らもサラヤンを嫌ってます。わたしも、『マハラジャ・カンパニー』の社長は大嫌いですね。口も利きたくありません」

「参考になる話を聞かせていただいて、ありがとうございました」

畔上は店を出て、ジープ・チェロキーに足を向けた。四輪駆動車は、『マハラジャ・カンパニー』の近くの路上に駐《と》めてあった。

畔上は脇道にある弁当屋で幕の内弁当を買ってから、専用捜査車輛の運転席に乗り込んだ。午後八時数分前だった。

弁当を食べ終えて十分が過ぎたころ、新沼理事官からポリスモードに写真メールが送信されてきた。馬車道の宝飾店から奪われた商品写真だった。畔上は聞き込みの途中で理事官に電話をかけ、宝冠の写真を入手してほしいと頼んであったのだ。

写真を見終えたとき、新沼から電話がかかってきた。

「畔上警部、写真メールは届いてるね？」

「ええ」

「写真に写ってるのは、丸茂寛が横浜の宝飾店から奪った宝冠だよ。呉香梅《ウーシャンメイ》がシャンタヌ・サラヤンに渡した茶色いトラベルバッグに同じ宝冠と金の延べ棒が入ってたら、高松義郎が一連の貴金属強奪事件に関与していたことは間違いないだろう」

「ええ」

「どんな手段を使ってでも、今夜中にトラベルバッグの中身を確認してもらいたいな」

「もちろん、そのつもりでチャンスをうかがってるとこです。まだ自社ビルの中に社員たちが居残ってますんで、まさかグロック32をちらつかせて押し入るわけにはいかないでしょ？」

「そうだね。なんとかインド人社長に迫ってくれないか」

「わかりました。理事官、丸茂が犯行前に高松と接触した事実は？」

「残念ながら、その事実は確認できていない。しかし、丸茂が働いてた鉄工所に密告電話があったことは事実だったから、高松が……」

「丸茂を失職させて、盗難ダンプカーで横浜の宝飾店に突っ込ませたと考えてもいいでしょうね。丸茂の潜伏先がわかればいいんだが、もう少し時間がかかりそうだな」

「そうだろうな。畔上警部、高松義郎が一連の事件に関与してる疑いが一段と濃くなったわけだが、かつて刑務所所長だった男がなぜ金を強く追い求めたんだろうか。わたしもそうだが、折方副総監もそれがよくわからないとおっしゃってた」

「そうですか」

「『恒和交易』のビジネスでは、さほど収益は上げられない。早期退職までして事業を興《おこ》したわけだから、高松はなんとしてでも大金を手に入れたかったんじゃないのか。いったん贅沢《ぜいたく》をすると、生活レベルを落としたくなくなるようだからね。若い上海美人にも、いいところを見せつづけたい。そんなことで、高松は堕落してしまったんだろう。そのことを昔の部下の野中順司に詰《なじ》られたんで、元受刑者の三人を誰かに始末させた。さらに、かつての部下まで葬らせてしまったんだろうか？」

「高松がビッグになりたいと野望を膨らませてたことは確かでしょう。それで裏ビジネスに手を染める気になって、入国警備官とつるんだことはわかります。しかし、元受刑者たちを強引に抱き込んで、連続貴金属強奪事件をやらせたことが少し腑《ふ》に落ちません」

「そうなんだよね」

「元公務員なら、平凡で危なげのない人生を送りたいと願ってるはずです。リスキーなことは極力、避けたがるものです」

「そうだな」

「高松が金銭欲に衝《つ》き動かされたとしても、とことんアナーキーにはなれないと思うんですよ。少なくとも、根っからの無法者じゃないんでしょう。高松には、捨て鉢《ばち》にならざるを得なかった事情があったんではないのかな」

「入国警備官の菊竹と共謀して、不法滞在の中国人の摘発をしないようにしてたことを誰かに知られ、高松は貴金属強奪事件のダミーの首謀者にさせられたんだろうか」

「そうなのかもしれませんね。とにかく高松が開き直って、すべての犯罪のシナリオを練ったとは思えないんですよ。そもそも高松は、首謀者になれるほどの悪党じゃないでしょ？　どう見ても、小悪党にしかなれない人物です。なれても、せいぜいアンダーボスでしょうね」

「畔上警部、シャンタヌ・サラヤンが黒幕とは考えられないだろうか」

「サラヤンも、ビッグボスになれる器《うつわ》ではないと思います」

　畔上は言った。

「そうだろうか。インド人社長は金のためなら、平気で危ない橋を渡ってきたんだろう。現に短い間にビッグマネーを摑んだから、自社ビルを持てるようになったんじゃないのかね。高松は汚い手段で副収入を得てることをサラヤンに知られ、三人の元受刑者に連続貴金属強奪をさせろと命じられたんではないだろうか」

「それで高松は言いなりになって、元部下の野中まで第三者に始末させたんではないかと？」

「そうだったのかもしれないぞ」

「理事官、サラヤンは不良外国人なんでしょう。ですが、マフィアのメンバーではないと思うんですよ。闇の勢力がバックに控えてる人間に脅迫されたんなら、高松も竦《すく》み上がるでしょう」

「しかし、バックのいない悪党《ワル》に弱みを押さえられても、そこまでビビったりしないだろうって言うんだね？」

「ええ」

「そうだろうな。高松を動かしてるのは、裏社会の顔役なのかもしれないね。畔上警部、インド人社長の口をうまく割らせてくれないか」

　新沼が先に電話を切った。

　畔上は、折り畳んだポリスモードを上着の内ポケットに戻した。その直後、私物の携帯電話が着信した。多分、発信者は原だろう。畔上はそう思いながら、携帯電話を摑み出した。電話の主は佐伯真梨奈だった。

「畔上さん、ごめんなさい」

「いきなり謝ったりして、どうしたんだい？」

「こないだは、とても失礼なことを言ってしまいました。『エトワール』のオーナーでもないのに、あなたにわたしが弾き語りをしてる夜は店に来ないでくれなんて横暴なことを口走ったこと、とても悔やんでいます」

「ああ、その件か」

「さぞ気分を害されたことでしょうね？」

「真梨奈ちゃんが腹を立てても仕方ないよ。おれは、きみが惚れ抜いてた男との仲を引き裂いてしまったんだからな。彼氏は真梨奈ちゃんを不幸にしたくないと自ら身を引いてくれたわけだが、まさか殺されることになるとは予想もしてなかったにちがいない」

「ええ、そうでしょうね」

「彼氏が事件に巻き込まれて殺害される運命だとわかってたら、おれだって、きみたち二人の仲を裂いたりしなかったよ。インテリやくざは真梨奈ちゃんの行く末を案じながら、この世を去ったんだろう。そう考えると、余計なことをした自分が厭《いと》わしいね」

「畔上さん、もういいんです。彼は、もう亡くなってしまったんです。それに、別の女性に心を移して去っていったんでないことはわかってますから。それから、畔上さんに悪意がなかったこともね」

「いや、正直に言うと、きみの彼氏を少し妬《ねた》ましく思ってたのかもしれない」

畔上は無意識に吐露《とろ》してしまった。

「えっ、そうだったんですか⁉」

「きみは、死んだ妻に顔立ちや雰囲気がよく似てるんだ。それで、なんとなく親しみを持ってたんだよ。片想いってわけじゃないんだが、好感を持ってたんだ」

「嫌われてないことは薄々、わたし、感じてました。でも、そういう気持ちだったとは……」

「真梨奈ちゃん、誤解しないでくれないか。おれは、きみに恋愛感情を懐《いだ》いてたわけじゃないんだ。うまく表現できないが、死んだ女房の妹と出会ったような気持ちで、なんとなく親しみを覚えてたんだよ。実際には、亡くなった妻には妹なんかいなかったんだがね」

「畔上さんにそんなふうに思われてたなんて、悪い気はしません。わたし、あなたのことは大人の男性で素敵だなって感じてたの。あっ、でも、誤解しないでくださいね。恋心というんじゃなく、ただの敬愛ですから」

「わかってる」

「畔上さんの姿が見えないと、なんだか寂しいんですよ。失礼なことを言いながら、身勝手なお願いなんですけど、また『エトワール』に顔を見せてください。原さんの横には、いつも畔上さんがいましたよね？」

「そうだったな」

「だから、なんか調子が狂っちゃうんです。ピアノの和音《コード》を間違えたりはしませんが、力を込めて歌えないんですよ。『レフト・アローン』を歌ってると、自分が大切にしてた人たちに去られて、本当にひとりぼっちになったようで、泣きだしたくなっちゃうんです」

「真梨奈ちゃんのオーケーが出たんなら、また店に行くよ」

「ええ、ぜひ来てください。わたし、待ってますんで」

真梨奈が安堵《あんど》したように声を明るませ、静かに通話を切り上げた。

畔上も気分が明るくなっていた。以前のように真梨奈の歌に酔えると思うと、心が弾みそうだった。

畔上は原に連絡して、真梨奈から謝罪の電話があったことを伝えた。

「おれ、そのうちに彼女が畔上《アゼ》さんに詫びを入れるんじゃないかと思ってましたよ。これで、曜日に関係なく『エトワール』に行けますね」

「そうだな」

「めでたし、めでたし！　ところで、特命捜査のほうはどうなってます？」

原が問いかけてきた。畔上は、その後の経過を教えた。

「シャンタヌ・サラヤンが事件絡みの貴金属を高松から買い取ってたことがはっきりしたら、『恒和交易』の社長を締め上げりゃ、一連の事件の真相がわかりそうですね」

「そうだな。『マハラジャ・カンパニー』の社員たちが帰ったら、サラヤンに罠を仕掛けてみるよ」

「事件が片づいたら、『エトワール』で祝杯を上げましょう」

原が電話を切った。

畔上は私物の携帯電話を懐に仕舞い、紫煙をくゆらせはじめた。九時半を回ると、『マハラジャ・カンパニー』から社員たちがひと塊《かたまり》になって出てきた。ほどなく四階までの窓が暗くなった。サラヤンは最上階の居住フロアにいるらしい。

『マハラジャ・カンパニー』の前にタクシーが横づけされたのは、ちょうど午後十時だった。タレント風の二人の若い女が後部座席から降り、サラヤンの会社に入っていった。

馴《な》れた足取りだった。どちらもインド人社長のガールフレンドだろう。サラヤンは、これから３Ｐを娯《たの》しむ気なのではないか。

三十分ほど経《た》ってから、畔上は私物の携帯電話を使って『マハラジャ・カンパニー』の代表番号をプッシュした。

二十回近くコールサインが鳴ってから、電話が繋がった。

「こちら、『マハラジャ・カンパニー』です。でも、もう営業時間は終わってます。明日、また電話してもらえますか」

「社長のシャンタヌ・サラヤンさんだね」

「あなたは、どなたですか？」

「理由《わけ》あって、名乗れないんだ。あんたのことは高松義郎さんから聞いたんだよ。実は、十カラットのピンクダイヤの買い手を探してるんだ。堂々と換金できる代物《しろもの》じゃないんだよ。そう言えば、察してくれるよな？」

「はい、はい。事情は、よくわかるね」

「去年の夏から、高松さんはピンクダイヤや金の延べ棒をサラヤンさんにいい値で買い取ってもらってると言ってた」

「そうね。わたし、高値で買い取ってあげた。だから、転売でたいして儲かりませんでした」

「とかいってるが、それなりにおいしい思いをしたんじゃないの？」

「それなりにね。危ない品物を引き取ってるんだから、儲けたいですよ」

「正直だな。気に入ったぜ。実は売りたい品物《ブツ》を持って、会社のそばまで来てるんだ。でも、あんたはお取り込み中みたいだね。三十分ほど前に二人の派手な女が、あんたの会社に入っていったからな。三人で寝室で、いいことをしてた最中なんじゃないのか？」

「ビンゴね。わたし、二人のガールフレンドと3Pやりはじめたとこだった。セックスは嫌いじゃないけど、金儲けはもっと好きね。わたし、これから二階のフロアに下りるから、あなた、ピンクダイヤを持って訪ねてきて。品物がイミテーションじゃなかったら、五百万で買い取りますよ」

「そんな値じゃ売れねえな。こっちは逮捕《パク》られるリスクをしょいながら、神戸の有名宝飾店に忍び込んだんだぜ」

「とにかく、品物を見せてほしいね。買い取り価格は後《あと》で相談しましょう」

サラヤンの声が沈黙した。

畔上はグローブボックスからオーストリア製の拳銃を取り出し、ベルトの下に差し込んだ。ジープ・チェロキーを降り、『マハラジャ・カンパニー』のエントランスロビーに入る。すぐにエレベーターで、二階に上がった。

事務フロアには、煌々《こうこう》と照明が点いていた。すでにインド人社長は待っているようだ。畔上は勢いよくドアを開けた。奥のソファに坐っていたサラヤンが立ち上がった。青っぽいシルクガウンをまとっている。

「あっ、あなたは⁉」

「夕方、喫茶店で会ってるよな」

畔上はグロック32を腰から引き抜いて、サラヤンに大股で歩み寄った。

「そのハンドガンは……」

「もちろん、真正《しんせい》拳銃だ。喫茶店で高松の愛人から渡された茶色いトラベルバッグの中身を教えろ」

「おまえ、何者か？　高松さんの知り合いじゃないなっ」

サラヤンが声を尖《とが》らせた。畔上はグロック32のスライドを滑らせ、無言で銃口をインド人の額に突きつけた。

「死にたくなかったら、逆《さか》らわないことだな」

「撃たないで！　わたし、まだ死にたくないよ。トラベルバッグに入ってたのは、宝冠と三本の金の延べ棒ね。その三本のインゴットは見本品よ」

「宝冠は、横浜の宝飾店から盗まれた物だな？」

「多分、そうね。高松さんは品物の出所《でどころ》は教えてくれなかったけど、それ、間違いないよ」

「宝冠と金のインゴットは、どこに保管してある？」

「あそこね」

サラヤンが隅のスチールキャビネットを指差した。畔上は、サラヤンの背後に回り込んだ。肩を押す。拳銃は構えたままだった。

「わたし、言われた通りにする。だから、シュートしないで！」

サラヤンが震え声で言って、スチールキャビネットに歩み寄った。すぐに扉を開ける。

上段に収まっている宝冠は、新沼理事官が送信してきた写真メールと寸分も違わなかった。棚の下には、無造作にゴールドの地金が重ねられている。

「『銀宝堂』から奪われたピンクダイヤも、高松から引き取ったんだなっ」

「そう。高松さん、元受刑者の三人をうまく抱き込んで、去年の夏から五店の有名宝飾店に押し入らせたね。わたし、盗品を全部引き取った。二億五千万で、買い取ってあげたよ。横浜の店の品物は、一億二千万で引き取る約束したね」

「そうか」

「あなた、どうしたい？　わたし、それを早く知りたいね。お金欲しいなら、あげるよ。五階にいる二人のセックスフレンドをあなたに譲ってもいい。どっちも惜しくないです。でも、わたし、警察には絶対に捕まりたくないね。あなた、何を考えてる？」

「金も女も必要ない。ただ、そっちにやってもらいたいことがある」

「わたし、何をすればいい？」

「もっともらしいことを言って、高松をこの会社に呼んでくれ」

「それをすれば、わたしを警察に突き出さないでくれるのか？」

サラヤンが確かめた。

「そのことは、まだ決めてない」

「そういうことなら、わたし、協力できないね」

「そっちに選択の余地なんかないんだ。事務机の固定電話で、いますぐ高松を誘《おび》き出すんだっ」

畔上は、銃把《グリップ》の角でサラヤンの左の肩口を強打した。

3

日付が変わった。

畔上は少し焦《じ》れはじめた。高松は、いっこうに現われない。サラヤンの深夜の誘いを不審に感じ、警戒したのだろうか。

「高松さん、遅いね。電話では、午前零時までには必ずわたしのオフィスに来ると言ってたのに」

サラヤンが応接ソファから立ち上がる気配を見せた。畔上は黙ってグロック32の銃口をインド人に向けた。

二階の事務フロアだ。最上階にいたサラヤンの二人のセックスフレンドは、一時間近く前に引き揚げていった。サラヤンは、彼女たちに五万円ずつ車代を渡したようだ。

「わたし、逃げないよ。だから、ハンドガンは仕舞ってほしいね」

「おれは悪い奴らは信じないことにしてるんだ」

「あなた、盗みのプロみたいなことを言ってたけど、そうじゃないんでしょ？　本当は悪いことした連中を取り締まってるんじゃないんですか。刑事《コップ》なんじゃない？」

「グロック32を持ってる刑事なんて、日本の警察にはいない」

「そうか、そうね。なら、何者なの？　わたし、それをどうしても知りたいよ。金も女もいらないなんて、わたし、理解できないね。刑事《コップ》じゃないなら、あなた、何をしてる人なの？」

「おれのことをうるさく詮索《せんさく》すると、一発お見舞いするぞ」

「それ、しないで。わかったよ」

サラヤンが口を閉じた。畔上は事務机に浅く腰かけ、出入口に視線を注いだ。

「高松さん、わたしの作り話がおかしいと思って、ここには来ないのかもしれないね。彼、午前零時前にはこちらに来ると言ってた。だけど、もう約束の時間は過ぎてます」

「そうだな。だが、もう少し待ってみよう」

「それはいいけど、わたし、どうなっちゃうの？　そのことがとっても心配ね」

「少し黙っててくれ」

「オーケー、もう喋らないよ」

サラヤンが、また口を閉じた。数秒後、ドアがノックされた。畔上は、目でサラヤンに合図した。

「高松さんでしょ？　早く入って！」

サラヤンが急《せ》かす。返事はなかった。

ドアが勢いよく押し開けられた。畔上は反射的に事務机から離れた。出入口には、黒いフェイスキャップを被った男が立っていた。

「高松の回し者だなっ」

畔上はハンドガンの銃把《じゅうは》に両手を添えた。

男が果実のような物をフロアに転がした。畔上は目を凝《こ》らした。

転がっているのは手榴弾《しゅりゅうだん》だった。濃緑《こみどり》で、マンゴーのような形だ。

とっさに畔上は床を蹴った。

静止した手榴弾に駆け寄り、力を込めて蹴り返す。手榴弾はドアの向こうまで滑走し、ほどなく炸裂《さくれつ》した。

赤い閃光《せんこう》が走った。爆発音に男の叫び声が混じった。爆煙が拡散《かくさん》しはじめる。

「消火器はどこにある？」

「あそこね」

サラヤンが全身をわななかせながら、事務フロアの一角を指で示した。

畔上は拳銃をベルトの下に挟み、消火器のある場所まで駆けた。

消火器を持ち上げ、出入口に急ぐ。爆風で外れかけたドアは、炎に包まれていた。通路の床は捲《めく》れ上がり、リノリュームの床材が黒煙を吐いている。

畔上は消火器からノズルを手早く外し、安全弁のリンクを引いた。レバーを強く握り込むと、乳白色の消火液がノズルから勢いよく迸《ほとばし》りはじめた。

畔上はノズルを炎に向けた。じきに鎮火した。消火液の泡の中に、フェイスキャップの男が横向きに倒れていた。

微動だにしない。よく見ると、左脚《ひだりあし》と左腕が千切《ちぎ》れていた。血臭《けっしゅう》が鼻を衝《つ》く。

畔上は空になった消火器を投げ捨て、男のそばに屈《かが》み込んだ。

黒いフェイスキャップを引き剝《は》がす。逃亡中の丸茂寛だった。盗んだダンプカーで馬車道の宝飾店に突っ込んだ強盗犯だ。

畔上は念のため、丸茂の右手首を取ってみた。

温《ぬく》もりは伝わってきたが、脈動は熄《や》んでいた。畔上は立ち上がって、新沼理事官に電話をかけた。事の経緯を簡潔に伝え、別働隊の要請を依頼する。

「すぐに別働隊に後処理をさせよう。きみはインド人社長の身柄を別働隊に引き渡したら、高松義郎の居所を突き止めてくれないか。稲城市の自宅は捜査本部《チョウバ》の連中に張り込ませる。おそらく高松は、自宅や親類宅には近寄らないと思うがね」

「高松は、丸茂がこっちとサラヤンの爆殺に失敗したら、愛人の香梅《シャンメイ》を連れて高飛び《ジャンプ》する気だったんでしょう」

「ああ、そうなんだろうな。この時刻なら、もう『上海パラダイス』は閉店してるな。高松は愛人宅に寄ると予想できる。畔上警部、別働隊が到着したら、香梅《シャンメイ》の自宅マンションに行ってみてくれないか。頼むぞ」

理事官が電話を切った。畔上は刑事用携帯電話《ポリスモード》を懐に突っ込み、事務フロアの中に戻った。

「手榴弾を投げ込んだ男はどうしたんですか？」

サラヤンが恐怖に顔を強張《こわば》らせたまま、走り寄ってきた。シルクガウンの前がはだけ、褐色《かっしょく》の肌が覗いている。トランクスも穿《は》いていなかった。

ペニスは、縮れの強い陰毛の中《なか》に半ば埋まっていた。まだ戦慄《せんりつ》に取り憑《つ》かれているのだろう。

「フェイスキャップの男は死んだ。高松の指示で横浜の宝飾店から宝冠や金の延べ棒をかっぱらった奴だよ。高松は、そっちとおれを始末させようとしたのさ」

「なぜ？　なんでなの⁉　わたし、高松さんの持ち込んできた貴金属をすべて買い取ってやったのに」

「それだからさ」

「どうして？　わたし、よくわからないよ。説明してほしいね」

「そっちが警察に捕まったら、高松は一連の貴金属強奪事件に自分が深く関わってることが発覚してしまうんで、都合の悪い人間の口を塞《ふさ》ぎたかったんだろう」

「それ、裏切りよ。わたし、盗品を引き取ってやった恩人ね」

「甘いな」

「高松さんは、なんであなたまで始末させようとしたの？　それ、わからないよ」

「高松は、昔の部下を殺害した事件にも関わってる疑いがあるんだ。おれは、その殺人事件を調べてたんだよ」

「やっぱり、あなたは刑事だったのか」

「ああ。ただし、正規の捜査員じゃないがな」

「わたし、逮捕されちゃうのか⁉」

「ここに別働隊が来ることになってる。そっちの身柄を引き渡す」

畔上は告げた。

次の瞬間、サラヤンがグロック32に手を伸ばしてきた。畔上はバックステップを踏み、右のアッパーカットでサラヤンの顎《あご》を掬《すく》い上げた。

インド人は両手を大きく挙げ、仰向けに引っくり返った。パンチを受けたとき、うっかり自分の舌を嚙んでしまったようだ。口の端から血の条《すじ》が垂れている。

「もう観念しろ」

畔上はグロック32をベルトの下から引き抜いた。

「わたし、あなたに欲しいだけのマニーをあげる。このビルもあげてもいいよ。だから、わたしを逃がして！」

「起き上がって、ソファに腰かけるんだっ」

「わたしの寝室の金庫に三億八千万円の現金《キャッシュ》が入ってる。それ、全部、あなたの物ね」

「おれを怒らせたいのかっ。だったら、正当防衛ってことにして、急所に九ミリ弾を撃ち込んでやろう」

「それ、やめて！　わかったよ」

サラヤンが跳《は》ね起きて、焦《あせ》った様子でソファに坐った。畔上は冷笑し、近くの事務机に浅く腰かけた。

「わたし、日本の刑務所に入れられるのか？」

「そうなるだろうな、盗品を買い取って荒稼ぎしてたんだから」

「刑務所を出たら、インドに送還されちゃうの？」

「多分、そういうことになるだろうな」

「わたし、インドになんか戻りたくないよ。日本で暮らすほうが楽しいし、お金も儲かる。たくさんお金があれば、たいがいのジャパニーズガールはわたしと寝てくれる。わたし、名前の売れてる芸能人ともセックスしたよ。お金とダイヤをあげたら、アナル・セックスもさせてくれたね」

「どの国にも尻軽女《しりがるおんな》はいるもんさ。日本人の女性を侮辱しつづけたら、おまえの頭をミンチにしちまうぞ」

「怒らないで。わたしが悪かったよ」

サラヤンがうなだれた。

そのとき、上野署の制服警官たちがなだれ込んできた。四人だった。

畔上は身分を明かし、彼らに事情を話した。むろん、特命捜査の内容には触《ふ》れなかった。

「後は本庁機動捜査隊と上野署《うち》で捜査を引き継がせていただきます」
四十六、七歳の巡査部長が畔上に告げた。
「いや、この事件《ヤマ》は捜査一課の新沼理事官直属の特殊チームが捜査を引き継ぐことになってるんですよ」

「えっ、そうなんですか⁉」

「三月十六日に発生した殺人事件と関連性のある犯罪《ヤマ》なんで、そういうことになったわけです。いずれ理事官から所轄署に通達があると思います」

「そうですか。了解しました」

「特殊チームが臨場するまで、現場の保存をお願いします」

畔上は巡査部長に頭を下げた。制服警官たちが一斉に敬礼し、事務フロアから出ていった。

別働隊の五人が到着したのは、それから十五、六分後だった。堀切の顔も見える。

畔上はシャンタヌ・サラヤンの身柄を別働隊に引き渡すと、『マハラジャ・カンパニー』を出た。規制線の黄色いテープの向こうには、野次馬が群れていた。酔った男たちが目立つ。

畔上は人垣を掻《か》き分けて、ジープ・チェロキーに乗り込んだ。

渋谷に向かう。呉香梅《ウーシャンメイ》の自宅マンションに着いたのは、小一《こ》時間後だった。

畔上はマンションの近くの路上に四輪駆動車を駐《と》め、エレベーターで五階に上がった。

五〇一号室のドアに耳を押し当てる。室内には、人がいるようだ。だが、人の話し声は聞こえない。高松は愛人宅にはいないのだろう。

畔上は耳を澄ました。人が動き回るスリッパの音がする。

香梅《シャンメイ》はパトロンから連絡を受け、一緒に逃亡する気になったのではないか。それで、慌《あわ》ただしく貴重品や衣類をキャリーケースに詰め込んでいるのかもしれない。

畔上はそっと五〇一号室から離れ、エレベーターで一階に下《くだ》った。共同住宅を出て、ジープ・チェロキーに乗り込む。

香梅《シャンメイ》がマンションから姿を見せたのは、およそ二十分後だった。

やはり、サムソナイト製のキャリーケースを引っ張っていた。上海美人はスーツ姿だった。高松が車で迎えに来ることになっているのだろう。畔上は、そう予想した。

しかし、香梅《シャンメイ》は渋谷駅に向かって歩きだした。

畔上は低速で香梅《シャンメイ》を尾行しはじめた。

香梅は渋谷駅前のタクシー乗り場まで歩き、客待ち中の空車に乗り込んだ。キャリーケースは運転手によって、トランクルームに入れられた。どうやら香梅《シャンメイ》は遠くまで行く気らしい。

畔上は、動きだしたタクシーを追尾しはじめた。

タクシーは玉川通りを直進し、東名高速道路の下《くだ》り線に入った。畔上はたっぷりと車間距離を取りつつ、タクシーを追った。

真夜中のハイウェイは、車の流れがスムーズだった。

タクシーはひた走りに走り、中井《なかい》パーキングエリアに入った。運転手か、香梅《シャンメイ》が手洗いに行きたくなったのだろう。

畔上も、車をパーキングエリアに入れた。

駐車スペースを探しながら、タクシーに目をやる。香梅《シャンメイ》はタクシーの横に立って、トランクルームに視線を向けていた。

タクシードライバーがトランクルームから、キャリーケースを取り出した。香梅《シャンメイ》が軽く頭を下げ、キャリーケースを受け取った。中年のタクシー運転手は一礼し、運転席に戻った。

香梅《シャンメイ》は、このパーキングエリアで迎えの車に乗り換える気らしい。畔上はジープ・チェロキーを空いているスペースに突っ込み、上海美人の動きを目で追った。

香梅《シャンメイ》は売店の斜向《はす》かいにたたずんだ。

すると、どこからか音もなくレクサスが売店に接近した。ステアリングを捌《さば》いているのは当の高松だった。ラフな服装で、黒いハンチングを被っている。

レクサスが香梅《シャンメイ》の前に停まった。運転席を降りた高松が車を回り込んで、愛人の肩を短く抱いた。すぐに離れ、香梅《シャンメイ》のキャリーケースをレクサスのトランクルームに収めた。

香梅《シャンメイ》が先に助手席に乗り込む。高松が急いで運転席に腰を沈め、レクサスを穏やかに走らせはじめた。

畔上は周《まわ》りを見た。

気になる車輛は目に留《と》まらなかった。四輪駆動車を発進させ、レクサスを追う。

高松の車は、本線レーンに入るタイミングをうかがっている。レクサスの尾灯を見つめながら、畔上は高松がマイカーを運転していることを訝《いぶか》しく感じた。

もう高松は、丸茂がサラヤンと畔上を爆殺できなかったことを知っているはずだ。だからこそ、愛人を伴《ともな》って逃亡する気になったのだろう。

首都圏の幹線道路はもとより、全国の高速道路には車輛通過認識装置が設置されている。マイカーで逃亡を図ったら、時間の問題で警察に逃走ルートを知られてしまう。

元刑務所所長が、そのことを知らないわけはない。高松は数日中に自分が逮捕されることを予想しながらも、それまで惚れた女性と濃密な時間を過ごすつもりなのか。

そうではなく、どこかで車を乗り換える予定なのだろうか。あるいは、高松はわざと自分を畔上に尾行させているのか。後者なら、明らかに罠だ。罠の気配を嗅ぎ取れないこともない。たとえそうであっても、畔上に怯《ひる》む気持ちはなかった。

レクサスが下り車線に乗り入れ、一気に加速した。みるみる高松の車が遠ざかって

いく。畔上も、アクセルを深く踏み込んだ。

レクサスは裾野《すその》I《インター》C《チェンジ》で一般道に降りた。

数キロ進み、裾野カントリー倶楽部の手前で富士宮《ふじのみや》市に通じる県道に入った。下和《しもわ》

田《だ》の集落を通過し、田向《たむかい》から国道四六九に乗り入れた。

レクサスは道なりに走り、富士サファリパークの四、五キロ手前で県道に入った。

越前岳《えちぜんだけ》の北麓《ほくろく》で、民家は疎《まば》らだった。いつの間にか、レクサスの後ろを走っていた二

台のセダンは消えていた。

不用意にレクサスに接近したら、尾行を覚《さと》られてしまう。

畔上は速度を緩《ゆる》めた。それから間もなくだった。後続の白っぽいワゴン車が強引に

ジープ・チェロキーを追い越し、レクサスとの間に割り込んだ。

ワゴン車のナンバープレートは、黒いビニール袋で隠されていた。レクサスが急に

速度を上げた。ワゴン車に乗っているのは、高松の仲間か配下の者だろう。

レクサスを逃がす気であることは間違いない。畔上はアクセルを深く踏み込んだ。対向車線に出て、ワゴン車を追い抜こうとした。

そのとたん、ワゴン車が大きく孕《はら》んで進路を妨害しはじめた。

畔上はハンドルを左に切った。と、ワゴン車が蛇行《だこう》運転しはじめた。畔上は警笛を高く響かせながらも、スピードはほとんど落とさなかった。ワゴン車に幾度も追突しそうになった。

畔上はステアリングを操《あやつ》りながら、ヘッドライトをハイビームに切り替えた。

レクサスは、はるか遠くを走っている。このままでは逃げ切られてしまう。焦りが募《つの》る。

畔上は車をセンターラインぎりぎりまで寄せ、運転席側のパワーウィンドーを下げた。左ハンドル仕様車だ。左手でベルトの下からグロック32を引き抜く。初弾は薬室に送り込んである。

畔上は左腕を窓の外から突き出し、引き金を一気に絞った。ワゴン車の後ろのタイヤを狙ったのだが、放った銃弾はリア・バンパーに当たった。

小さな火花が散った。ワゴン車が、ふたたびS字を描《えが》きはじめた。畔上は、もう一発撃った。弾《たま》は車体を掠《かす》めた。忌々《いまいま》しい。

ワゴン車の助手席の背凭《せもた》れが起こされた。人の頭部が見えた。てっきり同乗者はいないと思い込んでいたが、車内には二人の男が乗り込んでいたわけだ。

走る車から、前走のワゴン車のタイヤを撃ち抜くことはたやすくない。

畔上は左手を引っ込め、ハンドガンのセーフティーロックを掛けた。グロック32を助手席の上に置き、ステアリングに両手を添える。

ワゴン車に体当たりする気になったときだった。前走車が一気に加速した。逃げる気になったにちがいない。

「逃がすもんか」

畔上は吼《ほ》えて、アクセルを深く踏みつけた。

その直後、ワゴン車がセンターラインを越えた。助手席から何かが投げ落とされた。ベアリングボールか、金属鋲《びょう》だろう。

畔上は、車を対向車線に移そうとした。

しかし、間に合わなかった。左の前輪が破裂した。車体が不安定に揺れる。畔上は左に傾いた車をなんとか支えながら、慎重にブレーキを掛けた。

ワゴン車は猛スピードで走り去った。レクサスは、とっくに視界から消えていた。

畔上は車を降り、左の前輪に懐中電灯の光を当てた。タイヤには、黒い大振りの金属鋲が突き刺っていた。

「くそったれ！」

畔上は歯嚙《はが》みして、夜空を仰《あお》いだ。

4

広い車道に出た。

畔上は脇道から顔を突き出し、目で覆面パトカーの数を数えた。四台だった。

ＳＫビルの周辺に張り込んでいる捜査車輌には、渋谷署の捜査本部に出張《でば》っている捜査一課強行犯係が二人ずつ車に乗り込んでいた。

高松のレクサスを見失ったのは、一昨日の午前二時過ぎだった。

同じ日の正午過ぎに越前岳の山中で、地元住民が高松の車を発見した。乗り捨てられた高級車のトランクルームから香梅《シャンメイ》のキャリーケースは消えていた。

高松たちカップルは、例のワゴン車に乗り換えたにちがいない。意図的《いとてき》に高松を逃がした怪しい車輌は、どこに消えたのか。

新沼理事官が関東、甲信越、東海地方の各県警に協力を仰いだが、いまもワゴン車の逃走ルートは摑めていない。おそらく県道を避け、市道や町道を抜けて目的地に達したのだろう。

別働隊は逮捕したシャンタヌ・サラヤンを丸二日かけて、厳しく取り調べた。

サラヤンは、去年の夏から高松の持ち込んだ盗品をすべて買い取ったことはあっさり認めた。だが、高松が野中殺害事件に関与しているかどうかは自分にはわからないと供述した。

サラヤンの身柄は今朝《けさ》、渋谷署に移送された。捜査本部の予備班がサラヤンから何か情報を得るため、引きつづき取り調べを続行中だ。

畔上は大通りに背を向け、ジープ・チェロキーに戻った。

運転席に入り、『恒和交易』に電話をかける。受話器を取ったのは、女性事務員だった。

「わたし、『マハラジャ・カンパニー』の専務のマハトマ・シンといいます」

畔上は、でまかせを澱《よど》みなく喋った。

「貴社とはお取り引きがあるのでしょうか？」

「わたしの会社、高松社長と取引してるよ。ここ数日、社長と連絡が取れないんで困ってます。高松さん、いま、どこにいるの？　それ、教えてほしいね」

「それが、社員のわたしたちにもわからないんですよ。申し訳ありません」

「会社のナンバーツーと話がしたい」

「は、はい。ただいま副社長の岩下《いわした》に替わります」

相手の声が途切れた。すぐにウェイティング・ミュージックが耳に流れ込んできた。洋画のサウンドトラックだった。

「お待たせしました。副社長の岩下です。失礼ですが、小社が貴社と商談をさせていただいたことはないと思うのですがね」

「えっ、高松さんは宝飾品のブローカーの仕事、社員たちには内緒にしてたの!?」

「うちの高松がそういったビジネスをしてたとは知りませんでした」

「わたし、まずいことを言っちゃったみたいね。高松社長は上海美人を彼女にしてるんで、何かとお金が必要だったんでしょう」

「高松に愛人がいるんですか!?」

「そうよ。呉香梅《ウーシャンメイ》という名前で、二十六歳ね。美人ですよ。わたし、彼女の自宅マンションにも行ってみました。でも、部屋には香梅《シャンメイ》さんはいなかった。高松社長、愛人のことが奥さんにバレちゃったのかな。それで、二人で駆け落ちしたんですかね」

「わたしには、わかりません。社長に愛人がいたことも知らなかったんですから」

「そう。わたし、どうしても高松さんの居所を知りたいんですよ。もう代金は払ってるのに、金の延べ棒を三十本受け取ってないね。あなた、インゴットの保管場所を知らない？」

「わたしには、わかりません。社長が個人的にサイドビジネスをしてることすら知らなかったわけですから」

「あなた、そう言ってたね。うちのサラヤン社長はちょっと事情があって、いまビジネスはできない。それでね、わたしが全面的に会社の仕事を任されてるの。三十本の延べ棒をすぐに見つけてくれないと、その分の代金は払えませんよ」

「そうおっしゃられても、高松の個人的なサイドビジネスには、会社が責任を負うことはできません」

「それ、無責任でしょ！　そうか、会社の経営うまくいってないんじゃないのか。だから、高松さんは中国育ちの愛人と逃げたんでしょ？　あなた、本当は社長が雲隠れしたことを知ってるんじゃないか？」

「ち、違いますよ。急に高松がオフィスに来なくなったんで、わたしたち社員は本当に困惑してるんです。警察の方は社長がある殺人事件に関わってるかもしれないと言ってましたが、それは何かの間違いだと思います。社長は女好きですが、人殺しなんかできませんよ」

「高松さん、香梅《シャンメイ》のほかに彼女がいるのかな？　そうなら、その女性のことを教えてほしいな」

畔上は言った。

「別の愛人なんかいないはずです。社長は去年の春、関西の極道と関わりのあるクラブホステスに手をつけて、えらい目に遭《あ》ってるんですよ」

「そんなことがあったのか」

「細かいことは教えてくれなかったけど、社長は怯《おび》え切ってました。怖い思いをしてるんで、まさか上海生まれの女性を愛人にしてるとは思ってもみなかったですよ。よっぽど魅力のある娘《こ》なんでしょうね」

「香梅《シャンメイ》さん、とってもチャーミングよ」

「社長が女好きになったのも仕方ないんですよね」

「それ、どういうこと？」

「他言しないでくださいね。社長の奥さんは子供を二人産《う》んだ後《あと》、重い心臓病を患《わずら》ったんですよ。それで、三十二、三歳のころから夫婦の営《いとな》みができなくなったらしいんです」

岩下が声をひそめた。

「そうなの」

「心臓疾患のある奥さんを責めるわけにもいかないんで、社長はこっそりソープランドに通ってたみたいですね。でも、だんだん味気なくなって、水商売の女性に興味を持つようになったんです。若いころにあまり遊んでなかったんで、女遊びにハマっちゃったんでしょう。でも、大阪のクラブホステスを酔った勢いで泊まってるホテルに言葉巧みに誘い込んで力ずくでナニしてしまって、ものすごく高い授業料を払わされたみたいですよ。その後は、おとなしくしてたんですがね。でも、やっぱり男だから、柔肌が恋しくなったんで……」

「香梅《シャンメイ》さんを囲うようになったのね？」

「そうなんでしょう。愛人がいたら、何かと金がかかります。去年の夏から社長は金回りがよくなったんですが、個人的にサイドビジネスで儲けてたわけですか。本業は、それほど儲かってないんですよ」

「それで、高松さん、宝飾品のブローカーをやりはじめたのね。それはそれとして、約束のインゴットをちゃんと届けてもらわないと、うちの会社が困るよ」

「高松から連絡があったら、あなたから電話があったことを必ず伝えます」

「そうしてほしいね」

畔上は通話終了キーを押し、ダッシュボードの時計を見た。間もなく午後三時になる。原には、高松の自宅の様子をうかがってもらっていた。

畔上は原のスマートフォンを鳴らした。スリーコールの途中で、通話可能状態になった。

「高松夫人は外出したかい？」

「昼前に近くのスーパーに行っただけで、後は自宅に籠《こも》ったままです。捜査本部の人間が二組も家の近くに張り込んでるんで、高松から何か持ってきてくれと電話で頼まれても、妻の澄江《すみえ》さんは外出できないでしょ？　奥さんは夫に愛人がいることに勘づいてたでしょうから、仮に実印を持って来てくれと言われても、拒むんじゃないのかな」

「原ちゃん、高松は浮気公認だったのかもしれないんだ」

畔上は、『恒和交易』の副社長から聞いた話をかいつまんで伝えた。

「奥さんがセックスできない体なら、旦那の浮気は公認だったのかもしれないな。奥さんは切ないでしょうね」

「だろうな。わからないように女遊びをするのが、妻に対する思い遣《や》りだろうね。現役の男がまったく女っ気《け》なしじゃ、ストレスも溜まるだろうから、禁欲生活に耐えるというのも酷すぎる」

「そうですね。それにしても、高松は失敗《ドジ》な男だな。極道と繋がってるようなホステスは見抜けそうですけどね。根が好色なんで、見境なく気に入った娘《こ》を抱いてしまったんだろうな」

「強引に姦《や》ってしまった相手と親しくしてる極道が、高松に一連の貴金属強奪を強《し》いたとは考えられないだろうか」

「畔上《アゼ》さん、それ、考えられますよ。裏社会の人間は悪知恵が発達してるから、危ない橋を渡るときは直《じか》に自分の手は汚さないようにするでしょ？」

「そうだな。刑務所《ムショ》暮らしの辛さは骨身にしみてるから、実行犯になることを避けたがるもんだ」

「ええ、そうでしょうね」

「元刑務所所長の高松は殺人罪で服役した者の多くが前歴を隠して、びくびくして生きてることを知ってる。元受刑者の三人の職場に密告電話をかけて、谷村、本城、古屋の犯歴を雇い主に教え、失職させたんだろうな」

「そして、その三人を五つの有名宝飾店に押し入らせた。東西警備保障の轟を抱き込んでね。高松は、盗品をインド人のサラヤンに買い取ってもらい、その金の一部か大部分を脅迫者である関西の極道に届けてたんでしょう。そう推測すれば、ストーリーは繋がるな」

原が声を弾ませた。

「その推測は、外れてないような気がするよ。ただ、野中が高松の雇った人間に射殺されたのかどうかはまだ結論を出せないな。高松が元部下に三人の元受刑者に貴金属強奪を強要した証拠を握られたら、それは狼狽するだろう。高松が保身のため、野中を抹殺したいと思ったことは想像がつく」

「ええ。しかし、相手はかつての部下ですからね。しかも野中に目をかけてたみたいだから、葬ってしまうことには抵抗があるでしょう?」

「だろうね。高松を脅迫した関西の極道が未解決の事件の真相に迫った野中を生かしておいたら、身の破滅だと考え……」

「舎弟か、破門された元組員にブラジル製の拳銃を渡して野中を始末させたのかもしれませんね」

「ありうる話だろうな」

「正体のわからない極道が高松と香梅《シャンメイ》を匿《かくま》ってるんじゃないんですかね?」

「高松にまだ利用価値があると判断すれば、関西の極道はそうするだろう。しかし、もう利用できないと考えたら、高松を殺《や》ってしまうだろうな」

「上海美人はどうなるんです？　高松と一緒に片づけられちゃうのかな？」

「高松の弱みにつけ込んでた極道は香梅《シャンメイ》が好みの女なら、しばらく情婦《いろ》にして、抱き飽《あ》きたころに棄《す》てるだろうね」

「関西の極道どもは、関東のやくざよりも冷酷みたいだからな」

「原ちゃん、それは人によるよ。関西の無法者だからって、全員が冷血漢とは言えないんじゃないか」

「ええ、そうですね。おれ、つい先入観に囚《とら》われちゃいました。それはそうと、高松を威《おど》して悪事を強《し》いた極道がわかれば、捜査が進展するんでしょうけどね」

「そうだな。原ちゃん、まだ時間あるかい？」

「ええ、大丈夫ですよ。きょうは、特に大事な会議もありませんから」

「それなら、渋谷の香梅《シャンメイ》のマンションに回ってもらえないか。ひょっとしたら、彼女がホステス仲間に持ち出し忘れた物を部屋に取りに行かせるかもしれないからな」

「畔上《アゼ》さんの勘が当たってたら、おれはその相手を尾行して、高松たち二人の潜入先を突き止めればいいんですね」

「そう。こっちは、これから稲城の高松宅に向かう。張り込んでる正規捜査員の気を何らかの方法で逸《そ》らして、なんとか高松澄江との接触を試《こころ》みるよ」

「わかりました。それじゃ、おれは渋谷に向かいます」

「よろしく！」

畔上は私物の携帯電話を懐に突っ込み、車を走らせはじめた。中央自動道を使って、稲城市に入る。

高松宅のある通りに四輪駆動車を乗り入れたのは、四時数分過ぎだった。二台の覆面パトカーが高松の自宅の近くで張り込んでいた。

四人の刑事とは顔見知りだった。うっかり近づくわけにはいかない。

畔上は路上駐車中のエルグランドの真後ろに、ジープ・チェロキーを停めた。二台の覆面パトカーからは見えないはずだ。

この近くで、故意に銃声を轟かせてみるか。そうすれば、おそらく四人の捜査員は張り込み現場を離れるにちがいない。その隙に素早く高松宅を訪れ、夫人に会う。

しかし、まだ陽《ひ》が落ちていない。空に向けて発砲した瞬間を通行人か、近所の住民に見られる恐れもあった。やめたほうがよさそうだ。

一一九番して、高松家の数軒先の民家が燃えていると嘘をつくのはどうか。子供じみた発想だし、消防署に迷惑をかけるのはまずいだろう。

あれこれ考えてみたが、なかなか妙案が浮かばない。そうこうしているうちに、夕闇が拡《ひろ》がりはじめた。そのとき、あることが閃《ひらめ》いた。

畔上は車を四十メートルほどバックさせ、裏道に入れた。

大きく迂回《うかい》し、高松宅の真裏の民家の前に四輪駆動車を停める。警察手帳を家の者に見せて裏庭から高松宅の敷地に入らせてもらうつもりだったのだが、あいにく留守のようだ。二階家の窓は、一様に暗い。

畔上はそっと車を降り、ガレージから無断で他人の家の庭に足を踏み入れた。れっきとした住居侵入罪だ。

畔上は後ろめたさを覚えながら、中腰で進んだ。境界線にはブロック塀《べい》が巡《めぐ》らされている。畔上はブロック塀を乗り越え、高松宅の敷地に入った。

姿勢を低くして、建物に沿って歩く。じきにテラスに出た。その右手には居間があり、五十五、六歳の女性がソファに坐って何か考えごとをしていた。

畔上はサッシ戸を静かに横に払った。高松の妻と思われる女性が驚いて、声をあげそうになった。

畔上は唇に人差し指を当ててから、穏やかに話しかけた。

「無断でお宅の敷地に入ったりして、すみません。わたし、怪しい者ではないんです。家の近くに覆面パトカーが二台も停まってたんで、インターフォンを鳴らさなかったんですよ」

「あなたは誰なの？」

「申し遅れました。わたし、佐藤一郎といいます。失礼ですが、高松義郎さんの奥さまの澄江さんですね？」

「そうですけど、あなたがなぜわたしの名までご存じなの⁉」

「恥《はじ》を晒《さら》しますが、ご主人が所長を務められてた刑務所に入ってたことがあるんです。傷害事件を起こしたんですよ」

「そうだったの」

「ご主人には目をかけていただいたんです。いくつになっても、心掛け次第で更生はできると高松さんに力づけられたんで、服役後、組を脱《ぬ》けることができました。いまは、小さな水道工事の会社を経営してます」

「そうなの。足を洗えて、よかったわね。主人とそういう間柄でしたんなら、どうぞお上がりになってください」

「いいえ、ここで結構です。実は、去年の六月の中旬に新宿駅前の交差点の所で高松さんと偶然に顔を合わせたんですよ」

「そうなんですか」

高松澄江は、畔上の嘘を真《ま》に受けたようだ。

「そのとき、ご主人はひどく暗い顔をしてました。わたし、気がかりだったんで、高松さんを近くのコーヒーショップに誘ったんです。それでね、何か心配事があるんではないかと訊《たず》ねたんですよ」

「主人はどう答えたんです？」

「経営されてる『恒和交易』がまだ軌道に乗ってないとおっしゃってました。でも、何か隠されてる様子だったんで、わたし、しつこく探りを入れてみたんです」

「そうしたら？」

「ご主人は、あることで関西の暴力団関係者に脅迫されて弱ってるんだと……」

畔上は鎌をかけた。高松の妻がリビングソファから立ち上がり、テラスに向かって歩いてくる。

畔上はしゃがんだ。澄江がフローリングに正坐した。細身で、いかにも病弱そうだった。顔色もすぐれない。

「去年の春先に高松は商談があって、大阪に一泊で出かけたの。大阪在住の中国人実業家が向こうの公司《コンス》の偉い方を紹介してくださったんで、割に大きなビジネスになったんですよ。それでお礼かたがた大阪に出向いたの」

「そうですか」

「接待するつもりで主人は関西に行ったんですけど、相手がお金持ちだったんで、逆に北新地の高級クラブに連れていかれたんですって。主人は美人ホステスさんたちにお酒を勧められて、普段よりも多く飲んだようなんですよ。酔って妖《あや》しい気持ちになったらしく、ホステスさんのひとりを宿泊先のホテルに連れ込んで……」

「男女の関係になったんですね？」

「ええ。主人は相手の女性を組み伏せて、かなり強引に目的を遂げたみたいなの。その彼女は、大阪の浪友会藤森組《ろうゆうかいふじもりぐみ》の大幹部の愛人のひとりだったらしいんですよ」

「その大幹部の名前はわかります？」

「黒岩敏《くろいわさとし》という名で、五十五歳だという話でした。その黒岩が自分の愛人に手を出したとすごく怒って、主人にどう決着《オトシマエ》をつけてくれるんだと脅迫してきたというの。高松は詫び料を五百万円差し出したらしいんだけど、せせら笑われたそうよ。そして、『当分、わしの手足になってもらうで』と凄《すご》まれたんですって」

「そうですか」

「高松はわたしには何も法律に触れるような悪事はしてないと言ってたけど、去年の七月ごろから何か黒岩という男の手伝いをさせられてるみたいなの。それ相当の分け前を貰ってたみたいで、お金をたくさん持ち歩くようになったんですよ」

「高松さんは何か下働きをさせられてるんだろうな」

「そうにちがいありません。警察の話だと、高松は中国人の彼女と一緒に一昨日の深夜、どこかに逃げたみたいなんです。黒岩という男に逆らったんで、主人は命を狙われる羽目になったんじゃないんですかね。主人に若い愛人がいたことは悲しいけど、わたしにも負い目があるんで、仕方がないと思ってます。でもね、高松は二人の子供にはかけがえのない父親なんです。だから、主人が殺されるようなことになったら……」

「奥さん、わたしが仕《つか》えた親分は侠気《おとこぎ》がすごくあるんですよ。昔の親分に頼めば、黒岩敏という男が属してる藤森組の組長とうまく話をつけてくれると思います。話がつけば、もう高松さんは逃げ回らなくても済むはずです」

「そんなにうまくいくかしら？」

「わたしが世話になった組長は、全国の親分衆たちと親交があるんですよ。きっとうまく話をつけてくれるでしょう。奥さん、心配ありませんよ。高松さんには服役中に何かと世話になったんで、じっとしていられなくなったんです」

「佐藤さんでしたわね。どうかお力をお貸しください」

「一肌脱ぎますよ。きょうは、これで失礼しますね」

畔上は一礼し、サッシ戸を閉めた。

明日にでも、大阪に行ってみるか。畔上は胸底《きょうてい》で呟き、高松宅の裏庭に足を向けた。

第五章　心優しい極道

1

雨が降りだした。

小雨だった。畔上は春雨に濡れながら、心斎橋筋《しんさいばしすじ》商店街を歩いていた。新大阪駅前から乗ったタクシーを御堂筋《みどうすじ》で捨て、この商店街に足を踏み入れたのだ。

間もなく午後五時になる。

畔上は革《かわ》の茶色いボストンバッグを提《さ》げていた。衣類の下には、グロック32を隠してあった。これまでに大阪には十回近く来ている。

ミナミと呼ばれている難波《なんば》周辺の地理には疎《うと》くなかった。梅田《うめだ》界隈のキタよりも、庶民的なたたずまいだ。なんとなく寛《くつろ》いだ気持ちになれる。

大阪のキタとミナミは、二大中心街だ。文字通り大阪の北と南に位置している。大阪市中心部では南北に走る道路を〝筋《すじ》〟と称し、東西に延びる道路を〝通《とおり》〟と呼ぶ。他所者《よそもの》には実に方角を把握しやすい。

畔上は道頓堀《どうとんぼり》川に架《か》かった戎橋《えびすばし》を渡り、すぐ横の通りを左に折れた。道頓堀川に並行して進むと、百数十メートルほど先の左手に浪友会藤森組の組事務所があった。

六階建ての持ちビルだ。ありふれた雑居ビル風だが、防犯カメラの数がやたらに多い。代紋《だいもん》や提灯《ちょうちん》は掲《かか》げられていないが、どこか異様だった。

浪友会は、大阪で最大の勢力を誇る暴力団だ。藤森組は中核組織で、構成員は七百数十人もいる。

畔上は東京を発《た》つ前に、新沼理事官が集めてくれた情報を入手していた。

黒岩敏は、藤森組の若頭補佐だった。組のナンバースリーである。傷害罪と恐喝罪の前科があった。黒岩は若いころから女遊びを重ねてきたようだが、なぜか一度も結婚はしていない。自宅は天王寺《てんのうじ》区内にある。

畔上は組事務所の前を通過して、少し離れたテナントビルのエントランスロビーに足を踏み入れた。

濡れた髪を撫《な》でつけ、私物の携帯電話を取り出す。畔上は藤森組直営の『セントラル興産』の代表番号を押した。

ややあって、電話が繋がった。受話器を取ったのは若い男だ。

「本部の会長代行や。黒岩は、どこにおるん？　スマホの電源、切られてるんや」

「会長代行とおっしゃいますと、本福《もとふく》さんでっか？」

「そや」

「いつもとお声が違いますが、どないしはりました？」

「ちょっと風邪気味なんや。そないなことより、まだ黒岩は天王寺の家《ヤサ》におるんか？」

「いいえ、三十分ほど前にこちらに顔を出されて、宗右衛門町《そえもんちょう》の行きつけの喫茶店でコーヒー飲んでますねん」

「その店の名は、なんやったかな？」

「『ベルモント』ですわ」

「おう、そうやった。ほな、店に電話してみるわ」

畔上は通話終了キーを押し、携帯電話を二つに折った。携帯電話をウールジャケットの内ポケットに戻し、テナントビルを離れる。

近くの相合橋《あいおうばし》を渡ると、目の前に宗右衛門町の飲食街が拡《ひろ》がっていた。軒灯は、まだ瞬《またた》いていない。だが、人の姿は多かった。

『ベルモント』は造作なく見つかった。

飲食店街のほぼ中ほどにあった。モダンな造りのコーヒーショップだ。

畔上は店に入り、さりげなく視線を巡らせた。

黒岩は右手のテーブル席で、茶色い葉煙草《シガリロ》を吹かしていた。精悍《せいかん》な顔立ちで、写真よりも若々しい。大柄で、筋肉も発達している。

黒岩の横の席で、二人の男がコーヒーを啜《すす》っていた。ひと目で極道とわかる風体《ふうてい》だった。

どちらも二十七、八歳だろう。黒岩のボディーガードと思って間違いない。

畔上は道路際《ぎわ》の空席に落ち着き、店の者にコーヒーをオーダーした。コーヒーは、じきに運ばれてきた。

畔上は備え付けの新聞を読む振りをしながら、黒岩を盗み見た。

黒岩は何やら物思いに耽《ふけ》っている。高松と香梅《シャンメイ》を匿《かくま》っているとしたら、今後の段取りを考えているのかもしれない。あるいは、すでに黒岩は誰かに高松を葬らせてしまったのだろうか。そして、上海美人だけをどこかに軟禁しているのか。

黒岩が立ち上がったのは、ちょうど午後六時だった。護衛役の二人は同時に腰を浮かせた。

畔上は三人が表に出てから、急いでコーヒー代を払った。黒岩たちは同じ通りにある和食料理店に入った。さほど大きな店ではない。

畔上は、和食料理店の斜向《はすむ》かいにある大阪寿司店の客になった。窓際の席に坐り、ビールと押し寿司のセットを注文する。

店のガラス窓の上部は素通しになっていた。背筋を伸ばせば、和食料理店の客の出入りがわかる。

畔上はビールを飲みながら、大阪名物の箱寿司を食べはじめた。大阪を訪れるたびに押し寿司を食《しょく》してきたが、やはり江戸前の握りのほうが旨《うま》い。

それでも一晩酢《す》でしめた活《い》け小鯛《こだい》は、いつ食べてもおいしかった。ただ、穴子の煮《に》詰《つ》めは甘すぎる。関東人の舌には適《あ》わない気がする。

大阪寿司のセットを平らげ、畔上は数種の肴《さかな》とビールを追加注文した。すぐにも黒岩に迫りたかったが、二人のボディーガードは銃器を隠し持っているだろう。

まさか人通りの多い飲食店街で銃撃戦を繰り広げるわけにはいかない。畔上はもどかしさを覚えながら、ゆっくりとビアグラスを傾けつづけた。

黒岩たち三人が表に出てきたのは、八時数分前だった。

いつの間にか、雨は止《や》んでいた。畔上はボストンバッグを持ち上げ、レジに急いだ。手早く勘定を支払い、店の外に飛び出す。

黒岩は二人の男を従えて、東心斎橋二丁目方向に進んでいた。馴染みのバーか、クラブに河岸《かし》を変えるつもりなのか。そうではなく、高松たちの潜伏先に向かっているのだろうか。

畔上は三人の後を追った。

黒岩たちは二つ目の角を右に曲がって、四軒目の飲食店ビルの中に消えた。畔上は飲食店ビルに近づき、エレベーター乗り場に視線を投げた。

三人を乗せた函《ケージ》は、三階で静止した。畔上はテナントプレートを見た。三階には、四店のクラブとジェントルバーがあった。

畔上はエレベーターで三階に上がった。エレベーターホールから歩廊《ほろう》の奥に目をやると、ボディーガードと思われる二人の男がクラブ『コンフォート』の前に立っていた。

畔上は、ホールの横にある階段の昇降口に身を潜《ひそ》めた。

数分経《た》つと、二人の男が『コンフォート』から離れた。すぐに彼らはエレベーターに乗り込み、階下に下《くだ》った。

どうやら黒岩は、行きつけの酒場で息抜きしたいようだ。畔上は『コンフォート』の逆U字形の黒いドアを引いた。店名は金文字だった。コントラストが強く、とても目立つ。

奥から三十代後半の黒服の男が足早に近づいてきた。眉が太く、髭《ひげ》も濃そうだ。

「いらっしゃいませ」

「ここは、会員制のクラブなのかな？」

「いいえ、会員制ではございません」

「それなら、軽く飲ませてもらおう」

「どうぞ、どうぞ！　ボストンバッグをお預かりいたします」

「いや、いいんだ。バッグには札束が詰まってるんで、自分の手許に置いときたいんだよ」

「リッチでいらっしゃる」

「札束云々《うんぬん》は冗談だよ。ちょっと大事な物が入ってるんだ。とにかく席に案内してくれないか」

畔上は促《うなが》した。黒服の男がうなずいて、フロアの奥に向かった。

テーブルは十卓以上あったが、先客は二組だけだった。黒岩は右手の奥の席に坐り、二人のホステスと話し込んでいる。

左手の奥のテーブルには、三人連れの男が向かっていた。四、五十代で、ビジネスマンに見えた。五人のホステスが侍《はべ》っている。美女ばかりだ。

畔上は、中央のボックスシートに導かれた。

「お飲みものは、いかがなさいましょう?」

「スコッチのハーフボトルを貰うかな。ロックで飲むよ。オードブルは適当に頼みます」

「かしこまりました。お客さま、女性を二人お付けしてもよろしいでしょうか?」

「ホステスさんは、ひとりでいいな。今夜は静かに飲みたいんだ。仕事で少し疲れてるんでね」

「承知しました」

黒服の男が遠のいた。

畔上はロングピースをくわえた。半分ほど煙草を喫《す》ったとき、二十六、七歳のホステスがやってきた。卵形の顔で、目鼻立ちは割に整っている。スタイルもいい。

「失礼します。うち、沙亜弥《さあや》いいます。坐らせてもろうてもよろしいやろうか」

「膝の上に坐ってもいいよ」

「あっ、東京の方ですね」

「そう。大阪に取材に来たんで、ちょっと宗右衛門町をぶらついてたんだ」

「そうなん。うち、三年前まで東京におったんですよ」

沙亜弥が言いながら、畔上の左隣に腰かけた。サテン地の真珠色のドレスが似合っている。

「ＯＬをやってたのかな」

「そうやないんです。居酒屋でバイトしながら、タレント養成所に通ってたん。二年半も通ってたんやけど、テレビドラマの端役《はやく》を二つ三つ貰えただけで、なかなか芽が出んかったんですよ」

「きみには華《はな》があるけどな」

「お世辞でもそう言うてもらえると、なんや嬉しいわ。うちね、東京では夢を摑めんかったし、恋愛もあかんかったの」

「きみのような美女に背を向ける男がいるなんて、信じられないな」

「お客さん、お口が上手なんやね。そないなこと言われたら、うち、うぬぼれ女になりそうや」

「うぬぼれてもいいと思うよ、きみなら」

「ほんまお上手やね。けど、その気になったら、あかん！　うちはテレビ女優になれるほどの器量やないんやから、舞い上がらんとこ」

「いや、きみはすごくチャーミングだよ」

畔上は沙亜弥に笑顔を向けた。

そのとき、酒とオードブルが運ばれてきた。沙亜弥が馴《な》れた手つきで手早くスコッチのロックをこしらえる。

「好きな酒を飲んでくれよ。フルーツの盛り合わせをオーダーしてもかまわない」

畔上は言った。

沙亜弥がカクテルだけをボーイに注文する。馴染みのないカクテル名だった。店のオリジナルカクテルなのだろう。

「お名前、教えてもらえます？」

「恥ずかしいほど平凡な氏名なんだよ。佐藤一郎っていうんだ」

「取材とか言うてはりましたけど、新聞記者さん？」

「しがないフリーライターさ。主に裏社会のルポ記事を書いてるんだ」

「そうなん。そやったら、極道関係の方もよう知ってはるんやろうね」

「うん、まあ。右の奥で飲んでるのは、浪友会藤森組の黒岩さんだろ？」

「そうやけど、面識があるん？」

「いや、顔と名前を知ってるだけで、名刺交換をしたこともないんだ」

「そやったら、後で紹介してあげるわ」

「せっかくだが、遠慮しておくよ。浪友会と反目《はんもく》し合ってる組織の取材をした帰りだから、今夜はまずいな。ややこしいことになったら、今後の取材がしにくくなるからさ」

「そやろうね」

話が途切れた。

ちょうどそのとき、沙亜弥がオーダーしたカクテルが届けられた。ブランデーをベースにしたカクテルらしい。

二人はグラスを触れ合わせた。

「黒岩さんは極道やけど、生き方の下手な無器用な人たちや立場の弱い者なんかには心優しいの。堅気やないんやから、それは無茶もしとる思うわ。そうやなかったら、いつまでも貫目《かんめ》は上がらんはずでしょ？」

「そうだね。気がいいだけじゃ、藤森組の若頭補佐にはなれっこない。悪さはするけど、弱い者いじめはしてないんだろう」

「そうなんやろうね。黒岩さんが四十代やったら、うち、惚れてたと思うわ。魅力あるもん」

「そうだな。俠気《おとこぎ》はありそうな感じだね。あの旦那は、水商売の女性たちにはモテるんだろう？」

「黒岩さんを好きになったホステスやママは、宗右衛門町だけでも十人はおる思うわ。北新地《きたしんち》の高級クラブにもよく顔を出してるようやから、キタのホステスも黒岩さんに何人か熱を上げたんちゃう？」

「五十代半ばなのに、そんなにモテまくってるのか。羨《うらや》ましいな」

「お客さんも素敵やわ。まさに大人の男って感じで、モテはるんやない？」

「それがさっぱりなんだよ。もう四十一なんだが、独身《シングル》なんだ」

「結婚したことは？」

「五年半ほど前に女房は交通事故死してしまったんだよ。妻は、まだ三十二だったんだ。子供はいなかったんだがね」

「それ以来、ずっと独り暮らしをしてきたん？」

「そうなんだ」

「それや寂しいね。うちでよければ、いつでも寂しさを埋めてやるんやけど」

「なら、きみをアフターに誘って口説き落とすか。今夜は大阪のホテルに泊まるつもりなんだ」

「うちはつき合《お》うてもええよ、朝まで。彼氏がおったんやけど、二カ月前に別れてしもうたん。ヒモみたいになってきたんで、うちから別れ話を切り出したんよ。ここは十一時半で閉店《カンバン》になるん。その後、うちがよう行くダイニングバーに行かへん？」

沙亜弥が紗《しゃ》のかかったような色っぽい目で甘やかに囁いた。

「四十男が初対面の娘《こ》をホテルに連れ込むわけにはいかないよ」

「冗談やったの？」

「少しは本気だったんだが、最初っからあまりがつがつしたとこは見せたくないからな。次回、アフターに誘うよ」

「また来てくれはるの？」

「いつ来るって約束はできないが、必ずきみに会いに来る」

「ほんまに来てや！　うち、待ってるさかいに」

「ああ、来るよ。ところで、この店に高松義郎って五十代後半の男が来たことあるかい？　このクラブのことは、その彼に教えてもらったんだ」

「そういうお客さんは一度も来たことない思うけど」

「おっと、勘違いしてたよ。店名はキタにある『コンフォート』だった」

「北新地のクラブに、ここと同じ名の店はないはずやけど」

「えっ、そうなのか。おかしいな。高松という男は出張で大阪を訪ねたとき、気に入ったホステスさんを泊まってるホテルに誘って、力ずくで抱いたとか言ってたが……」

「その店は、北新地にある高級クラブの『コンラッド』やない？　そこは、黒岩さんが昔よく通ってたんよ」

「店名がちょっと似てるな。高松という知り合いが教えてくれたのは『コンフォート』ではなくて、『コンラッド』だったのかもしれない。多分、そうなんだろう。宗右衛門町じゃなくて、北新地のクラブだったのか」

「そうなんやろうね」

「ミナミとキタじゃ場所が違うのに、おれ、早くも惚《ぼ》けはじめたのかな」

「東京の人やったら、ミナミとキタを混同してしまうかもしれんね。うちらが混同することはあらへんけど」

「それはそうだろうな。話を戻すが、黒岩さんは北新地の『コンラッド』という高級クラブに以前、ちょくちょく通ってたのか」

「そうやって。ママやチーママから、黒岩さんの彼女のひとりが『コンラッド』の人気ホステスだって聞いてたん。源氏名は、確か安寿《あんじゅ》さんやったわ。本名は知らんけどね。黒岩さんはずっと『コンラッド』に行ってへんみたいやから、その彼女とは切れたのかもしれんね」

「そうなんだろうな」

畔上は、さほど関心がないような表情で応じた。高松は、安寿という人気ホステスを犯したんで、黒岩に悪事の片棒を担《かつ》がされたのではないか。黒岩を締め上げる機会がなかったら、安寿に接触すべきだろう。

畔上はそう思いながら、グラスを呷《あお》った。

2

三杯目のロックを空けた。

沙亜弥が心得顔で、アイスペールを引き寄せる。畔上はフォークで生ハムを掬《すく》って、口に運んだ。

その直後、黒岩が目の前を通った。手洗いに行くようだ。二分ほど遣《や》り過ごしてから、畔上はおもむろに立ち上がった。

「トイレに行かはるの？」

沙亜弥が声をかけてきた。

「ああ。おれのボストンバッグ、しっかり見張っててくれよな」

「ええよ。なんや中身が気になってきたわ。札束がぎっしり詰まっとんのかな？」

「ちょっと派手なトランクスが入ってるだけだよ」

畔上は軽口をたたき、手洗いに向かった。男性用トイレに黒岩しかいなかったら、締め上げる気になったのだ。

組事務所の近くの酒場で飲んでいるわけだから、おそらく黒岩は丸腰だろう。たとえ護身用の小型拳銃を隠し持っていたとしても、身が竦《すく》むようなことはない。組対時《そたい》代に数々の修羅場を潜《くぐ》ってきた。

手洗いに着いた。あたりに人影はなかった。

畔上はドアに耳を寄せた。

トイレには黒岩だけしかいないようだ。ドア・ノブに手を伸ばしかけたとき、おしぼりを持ったホステスがやってきた。黒岩の席にいたハーフっぽい顔立ちのホステスだ。

まずいことになった。畔上は上着のポケットを押さえた。

「お客さん、どないしはりました？」

「携帯をトイレに落としたかもしれないと思ったんだが、ちゃんとポケットに入ってたよ」

「そうなん」

「ちょっと酔いが回ったかな」

「落とし物をなさらんようにしてくださいね」

ホステスが言った。畔上は笑顔を返し、自分の席に引き返した。

「なんや早かったね」

沙亜弥は少し驚いた様子だった。

「男は女と違って、ペーパーを使うわけじゃないからな」

「そうやね」

「あっ、セクハラだな。ごめん、ごめん！」

畔上はソファに坐って、ロックグラスに手を伸ばした。

スコッチ・ウイスキーを喉に流し込んだとき、黒岩がホステスと一緒に過《よ》ぎった。

二人は自分たちのテーブルに落ち着いた。

それから間もなく、店に三人の男が入ってきた。堅気には見えない。

「あら、藤森組の幹部たちやわ。今夜は黒岩さんの奢《おご》りで、酒盛りになりそうやね」

沙亜弥が呟いた。

男たちは黒岩と同席した。店の隅に控えていたホステスたちが、次々に黒岩のテーブルに移動する。

「チェックしてくれないか」

「まだええやないの」

「ホテルも決めないといけないから、今夜はこれで引き揚げるよ」

「残念やわ」

「そう遠くないうちに、また関西に取材に来ることになってるんだ。そのとき、きみの顔を見に来るよ」

畔上は沙亜弥の腿《もも》を軽く叩いた。

沙亜弥がほほえんで、黒服の男に合図した。畔上は勘定を払って、『コンフォート』を出た。沙亜弥に見送られ、飲食店ビルを離れる。

御堂筋に向かって歩きだしたとき、畔上は誰かに尾行されている気配を感じた。

黒岩に怪しまれたのか。だとしたら、尾行者は藤森組の組員だろう。早く尾行者の正体を知りたかったが、わざと振り向かなかった。

畔上は自然な足取りで進み、二本目の脇道に入った。同時に走りだし、路上駐車中のアルファードの陰に身を隠す。

小走りに駆けてくる靴音が耳に届いた。

尾行者がアルファードの近くで立ち止まった。畔上に背を向け、左右を見回している。体つきから察して、三十八、九歳だろう。

畔上は前に出て、ボストンバッグで男の頭部をぶっ叩いた。

尾行者が呻いて、屈《かが》み込んだ。畔上は相手の背中を蹴った。男が前にのめる。

畔上は、尾行者の前に回り込んだ。

見覚えがあった。特命捜査を開始したばかりのころ、畔上を尾けていた三十代後半の男だった。

「いきなり何なんですかっ。わたしが何をしたと言うんだ！」

男が顔を上げた。

街灯に照らされた相手の金壺眼《かなつぼまなこ》を見た瞬間、記憶の糸が繋がった。尾行者は、二年ほど前まで警視庁公安部外事二課にいた宮尾昌光《みやおまさみつ》だった。いま、三十八歳ではないか。

宮尾は公安刑事時代にＳ《エス》として使っていた過激派の女闘士と深い関係になったこと

が発覚し、職場を去った。依願退職という形だったが、実質的には懲戒免職だ。

「おまえは、外事二課《ソトニ》にいた宮尾じゃないか。なんだって、おれの動きを探《さぐ》ってるんだ？」

「ご、誤解ですよ。わたしは、あなたを尾けてたわけじゃありません。たまたま前を歩いてた方の背恰好が畔上さんに似てたんで、本人かどうか確認しようと思っただけですよ」

「そんな嘘は通用しないぞ。おまえは先日、おれを尾けてた」

「わたし、そんなことはしてませんって」

宮尾が首を横に振った。畔上は宮尾の後ろ襟を引っ掴み、荒っぽく立ち上がらせた。

少し離れた所に、月極駐車場があった。

畔上はそこに宮尾を引き摺《ず》り込み、奥まで進んだ。コンクリートの万年塀と駐《と》められているワンボックスカーの間に宮尾を連れ込み、チョーク・スリーパーを掛ける。

宮尾は喉を強く圧迫され、ほどなく意識を失った。

畔上はボストンバッグを足許に置き、宮尾の上体をワンボックスカーに凭《もた》せかけた。

すぐに宮尾の上着の内ポケットを探る。名刺入れを摑み出し、抓《つま》み出した名刺の束にライターの炎を近づけた。

宮尾は、『グロリア・リサーチ』という調査会社の調査員として働いているようだ。彼の姓名が刷り込まれた同じ名刺が二十枚近くあった。

宮尾は誰に頼まれて、自分をマークしていたのか。畔上は名刺入れを内ポケットに戻し、今度は宮尾のスマートフォンを摑み出した。

登録者の氏名をひとりずつ検《しら》べてみる。知らない名ばかりだったが、宮尾のかつての同僚がひとりだけ登録されていた。衣笠常之《きぬがさつねゆき》という名で、三十九歳だった。

衣笠が属している外事二課は、中国と北朝鮮を担当している。高松が不法滞在の中国人男女に偽造旅券を与えていることを外事二課は知って、『恒和交易』の社長をマーク中なのか。

そうだとしたら、高松は不法滞在中国人に日本の公安情報を流している疑いがある。しかし、外事二課が元公安刑事の宮尾に畔上の動きを探《さぐ》らせているとは思えない。なぜ、宮尾は自分を尾けていたのか。いったい何を知りたがっているのだろうか。

畔上は、宮尾のスマートフォンに登録されている衣笠のテレフォンナンバーを押した。

ややあって、電話が繋がった。

「宮尾、ご苦労さん！　畔上は藤森組の事務所付近にいたということだったが、その後、黒岩に張りついてるのか？」

「………」

「なんで黙ってるんだ。宮尾、何かあったのか？　黒岩に不審がられたんなら、おれが電話してやるよ」

「………」

「おまえ、まさか畔上に尾行を覚《さと》られたんじゃないよな？　おい、何か言えよ。変だな。あんた、宮尾じゃないね。そうなんだろ？」

相手が慌《あわ》てて電話を切った。

畔上はリダイヤルキーを押した。だが、早くも衣笠のスマートフォンの電源は切られていた。衣笠は、黒岩とは何らかの繋がりがあるような口ぶりだった。警視庁外事二課の刑事と大阪の極道に接点はないはずだ。二人は、どういった間柄なのか。

畔上は思考を巡らせてみた。しかし、どう考えても、衣笠と黒岩の接点はわからなかった。

畔上は、スマートフォンを宮尾の懐に戻した。それから彼は宮尾の脇の下に両腕を差し入れ、体の向きを変えさせた。膝頭で、宮尾の背中を思うさま蹴る。

宮尾が唸《うな》って、我に返った。

「わたしに柔道の裸絞めをかけたんだな？」

「そうだ。おまえの依頼人はわかったぜ。本庁外事二課の衣笠常之だな？」

「えっ」

宮尾が絶句した。

「空とぼけても意味ないぞ。そっちのスマホに衣笠のナンバーが登録されてたんで、少し前にコールしてみたんだよ」

「なんてことなんだ」

「衣笠は職務でおれの動きを知りたがってるのか？　それとも、個人的な理由があって……」

「わかりません。わたしは、衣笠さんにちょっとバイトをしないかと言われただけなんですよ。詳しいことは何も教えてもらってないんです」

「今度は肩の関節を外してやるか」

「もう勘弁してくださいよ。わたし、衣笠さんに頼まれたんで、あなたの行動を探って……」

「衣笠に報告してたんだな？」

「ええ。会社では浮気調査ばかりやらされてたんで、うんざりしてたんですよ。そんなときに日給三万五千円のバイトをやらないかと誘われたんで、ついその気になっちゃったんです」

「会社の仕事は、どうしてるんだ？」

「どうせ不倫調査ですから、会社には調査続行中ということにして、あなたをずっとマークしてたんです」

「おれを尾けるのは、もうやめろ。さもないと、おまえがまともに浮気調査をしてないってことを会社に密告《チク》るぞ。そうなったら、そっちは解雇されるだろうな」

「それ、困りますよ。衣笠さんのバイトは一時的なものだから、妻子が路頭に迷っちゃいます」

「会社をクビになりたくなかったら、衣笠には嘘の報告をしといて、本業に専念するんだな」

畔上は冷ややかに言った。

「ええ、そうしますよ。ところで、あなたは特命捜査対策室に籍を置いてるんでしょ？　それなのに、なぜ内偵捜査なんかしてるんです？　偉いさん直属の特命で動いてるじゃないんですか。衣笠さんは、そう思ってるみたいですよ」

「おれは退屈なデスクワークに耐えられなくなったんで、時間潰《つぶ》しにある殺人事件を個人的にちょっと調べてるだけさ。特命刑事なんかじゃない」

「本当にそうなんですか。どんな事件《ヤマ》を追ってるんです？」

「そんなことをおまえに答える義務はないっ」

「それはそうですが……」

「そんなことより、衣笠は職務絡みでおまえを雇ったのか？」

「職務絡みじゃないと思いますよ。衣笠さんは自分のポケットマネーで、わたしを使ってるんだと言ってましたんで。何か点数を稼いで、課長に見直してもらいたいんじゃないのかな。衣笠さんは上昇志向が強いですからね。公安部には、若い警察官僚《キャリア》が何人もいます。一般警察官《ノンキャリア》はよっぽどの手柄を立てないと、キャリア組に先を越されるばかりですよね。衣笠さんは禁じ手を使ってでも、でっかい仕事をしたいと考えてるんでしょう」

「おおよその見当はついてるんじゃないのか？」

「いや、わたしには見当もつきませんね。ただ……」

宮尾が口ごもった。

「言いかけたことを聞かせてもらおうか。言わなきゃ、肩の関節を外すぞ」

「わかりましたよ。衣笠さんは、藤森組の黒岩の何か不正に目をつぶってやって、その見返りに公安関係の情報を提供させてるのかもしれません。具体的なことは、わたしにはわかりませんけどね」

「極道に公安情報を提供させてるって⁉」

畔上は首を傾げた。

「黒岩は、中国か北朝鮮の情報員と何らかの繋がりがあるんじゃないのかな。外事二課の守備範囲は、その二国ですからね」

「そうだな」

「わたし、もう畔上さんを尾けたりしません。こんな時代に失業したら、なかなか働き口は見つからないでしょうから」

「そうしろ。とっとと東京に帰れ！」

「わかりましたよ」

宮尾が身を起こし、先に月極駐車場を出た。

畔上はボストンバッグを掴み上げ、ロングピースをくわえた。一服してから、月極駐車場の出入口に向かう。

周囲に目をやったが、宮尾が暗がりに身を潜めている気配は伝わってこなかった。

畔上は急ぎ足で御堂筋まで歩き、タクシーの空車を拾った。北新地に向かう。

クラブ『コンラッド』は、曾根崎《そねざき》新地にあった。酒落《しゃれ》た飲食店ビルの五階に店を構えていた。

飲食店ビルの地下駐車場の前に、二十五、六歳のカーポーターが立っていた。カーポーターは、車で高級クラブに乗りつけた客たちのマイカーや社用車を駐車場に収めることを生業《なりわい》にしている。正規の料金のほかに、チップを貰うことが多い。

畔上はタクシーを降りると、カーポーターに近づいた。

「ちょっと教えてほしいんだが、『コンラッド』の安寿さんは今夜、店に出てるかな?」

「安寿さんやったら、去年の五月に店を辞めましたで」

「別のクラブに引き抜かれたんだな、売れっ子ホステスだったらしいから」

「安寿さん、去年の夏に自分のお店を出しはりやったんですよ」

「このキタにミニクラブでもオープンしたんだな?」

「そうやのうて、JR難波《なんば》駅前に創作料理の店を出しはったんです。要するに、スタンド割烹《かっぽう》やね」

「店の名は?」

「えーと、『夕顔《ゆうがお》』やったかな。一流料亭の板前を引き抜いてオープンしたそうやけど、小料理屋とは値段が違うんで、あまり繁昌《はんじょう》してへんって噂やけどね。ぼくは一度も安寿さんの店に行ったことないんやけど、まだ営業はしてはるはずですわ」

カーポーターが答えた。

畔上は礼を言い、相手に万札を握らせた。一万円を渡しただけだが、カーポーターはしきりに恐縮し、何度も頭を下げた。

畔上は、またもやタクシーに乗り込んだ。

『夕顔』を探し当てたのは、数十分後だった。立地条件は悪くなかったが、店内に客の姿は見当たらない。和服姿の女が初老の板前と何か大声で言い争っていた。

女は安寿だろう。色気のある美人だった。

畔上は店に入ることをためらった。板前が何か喚《わめ》き、奥に引っ込んだ。着物をまとった女は素木《しらき》のカウンターに向かい、頬杖をついた。

二人は憤《いきどお》っている様子だった。話し合いは、こじれてしまったらしい。

近くの酒場で少し時間を潰してから、『夕顔』を訪れるべきか。

迷っていると、板前が憤然と店から出てきた。そのまま駅前に向かった。仕事を投げ出して、帰宅するつもりなのか。

畔上は店に足を踏み入れた。

和服の女が弾かれたように立ち上がり、笑顔を向けてきた。

「いらっしゃいませ」

「板長《いたちょう》さんらしい方が怒った様子で店を出ていったが、きょうはもう店仕舞《じま》いなのかな？」

「いいえ、まだ営業中ですねん。お好きな席にお掛けください」

「それじゃ……」

畔上はカウンター席の中央に腰かけ、ビールを注文した。着物姿の女がカウンターの向こう側に回り、手早く突き出しの小鉢とビールを用意した。

「創作料理を何品か貰うかな」

「はい。ビールをお注ぎします」

「ありがとう」

畔上はビアグラスを少し傾けた。ビールが優美に注がれる。

「東京の方ですやろ？」

「そう。あなたは、去年の五月まで『コンラッド』にいたんですよね？　源氏名は安寿さんだったかな」

「以前、お店にいらしたことがあるん？」

「いや、『コンラッド』には行ってないんだ。あなたのことは、藤森組の黒岩さんから聞いてたんですよ。のろけられたことがあると言ったほうが正確かな」

「いややわ。黒岩さんとは、去年の夏に別れたん」

「それは知らなかったな」

「お客はん、極道には見えんけど……」

「フリーライターなんですよ。やくざ関係のルポやインタビュー記事ばかり書いてるんで、雑誌社の編集者たちには〝極道ライター〟なんて言われてるんだ。津上といいます」

畔上は澄ました顔で、偽名を口にした。

「うちは生駒麻美《いこまあさみ》です。黒岩さんとは七年ほどつき合《お》うたんやけど、別れてしまったん」

「黒岩さんは水商売の女性たちに言い寄られることが多いみたいだから、浮気が絶えなかったんだろうな」

「彼に複数の彼女がいたことは知っとったの。けど、そのことに拘《こだわ》って別れたんやないんです。うちに落ち度があったんやさかい、黒岩さんのことはちっとも恨んでへん。むしろ、感謝してるんよ」

「感謝してる？」

「そうですねん。黒岩さんは手切れ金代わりに、この店の開業資金を出してくれたん。それから、運転資金もね」

「黒岩さんは別れ上手なんだな。昔の彼女に少しも恨まれてないなんて、すごいことだよ」

「いまでも、彼のことは好きやねん。けど、もう愛される資格がのうなってしもうたさかい、どうにもならんわ」

麻美が整った顔を翳《かげ》らせ、淋《さび》しげに笑った。ホステス時代に高松義郎に穢《けが》されてしまったことが二人の痼《しこ》りになって、別れることになったのだろうか。

「ママも一緒に飲もうよ。板《いた》さんは、もう店には戻ってこないだろうからさ。なんなら、軒灯を落としてもいいんじゃない？」

「そうやね。腕のいい板前なんやけど、頑固一徹なん。客の入りがようないんで、食材の質を少し下げて、その分、料理の値段を下げよう言うたら、そんなことはできんの一点張りやったの。そやから、料理人のプライドばかり大事にしとったら、いまに『夕顔』は潰れるわって言い返したんよ。それで、大喧嘩になってしもうたん」

「そうだったのか」

「けど、明日の午後には板長、普段通りに仕込みをしてくれる思うわ」

「それなら、今夜は飲もうよ。とことん酔えば、厭《いや》なことや怒りなんか忘れるだろう」

「そうやね。お料理をお出ししたら、うち、そちらに行きますよって。少し待っとってね」

「ああ、待ってるよ。黒岩さんと別れたんなら、ママを酔わせて口説くかな」

畔上は冗談を口にした。

「悪い方やね。うふふ」

「もう新しい彼氏ができたのかな？」

「そない器用な女やありませんよ、うちは」

「そうだろうな」

「お客はん、きょうは大阪に泊まることになってんの？」

「そうなんだ」

「そやったら、飲んじゃいましょうよ。お酒も肴《さかな》もよけいあるさかいに、腰を据《す》えて飲めるはずや」

麻美が表情を明るませ、八寸《はっすん》の皿と刺身の盛り合わせをカウンターに並べた。

畔上はビールを呷《あお》り、手酌《てじゃく》でグラスを満たした。

3

目許がほんのりと赤い。

麻美の呂律《ろれつ》は幾分、怪しくなっていた。手許も覚束《おぼつか》なかった。畔上たちは店の小上《こあ》がりで、芋焼酎《いもじょうちゅう》のロックを呷っていた。

差し向かいだった。『夕顔』の軒灯は、とうに消されていた。店内には、二人しかいなかった。間もなく午前零時になる。

「商売のことは不安やけど、うち、開き直ることにしたん。先の見えない時代やから、あれこれ心配しても仕方ないやろ？」

「そうだね」

「板さんを怒らせてしもうたけど、うちがオーナーなんやから、主張すべきとこは主張せんとね。板さんに店を辞められたら、営業できんようになってしまいそうやけど」

「腕のいい板前は、いくらでもいるよ」

「そうやね。でも、せっかく引き抜いた板さんやから、辞めてほしくない思うてんねんけどな」

「別に根拠はないんだが、板前さんはこの店を辞めたりしないと思うよ。明日、何事もなかったような顔で店に来るんじゃないのかな」

「うちも、そんな気はしてるんやけど」

「話は変わるが、ママは自分に落ち度があったんで、黒岩さんと別れることになったと言ってたけど、何があったのかな?」

畔上は確かめたかったことをさりげなく問いかけ、ロングピースに火を点けた。麻美が短くためらってから、語りはじめた。

「うちな、去年の春に『コンラッド』に飲みに来た東京の貿易会社の社長にアフターに誘われて、夜食をご馳走になった後《あと》、そのお客さんの泊まってるホテルに行ってしもうたん」

「そう」

「東京の話を聞いてるうちに、なんや懐かしくなってな、もっとお喋りしたくなってん。相手は五十八、九やったから、変な気は起こさんやろうと思ってたんよ。けどな……」

「その客は、きみを力ずくで抱こうとしたんだ？」

「ええ、そうやの。うち、もちろん抵抗したで。黒岩さんとつき合《お》うてたんやし、好きでもない男とセックスなんかしとうないやんか」

「だろうね」

「懸命に暴《あば》れたんやけど、男の人の力にはかなわんかったわ。それに、かなり飲んどったから、抵抗し切れんかったの」

「身を穢《けが》されたことを警察には？」

「訴えへんかったわ。もう小娘やないし、うちにも隙《すき》があったわけやからね。最初は黒岩さんにも黙っとくつもりやったの。けど、大好きな彼氏に秘密を持つのは一種の裏切りやからと思い直して……」

「告白したんだね」

「そうやの。黒岩さんは『堅気のくせに、極道よりひどいことをしたもんや。どう考えても、赦《ゆる》せんわ』とか言うて、うちを犯した高松義郎いう男を大阪に呼びつけたん」

　麻美が言って、グラスを大きく傾けた。忌《いま》わしい出来事を思い出し、もっと酔いたくなったのだろう。慰める言葉がない。

畔上は、自分の推測通りだったことを素直には喜べなかった。とはいえ、極秘捜査が一歩前進したことは確かだ。

「高松は、黒岩さんに顔面以外のとこをさんざん殴られたり、蹴られたみたいやね」

「やくざ者は、喧嘩相手の面《つら》にはパンチをぶち込まないもんだ。相手の顔が腫《は》れ上がってたら、傷害罪をすぐ疑われることになるからな」

「そうなんやろうね。高松は黒岩さんに連れられて、うちのマンションに来たん。ほんで、土下座して涙声で詫びたんや」

「それで、極道が水に流すわけはないな。黒岩さんは、高松とかいう男に詫び料を出させたんだろう？」

「そのあたりのことは、うち、ようわからんの。けど、黒岩さんは『夕顔』の開店資金として五千万円もくれたから、高松義郎から詫び料を取ったのかもしれんね」

「貿易会社の社長といえども、それだけの大金はすぐに都合できないんじゃないのかな。黒岩さんは、高松に何か非合法ビジネスをやらせたんじゃないだろうか」

「相手は堅気の男やで。裏ビジネスなんかできんちゃう？」

「高松は若いころから貿易関係の仕事をしてたのかな？」

「ううん、会社を設立する前は刑務所の所長をやってたと言うとったわ」

「それだったら、犯罪者を多く知ってるはずだ」

「そやろうね。高松は、前科者たちを使《つこ》うて何か法律に触れる闇ビジネスをさせたんやろうか。それで、手に入れたお金を黒岩さんに渡したんかな？　そして、黒岩さんはうちに詫び料として……」

「そうなのかもしれないな」

「うち、そうやない思いたいわ。店の開業資金は、黒岩さんが自分で都合つけてくれたんやないかな」

「藤森組の大幹部でも、それだけの貯《たくわ》えがあるとは思えないな。裏社会の男たちは総じて見栄張りだから、金遣《かねづか》いが粗《あら》い」

「そうやね。黒岩さんは気前がええから、たいした預金はなかった思うわ」

　麻美がグラスを空け、焼酎のロックをこしらえた。

「きみには酷な言い方になるが、黒岩さんは高松という奴に何かダーティー・ビジネスをやらせたんだろうな。むろん、組長や若頭には内緒でね」

「そうなんやろうか」

「黒岩さんは個人的なシノギで、何か商売をやってるんだろう？」

「鶴橋《つるはし》で焼肉レストランを経営しとるけど、ほとんど儲けはないんちゃうかな。リーズナブルな値段で、採算は度外視しとるみたいやから」

「そうなのか」

畔上は応じて、雲丹《うに》で和《あ》えた鮑《あわび》を口に入れた。

鶴橋は、ＪＲ大阪環状線、近鉄奈良、大阪線、地下鉄千日前《せんにちまえ》線が交差するターミナルだ。梅田から環状線で、約十五分の距離である。難波から地下鉄に乗れば、およそ六分と近い。

駅の東側にある鶴橋高麗《こうらい》市場は、戦後の闇市から大阪一のコリアンタウンに発展したことでつとに有名だ。東西三百メートル、南北五百メートルの入り組んだ路地に韓国の食材、民族衣裳、高級海外ブランド品を商《あきな》う店舗が二百軒近く並んでいる。

畔上は幾度かコリアンタウンを訪れ、人気の焼肉店で骨付きカルビ、ロースバラ、ハラミ、ツラミ、上《じょう》タン、ハート、テッチャンなど肉と野菜がセットになったコース料理を食べたことがあった。喫茶店のメニューになっているキムチサンドや海鮮チヂミもうまかった。

「津上さんは知らんやろうけど、黒岩さんは在日《ざいにち》なの」

「そうだったのか。日本人に見えるがな」

「五歳のときに子供のいない日本人夫婦の養子になったさかい、国籍は日本やの。両親はいまの北朝鮮出身で、黒岩さんの旧名は李成鎬《イソンボ》やったんやって。でも、養子縁組するときに下の名も家裁で改名してもろうたらしいの」

「黒岩という姓に変わっても、成鎬という下の名では養子が民族差別されるかもしれないと養父母は考えたんだろうな」

「そうやって。いまは韓流ブームで朝鮮半島出身者を差別する人は少のうなったけど、昔は在日の人たちをいじめる日本人がだいぶおったみたいやからね」

「そうだったな。黒岩さんの実の両親は若くして亡くなったわけか」

「ううん、そうやないの。両親は五十年ぐらい前に故郷の北朝鮮に帰ったん。日本での暮らしは大変やったみたいで、祖国で新規巻き直しをしたかったんやろうね。でも、大阪の生野《いくの》区で生まれ育った黒岩さんはどうしても日本にいたいと駄々をこねて、何度も家出したんやて」

「両親は根負けして、子供のいない日本人夫婦に息子を養子に出す気になったんだろうな」

「そうなんやて。その当時、プレス工場を経営してた黒岩夫妻は人道主義者で虐《しいた》げられた人たちの面倒を見てたらしいんよ」

「立派な夫婦じゃないか。黒岩さんは、養父母に大事にされて育ったんだね？」

「そうやて。府立の工業高校を卒業するまでは、幸せやったそうや。けど、黒岩さんが工場の手伝いをするようになって一年も経《た》たんうちに養父母が相次いで病死したんやて」

「それは気の毒にな」

「ほんまやね。黒岩さんは自分を大きゅうしてくれた養父母に恩返しすることを生きる張りにしてたそうやから、なんや気力を失ってしもうたんやて」

「そうだろうな。それで、横道に逸《そ》れてしまったわけか」

「そうらしいわ。黒岩さんは極道やけど、心根までは腐ってへんの。人間としては温《あたた》かいし、女にはめっちゃ優しいねん」

「北の祖国に戻った黒岩さんの両親は、どうしたんだい？」

「尊敬してた指導者親子に忠誠を誓いながら、ご両親はひたすら労働に励んだらしいねん。けどな、帰還者ということで一段低く見られて、いつまで経っても生活は楽にならんかったそうやわ。それどころか、在日の友人たちに送金してもらわな、一日三度の食事もできなかったらしいねん」

「独裁国家はどこもそうだが、権力者一族と取り巻き連中だけがいい思いをしてて、人々は耐乏生活を強《し》いられてる」

「そうやね。日本は北朝鮮と国交がないわけやけど、あの国の生活水準が低いことはメディアで伝えられてる。たくさんの人たちが飢え死にしたり、子供の物乞《ものご》いは増える一方やそうや」

「もともと経済水準が低いのに、二代目の将軍は核ミサイルの開発に熱を入れ、軍備拡張をしてきたからな。いまの若き三代目も、核武装を強化してる」

「そうやね。話が脱線しかけたけど、黒岩さんの両親は数年前に相次いで餓死したんやて。彼の幼馴染み一家も同じ運命をたどったそうやわ。その話をしてくれたとき、黒岩さんは子供のように泣きじゃくってた。ほんまかわいそうやったわ」

「帰還した在日の人たちは理想国家の建設に貢献できると夢を膨らませながら、北に渡ったにちがいない。しかし、期待はことごとく裏切られてしまった。権力を握った父親と息子は人民のことよりも、自分たち一族の繁栄だけを願ってたわけだ」

「そういうことになるんやろうね。餓死した人民が数十万人にのぼるとか、将軍に批判的な軍人や学者が密かに処刑されたと報道されてるから。そんなことやから、脱北者が急増したんやろうね」

「そうなんだろう。二代目の将軍が急死して、二十代の三代目が権力を引き継いだんだが、まだ若輩者《じゃくはいもの》だ。後ろ楯《だて》の中国に脱北者をただちに送還してくれと要請し、事実、その通りになってる」

「そうみたいやね。三代目の将軍は、脱北者は三代にわたって処刑するとかヒステリックに喚《わめ》いたんやて？」

「そんなふうに報道されたよな。三代目の異母兄は、いまに腹違いの弟は国家をコントロールし切れなくなるだろうと公言してた。その異母兄もマレーシアで毒殺された。三代目将軍に暗殺された疑いはいまも拭えない」

「若い指導者が軍を統制できんようになったら、国家は崩壊するんやない？」

「軍部で分裂が起こったら、一部の軍人が暴走するかもしれないな」

「三代目将軍が破れかぶれになって、韓国に攻め込んだり、日本に核ミサイルを撃ち込んでくるんやない？」

「そこまでクレージーな暴挙には出ないだろうが……」

「百パーセントは否定できないんやないの？」

麻美が真顔で問いかけてきた。

「そうだな」

「黒岩さんは二代目の独裁者が生きてたころに、北朝鮮はいずれ崩壊するだろうとよう言うてた。帰還した同胞が自分の親や幼馴染みと同じ運命をたどる前に、ひとりでも多くの脱北者に手を差し伸べたいと言うてたわ」

「そう」

「二代目のときは北朝鮮から脱出した人々たちは中国に逃れて、モンゴルや東南アジア経由で韓国をめざしてたやん？」

「そうだったな。しかし、脱北者の数が増えるにつれ、韓国政府も受け入れを少しずつ渋りはじめるようになったらしい。脱北者を韓国の生活に馴染ませるには、時間と金がかかるからな。北の軍事情報を得たい気持ちは当然、韓国側にあるだろう」

「そうやろね。でも、少数の脱北者から情報を得られるんやから、大勢の面倒を見たくないと本音では思ってるんちゃう？」

「だろうな。脱北者に自分たちの税金を費《つい》やすことにうなずけない韓国人もいるにちがいない。そうなってくると、韓国政府としては脱北者を無条件では受け入れにくくなるだろう」

「黒岩さんも、そのことを心配しとったわ。北朝鮮の体制が崩れたら、大量の人たちが国外に逃れようとするはずや。けど、独裁国の兄貴分の中国も大勢の難民は受け入れる気はないんやない？」

「そうだろうな」

「黒岩さんは、そのことで悩んでたん。国交のない日本が北朝鮮の難民を受け入れるはずないから、自分たち在日が力を合わせ、せめて北の独裁国家に帰還した同胞たちと子孫を非合法な手段を使ってでも、日本に入国させて全国のコリアンタウンに匿《かくま》ってやりたいと言うてたわ」

「黒岩さんの個人的な気持ちはわからないでもないが、密航させるのは感心しないな」

畔上は言った。

「法的には禁じられてることやけど、人道的な立場で脱北者たちを見殺しにすることはできんのやない？　安っぽいヒューマニズムと非難される者もおるやろうけど、うちは黒岩さんの考えに同調してたん」

「そう」

「脱北者をむやみに日本に密航させて永住させてやれというんやのうて、彼らを受け入れてくれる国が見つかるまで面倒を見てやってもええやない？　大きく考えれば、民族や国が違《ちご》うても、同じ〝地球丸〟の乗組員なんやから。考え方が稚《おさな》すぎるやろうか？」

麻美は少し恥ずかしそうだった。

「ママのヒューマニズムを子供っぽいとは思わないよ。世界中のみんながそう考えてるんだったら、全人類が少しずつカンパして、脱北者や難民が自立するまで支援できるだろうね。しかし、人間は愚かな動物だから、宗教、民族、思想の違いを容易には乗り越えられない」

「そうみたいやね。だから、世界のどこかで内戦や紛争が起こってる」

「そうなんだ」

「うちの考えは幼稚やろうけど、黒岩さんが独裁国家で夢や希望を打ち砕《くだ》かれて、基本的人権さえ保障されてない祖国から逃《のが》れたいと考えてる同胞をなんとか日本に密航させて、当分の間、匿ってあげたいという気持ちはわかるねん。うちにもしも財力があったら、密航船を買ったり、中国、韓国、モンゴルの地下組織を抱き込んで、脱北者の非合法支援組織を結成するわ」

「本気かい？」

「そうや。けど、実現はできんけどね」

「女だから？」

「それもあるけど、うち、金運がないんよ。クラブのホステスをやってるころはそれなりに稼いどったんやけど」

「だろうな。売れっ子ホステスだったらしいから」

「年収二千万近く稼いだ年もあるんやけど、不思議に現金は残らへんかったの。ヘルプの娘《こ》たちにちょくちょく奢《おご》ってたせいやろうか。それとも、衣裳代に遣《つか》いすぎたんかな」

「黒岩さんに貢《みつ》ぎすぎたなんてことは……」

「彼は、女にたかるような男性《ひと》やないわ。黒岩さんを屑《くず》みたいな極道と一緒にしたら、うち、怒るで！」

「冗談だよ。黒岩さんなら、非合法の脱北者支援組織を作れそうだな。度胸もあるし、肚《はら》を括《くく》って生きてるんだろうからね」

「そうやけど、黒岩さんもリッチとは言えんのやないかな。サラリーマンよりは金銭的に余裕はあるやろうけど」

「そこは極道だ。その気になれば、金を集める方法も知ってるんじゃないのかな」

「そうやろか。どんな手で、まとまったお金を都合つけると思いはる？」

「具体的なことはわからないが……」

畔上は言葉を濁した。黒岩は高松の弱みにつけ込んで、三人の元受刑者に五件の貴金属強奪事件を強要させたのではないか。盗品をインド人のサラヤンに売らせ、代金の一部を高松に分け前として与えた。

　残りの金は黒岩が受け取り、そのうちの五千万円を麻美に渡したのかもしれない。残った金は、非合法の脱北者支援活動に充《あ》てたのではないか。捜査本部事件の被害者の野中は昔の上司の高松が〝前科者狩り〟と連続貴金属強奪事件の双方に関与していることを知り、さらに黒岩との繋がりをも嗅ぎ当てた。

　黒岩は高松の不安を取り除くため、三人の元受刑者、野中、轟の口を誰かに封じさせたのではないか。爆死した丸茂は高松の指示に従って、運悪く死んでしまったのだろう。

「うちの住んでるマンション、タクシーで十五分ぐらいの所にあるん。2LDKやから、津上さんを泊めてあげられる部屋もあるで」

「嬉しいお誘いだが、おれたちは会ったばかりだぜ」

「うち、津上さんに襲われても文句は言わんて。黒岩さんと別れてから、ずっと男っ気はなかったから、誰かに添い寝してほしい晩もあるんよ」

「しかし……」

「あら、本気にしとる。冗談やて。津上さんは、女を押し倒してのしかかる男性《ひと》やないわ。伊達に水商売をやってきたんやない。自分のマンションで、へべれけに酔いたいだけや。お願いやから、つき合《お》うて。ね、ええでしょ？」

「色っぽいママに流し目をくれられたら、どんな男だって断れないよ。わかった。ママの自宅で飲み明かそう」

「ほんまにつき合《お》うてくれるん？」

「ああ」

「ほな、約束して。嘘ついたら、針千本飲ますで」

麻美が右手の小指を差し出した。

畔上は目で笑って、小指と小指を絡めた。

4

かすかな寝息が聞こえる。

畔上は微苦笑した。部屋の主は酔い潰《つぶ》れ、十分ほど前に座卓に突っ伏してしまった。

麻美の自宅マンションの和室である。八畳間だった。マンションは浪速《なにわ》区の外れにあった。七階だ。

ベランダ側の窓が仄《ほの》かに明るい。間もなく夜が明けるのだろう。

畔上は上着の内ポケットから札入れを取り出した。

一万円札を十枚抓《つま》み出し、卓上にそっと置く。『夕顔』を出るとき、麻美は頑《かたく》なに勘定を受け取ろうとしなかった。自宅でも酒肴《しゅこう》を振る舞われた。

只酒を飲んで消えたら、それこそ男が廃《すた》る。みっともない真似はしたくない。

畔上は立ち上がって、ボストンバッグを掴み上げた。

座卓を回り込んだとき、うっかり畳の上に置かれた盆を蹴ってしまった。ビールの空き壜《びん》が倒れた。

麻美が驚いて顔を上げた。

「いやや！　うち、居眠りしてしもうたんや」

「すっかりご馳走になっちゃったね」

「津上さん、どないしたん？　ボストンバッグなんて持って、何してるんの？　えっ、帰るつもりやの⁉」

「愉《たの》しかったよ」

「まだ帰らんといて。朝まで二人で飲もういう約束やったやないの？」

「しかし、もうママは飲めないだろ？　それに、もうじき夜が明ける」

「まだ朝になり切ってないで。津上さん、帰らんといてえな。うちな、津上さんに頼みがあって、自宅に誘ったん」

「頼みがあったって？」

畔上は問い返した。麻美が無言で立ち上がった。そのまま彼女は、全身で畔上に抱きついてきた。

「ママ、どうしたんだ？　酔っ払ってるな？」

「そうやない。うちな、黒岩さんにまだ未練がおうて、なかなか新たな一歩を踏みだせないねん」

「そんなに黒岩さんのことが好きだったら、別れなければよかったじゃないか」

「別れなければならんかったんや。うちは不可抗力とはいえ、高松に抱かれてしまったんやから」

「黒岩さんがそのことに拘《こだわ》ったわけじゃないんだろう？」

「そうやけど、いずれ別れなきゃならん運命だったんよ。彼には、うちよりも大切に想《おも》うてる女性《ひと》が東京におるの」

「そうなのか」

「ほかにも彼女はおったんやけど、黒岩さんは四年半以上も東京の女性《ひと》とつき合《お》うてん。うちがどんなに彼を想うても、その彼女には勝てんわ。そやから、なんとか未練心を早く消したいんや」

「その気持ちはわかるが……」

「うち、早く黒岩さんのことを忘れたいねん。そのきっかけをずっと探してたの。面倒なことは考えんと、うちを抱いて！　身勝手なお願いやけど、あなたに抱かれたら、もう未練なんか持つ資格はなくなるやん？」

「ずいぶん利己的な発想だな。男はなんの情感を伴わなくても、どんな女とも寝ることはできる。しかし、おれはもう二、三十代の男とは違うんだ。そこそこの分別もあるし、第一に利用されることには抵抗があるね」

「津上さんが怒りはるのは、当然や思うわ。あなたとは知り合《お》うて間もないわけやからね。けど、うちを哀《あわ》れな女と思うて、情けをかけてくれへん？」

「無茶言うなよ」

「人助けや思うて、うちを抱いてえな」

麻美が数歩退《さ》がって、後ろ向きになった。畳に片膝を落とし、手早く白足袋《しろたび》を脱ぐ。

さらに麻美は帯を解《と》きはじめた。

「よさないか」

「うちに恥かかさんといて」

「身勝手だよ」

「それは承知や。けど、まだ空回りしてる自分が惨《みじ》めやから、なんとか過去と訣別《けつべつ》したいんねん。どうか救《たす》けて！」

「しかし……」

畔上の内部で同情心が芽生えた。麻美が涙でくぐもった声で何か哀願し、肩から綸《りん》子《ず》の着物と長襦袢《ながじゅばん》を落とした。白く輝く背が眩《まばゆ》い。

麻美は湯文字《ゆもじ》を外すと、ゆっくりと立ち上がった。ウエストが深くくびれ、腰は豊かに張り出している。ヒップは水蜜桃《すいみつとう》を連想させた。

「まいったな」

畔上は突ったままで、動けなかった。

麻美が向き直った。乳房はたわわに実り、乳首のメラニン色素は薄かった。飾り毛は逆三角を形づくっている。ほどよい量だった。

「愚かな女と軽蔑《けいべつ》してもかまへんから……」

麻美が縋《すが》るような目で言い、火照《ほて》った裸身を寄せてきた。

理性は脆《もろ》かった。久しく柔肌に接していなかったからか、畔上は性衝動《リビドー》を抑《おさ》えることができなくなった。ボストンバッグを畳に落とし、足で横に蹴る。

麻美が背筋を伸ばし、顎《あご》を上向かせた。瞼《まぶた》は閉じられていた。睫毛《まつげ》が小さく震えている。畔上は麻美を抱き寄せ、顔を傾けた。

二人は唇をついばみ合ってから、ディープキスを交わしはじめた。麻美が舌を絡《から》ませながら、伸び上がって畔上の上着を脱がせた。

二人は濃厚なくちづけを交わしながら、互いの体をまさぐり合った。頃合を計《はか》って、畔上はいったん麻美から離れた。

座卓の横に四枚の座蒲団《ざぶとん》を敷く。そのとき、麻美が押入れの襖《ふすま》の引き手に指を掛けた。

「うち、客用の寝具を出すわ」

「このままでいいさ」

畔上は座蒲団の上に麻美を仰向けにさせ、急いで全裸になった。下腹部は熱を孕《はら》みはじめていた。

二人は胸を重ね、改めて唇を貪《むさぼ》り合った。

畔上は舌を閃《ひらめ》かせながら、麻美の性感帯を刺激しはじめた。麻美の体は、すでに開発されていた。畔上の愛撫に敏感に反応しはじめた。

痼《しこ》った乳首を指の間に挟んで乳房全体を揉むと、麻美は喉の奥でなまめかしく呻いた。煽情的《せんじょうてき》な声だった。畔上はキスを中断させ、口唇を白い肌に這《は》わせはじめた。そうしながら、手指を滑走させる。

麻美は感度がよかった。鋭敏な部分を慈《いつく》しむと、喘《あえ》いで肢体《したい》をくねらせた。淫蕩《いんとう》な呻きも洩らし、時には小さな唸り声を発した。

畔上は舌をさまよわせつつ、麻美のなだらかな腹を撫《な》ぜ、和毛《にこげ》を指で掻《か》き起こした。柔らかな陰毛をぷっくりとした恥丘に撫でつけ、また指先で梳《す》き上げる。

別に焦《じ》らしているわけではなかったが、麻美はもどかしげにヒップをもぞもぞとさせた。次の愛撫をせがんだのだろう。

畔上は指を麻美の内腿《うちもも》に移した。

立てた爪をソフトに滑らせてから、秘めやかな部分を探《さぐ》る。早くも肉の芽は包皮から零《こぼ》れ、誇らしげに屹立《きつりつ》していた。芯《しん》の塊《かたまり》は真珠のような手触りだ。ころころとよく動いた。

愛らしい突起を軽く圧《お》し転がし、揺さぶりたてる。麻美が白い喉を晒《さら》し、切なげな声を洩らした。

畔上は親指の腹で陰核《クリトリス》を上下に動かしながら、別の指で合わせ目を押し開いた。双葉に似た肉片は肥厚《ひこう》し、熱を帯びている。

畔上は小陰唇を大きく捌《さば》き、複雑に折り重なった襞《ひだ》の間に薬指を沈めた。

麻美の体は、しとどに潤《うる》んでいた。上部のGスポットを削《そ》ぐようにこそぐったとたん、パートナーの息が乱れた。

喘ぎは、じきに切なげな呻きに変わった。胸の波動が次第に大きくなる。麻美が言った通り、しばらく男に抱かれていなかったようだ。

男女ともに、最初の営《いとな》みには緊張感が伴うものである。したがって、すぐには官能は息吹《いぶ》かないことが多い。ことに、女性はその傾向が顕著《けんちょ》だ。

しかし、麻美は明らかに感じている。セックスレスの期間は事実、短くなかったようだ。

大人の男女は情事の前にシャワーを使うことがマナーになっている。だが、それは省略した。麻美は、ほとんど体臭がない。

畔上自身には別段、オーラル・セックスを厭《いと》う気持ちはなかった。ただ、女性の側は口唇愛撫を受けることに羞恥心《しゅうちしん》を覚えるのではないか。抵抗感は強いにちがいない。

畔上はそう判断し、手指で麻美の快感を高めはじめた。

ほんの数分で、麻美は極《きわ》みに駆け昇った。甘やかに唸《うな》りながら、裸身をリズミカルに硬直させた。

内奥《ないおう》に埋めた畔上の指は断続的に締めつけられた。悦《よろこ》びのビートも、はっきりと伝わってくる。ぬめりは増していたが、指を軽く引いても抜けなかった。

「うちにも、いい、いらわせて！」

麻美が口走った。関西弁では、弄《もてあそ》ぶことをそう表現する。東京育ちの畔上には、ひどく淫猥《いんわい》に聞こえた。欲情をそそられる。

畔上は腰を浮かせた。

麻美がせっかちに腕を伸ばしてくる。しっかりとペニスを握り込み、感嘆の声をあげた。彼女の指遣《ゆびづか》いは巧《たく》みだった。少しも無駄《ロス》がない。男の体を識《し》り抜いているのだろう。

畔上は一気に猛《たけ》った。体の底が引き攣《つ》れるような勢いだった。

「うち、しゃぶりとうなってきたわ」

麻美が、あからさまにせがんだ。

「シャワーを浴びてないからな」

「かまへんて。女と違《ちご》うて、男の人は特に臭《にお》わんから、うち、平気や」

「もう待てないんだ」

畔上は体を繋いだ。正常位だった。

麻美が脚《あし》を巻きつけてくる。肌の火照《ほて》りが伝わってきた。いい感触だ。

畔上は六、七度浅く突き、一気に深く分け入った。奥に沈むたびに、麻美は息を詰まらせた。

寄せられた眉根がなんともセクシーだ。苦痛に顔を歪《ゆが》めているように見えなくもないが、むろん愉悦《ゆえつ》の表情である。

「初めてやのに、うち、本気で感じてしもうたわ。こんなこともあるんやね。うちら、体の相性がええんやない？」

「そうみたいだな」

「うち、スケベ女になりそうや」

「え？」

畔上は問い返した。

返事はなかった。麻美が無言で腰を使いはじめる。大胆で、しどけない迎え腰だった。相手によっては、幻滅しそうな動きだ。しかし、少しも不快ではない。むしろ、刺激になった。

リズムはぴたりと合っていた。畔上の抽送《ちゅうそう》に合わせて、麻美が腰を旋回させる。時に弾ませた。

畔上は左右に振られ、下から突き上げられた。捏《こ》ねくり回されもした。麻美が間歇的《かんけつてき》に肛門をすぼめる。そのつど、膣がぐっと狭くなった。畔上は締めつけられるたびに、声を洩らしそうになった。

「危ない時期やないから、ずっとこのままでいいんやで」

麻美が畔上の顎の下で告げた。

畔上は曖昧《あいまい》に答えたが、膣外射精するつもりでいる。麻美が狂おしく腰を振りはじめた。釣られて畔上も、律動《りつどう》を速《はや》めた。腰に捻《ひね》りを加えることも忘れなかった。深度も加減した。突きまくるだけではなかった。

二人は疾走し、そのままゴールに入った。

畔上は腰を大きく引くチャンスを逃してしまった。それだけ快感が深かったわけだ。

麻美は、畔上が果てる寸前に二回目の高波に呑《の》まれた。ジャズのスキャットのような声は長く尾を曳《ひ》き、しばらく熄《や》まなかった。

二人は余韻《よいん》を味わってから、結合をほどいた。

「うち、先にシャワーを浴びてくるわ」

麻美は身を起こすと、素肌に長襦袢を羽織った。恥じらいながら、そのまま和室を出ていく。

畔上は近くにあったティッシュペーパーの箱を引き寄せ、下腹部を拭《ぬぐ》った。

トランクスだけを穿《は》き、煙草に火を点ける。欲情が凪《な》ぐと、畔上は少し自己嫌悪に陥《おちい》った。自分は分別のある大人だと思っていたが、若い時分と同じ過《あやま》ちを繰り返してしまった。いっこうに成長していないではないか。

畔上は自分を窘《たしな》めつつも、人間は死ぬまで愚かさや矛盾とは縁が切れないのかもしれないという諦念《ていねん》を覚えた。と同時に、開き直る自分の狡《ずる》さも卑《いや》しく感じた。

「こんなことを考えてるおれは、まだ中途半端な生き方をしてるんだろうな」

畔上は低く呟き、気の抜けたビールを喉に流し込んだ。渇きが癒《いや》される。

男と女がたまたま一緒に酒を喰《く》らい、酔った勢いで肌を重ねた。それだけのことではないか。変に悩む必要はないだろう。

畔上は自分を納得させて、スラックスと長袖シャツを身にまとった。それから数分後、白いバスローブ姿の麻美が戻ってきた。

「津上さんも、シャワーを浴びたほうがええよ」

「そうだな。そうさせてもらうか」

畔上は立ち上がって、和室を出た。

ダイニングキッチンを抜け、浴室に向かう。畔上は脱衣室で素っ裸になり、浴室で熱めのシャワーを浴びた。ボディーソープの泡を塗りたくり、ざっと洗い落とす。

八畳間に戻ると、麻美がボストンバッグの中身を検《しら》べていた。

「何をしてるんだっ」

畔上は、思わず詰問口調になってしまった。隠してある拳銃を見られたくなかったからだ。

「着替えの下着なんかを浴室に持っていってやろう思ったんやけど……」

「トランクスや靴下は自分で出すよ」

「あんた、何者やの？　フリーライターがこんな物騒《ぶっそう》な物持ってへんでしょ？」

麻美がボストンバッグからグロック32を摑み出し、銃口を畔上に向けてきた。表情が険《けわ》しい。

「そいつはモデルガンだよ。おれは高校生のときから、趣味でモデルガンを蒐集《しゅうしゅう》してきたんだ」

「嘘や！　これは、本物のハンドガンやないの。うちな、ハワイの射撃場《シューティング・レンジ》でいろんな拳銃を何回か実射したことがあるんや。見れば、モデルガンやないことはすぐわかるわ」

「なら、正直に話そう。実はおれ、東京のある組に足《ゲソ》つけてんだ。そいつは護身用の拳銃なんだよ。暴発するかもしれないから、そっとおれに渡してくれ」

畔上は右手を差し出した。麻美が鼻先で笑って、グロック32の安全装置を解除した。

「まだセーフティーロックが掛かっとったから、仮に落としても暴発なんかせんはずや。それに、あんたは極道やない。ちょっと崩れてるけど、やくざ者とは何かが違う」

「いろんな組員がいるんだよ。名門大学を出て、商社マンにしか見えない筋者だっているんだ」

「そのことは知っとるけど、あんたは組員なんかやない」

「それじゃ、おれが世話になってる組事務所に電話をしてみろよ」

畔上は言った。

「両手を挙《あ》げてんか。そこでおとなしくしてへんと、うち、引き金を絞るよっ」

「どうしてそんなにおれを疑うんだ？」

「怪しく思えてきたからや。動かんとき！」

麻美が屈《かが》んで、畳の上から畔上の上着を掴み上げた。内ポケットには、警察手帳が入っている。万事休すだ。

麻美が警察手帳を引っ張り出し、顔写真に目を落とした。

「何が極道や。あんた、警視庁の刑事やったんやな。本名は畔上拳いうんやないか」

「事情があって、身分を明かせなかったんだ。勘弁してくれ」

「うちに偽名を使《つこ》うて近づいた目的は何やったの？」

「職務上、そういう質問には答えられないんだ」

「察しはつくで。あんたは黒岩さんのことばかり話題にしたがってたから、彼を捕まえる気やったんでしょ？」

「まだ逮捕状が裁判所から出たわけじゃないんだが、黒岩は高松の弱みにつけ込んで、三人の前科者を脅迫させて、そいつらに貴金属強盗をやらせた疑いがあるんだよ」

「ほんまやの⁉」

「その疑惑は濃厚なんだ。高松は、仮出所後は地道に働いてた三人の元受刑者を失職させて『銀宝堂』など都内の有名宝飾店五店に押し入らせ、ピンクダイヤや金の延べ棒などをかっぱらわせたようなんだ。そいつら実行犯は去年、次々に殺害されてしまった。おそらく実行犯は分け前に不満があって、高松に一連の事件のことを警察に喋るとでも威《おど》したんだろう」

「……………」

「焦《あせ》った高松は、黒幕の黒岩敏に相談したんだろうな。きみを力ずくで辱めた男は、黒岩に悪事の代行を強《し》いられたと思われるんだよ。きみから聞いた話で、黒岩がなぜ高松を脅迫したかがわかった。脱北者を非合法で日本に密入国させる軍資金がどうしても欲しかったんだろうな」

「そうなんやろうか」

「これはまだ推測なんだが、黒岩は元受刑者たちが高松に強要されて犯行を重ねたことを自供したら、自分も逮捕されることになるんで、誰かに三人の実行犯を始末させたようなんだ。さらに実行犯たちを手引きした東西警備保障の轟という社員、それから犯罪ジャーナリストの野中順司も第三者に始末させたと思われる。野中は、高松のバックに黒岩がいることを嗅ぎ当てたんだろう」

「彼は、そんなことはせん思うわ」

「好きだった男を信じたいんだろうな。ところで、黒岩は高松と呉香梅《ウーシャンメイ》という中国人女性をどこかに匿《かくま》ってるかもしれないんだ。麻美ママ、何か知らないか？」

「うちが知るわけないやないの。黒岩さんとは別れてから、ほんまにまったく連絡を取り合《お》うてないんねんで」

「そういう話だったな。なら、黒岩に直《じか》に訊くことにしよう」

「何か刑事さんは曲解《きょっかい》してるんや。黒岩さんは心優しい極道やで。いくら脱北者の力になりたいからいうて、誰かに人殺しまでさせん思うわ。このまま、黙って東京に帰らんと、ほんまに撃つで！」

「撃ちたければ、撃てばいいさ」

畔上は和室に入り、一歩ずつ麻美に近づいていった。

麻美が両手保持でグロック32を構えたまま、後ずさりはじめた。銃口は大きく上下している。

「息を詰めて、銃身のぶれを止めろよ。そうしないと、至近距離でも的《まと》を外すぞ」

畔上はからかったが、半《なか》ば助言だった。麻美の怒りは理解できた。発砲されても仕方ないだろう。

「そこでストップせんと、ほんまに撃つよ」

「人を殺す覚悟があるなら、一気に引き金《トリガー》を絞れ！」

「駄目や。一度でも情《じょう》を交わした男性《ひと》は、うちには撃てんわ」

麻美が安全弁を掛け、グロック32を足許に落とした。畔上は麻美に歩み寄って、黙って両腕で肩を抱いた。

「刑事さん、もっとよう調べて！　黒岩さんは、誰も殺させたりしてへん思うわ。うちは、彼のことをよう知ってるねん」

「惚れてた男のことはよく知ってるんだろうな」

「そうや。そやから、ちゃんと調べ直してほしいねん。彼は悪人になりきれん男性《ひと》なんや」

麻美が叫ぶように言った。

畔上は麻美の頭を優しく撫《な》で、足許に転がった高性能拳銃を拾い上げた。

5

運転免許証が返された。

手続き完了だ。レンタカー会社の営業所である。

畔上はプリウスの鍵を受け取って、外に出た。レンタカーの営業所は、麻美の自宅マンションから数百メートル離れた所にある。畔上はタクシーを拾って、黒岩の自宅に向かう気でいた。歩きながら、空車を探した。

しかし、あいにくタクシーは通りかからなかった。そうこうしているうちに、レンタカーの営業所の大きな看板が目に留《と》まったのである。畔上は、張り込みと尾行にレンタカーを使うことにした。そのほうが何かと都合がいい。

畔上は営業所の駐車場に足を向けた。

まだ午前八時を過ぎたばかりだった。この時刻なら、黒岩は自宅にいるだろう。

畔上は灰色のプリウスに乗り込み、キーを挿《さ》し込んだ。AT車だった。

エンジンを始動させた直後、ポリスモードが着信した。発信者は折方副総監だった。

「今朝《けさ》六時半ごろ、静岡県の朝霧高原の自然林の中で高松義郎と呉香梅《ウーシャンメイ》の遺体が発見された。どちらも土中に埋まってたんだが、頭部を撃たれてたそうだ」

「遺体の腐乱ははじまってるんでしょうか？」

「死後何日か経過してることは間違いないそうだから、すでに遺体は痛みはじめてるはずだよ」

「そうでしょうね。わたしの追走を邪魔したワゴン車の二人組があの晩、高松と香梅《シャンメイ》をいったん逃がしてから、朝霧高原の森林の中で射殺したんでしょう」

「おそらく畔上君が言った通りなんだろうな」

「警視監、もう凶器はわかってるんですか？」

「まだ判明してないらしい。弾頭は被害者たちの頭部に留《とど》まってるし、遺体の埋められてた付近に空薬莢は落ちてなかったそうなんだ」

「それなら、司法解剖が済まないと、凶器は断定できませんね」

「ああ、そうだな」

「高松たち二人を始末させたのは、浪友会藤森組の黒岩敏なのかもしれません」

畔上はそう前置きして、大阪で得た情報を詳細に報告した。

「黒岩が情婦《いろ》だった生駒麻美を辱《はずかし》めた高松の弱みにつけ込んで、元受刑者たちに一連の貴金属強奪をやらせたわけか」

「ええ、多分ね。しかし、三人の実行犯は分け前が少なすぎると、高松を逆に威《おど》したんでしょう。高松は頭を抱え、黒岩に相談した。黒岩は自分が絵図を画《か》いたことが発覚することを恐れて、手下か殺し屋《プロ》に谷村、本城、古屋を葬らせたんでしょうね。元受刑者を手引きした東西警備保障の轟も生かしておくと、破滅を招きかねません」

「だから、黒岩は第三者に轟も片づけさせ、さらに〝前科者狩り〟と一連の貴金属強奪事件を並行して取材してた野中順司も亡《な》き者にさせたんだろうか」

「わたしは、そう筋を読んでます」

「畔上君、野中を抹殺させたのは高松義郎なんじゃないのかね。本部事件の被害者は、かつての上司の高松が急に金回りがよくなったことを怪しみ、ずっとマークしてたわけだよな？」

「ええ。わたしも、ある時期までは高松が誰かに野中を葬らせたのではないかと疑ってました。しかし、元刑務所所長は殺人罪はもちろん、殺人教唆《きょうさ》罪も重いとわかってたにちがいありません」

「それは、そうだろうな」

「それに、高松には入れ揚げてる上海美人がいました」

「呉香梅《ウーシャンメイ》のことだね？」

「そうです。殺人教唆で逮捕《パク》られたら、若い愛人との関係は終わってしまいます。高松は『恒和交易』の社員のことも気がかりだったでしょうし、野中順司は自分の昔の部下だったんです」

「しかし、高松は黒岩に強《し》いられたとはいえ、悪事の片棒を担《かつ》いでたんだ。それ以前に、不法滞在中国人たちに偽造旅券を渡して、東京入管の警備官に鼻薬をきかせてた」

「ええ」

「不正な手段で荒稼ぎしてたことが発覚したら、一巻の終わりだ。高松には、野中を殺したくなる動機があるじゃないか」

「そうですが、極道の脅迫に屈《くっ》するような高松は根が小心者なんでしょう。ですんで、第三者に野中を殺《や》ってくれと依頼するとは考えにくいと思うんですよ」

畔上は反論した。

「そう言われると、確かにそうだね。となると、非合法の脱北者密航組織の活動資金欲しさに高松を利用してた黒岩敏が臭いな」

「はい。ただ、黒岩の愛人のひとりだった生駒麻美は、藤森組の若頭補佐はどんな殺人事件にも関わってないはずだと強く言ってたんですよ」

「そのことにきみは引っかかってるんだろう？」

「ええ、まあ」

「惚れた男の短所や凶暴さには目をつぶって、庇《かば》ってるだけなんじゃないのか。黒岩は女たちに好《す》かれてるようだから、愛人たちを蕩《とろ》かす要素があるんだろう。性的なことだけではなく、女たちを夢中にさせる何か魅力が備《そな》わってるんだと思うよ」

「麻美は、黒岩のことを心優しい極道だと言ってましたが……」

「女心をくすぐる技《わざ》を身につけてるんだろうな、黒岩は」

「そうなんでしょうか」

「きみのお母さんを拉致しようと企《たくら》んでた二人組は、関西の暴力団関係者らしいという話だったね。そいつらは、黒岩の舎弟なんじゃないのか？」

「そうなのかもしれません。片方の坊主頭の男は、手の甲に彫り物を入れてました」

「そういう組員がいるらしいが、何千人とはいないだろう。新沼理事官に言って、組対四課から情報を貰うようにするよ」

　折方が言った。

「お願いします」

「わかった。きみは黒岩の動きを探《さぐ》りつづけてくれないか」

「了解！　そうだ、外事二課《ソトニ》の衣笠常之と黒岩に接点があるかどうかも理事官に調べてもらってください」

「その件も指示しよう。畔上君、対象者《マルタイ》は極道なんだ。身に危険が迫ったら、迷うことなく発砲してくれな」

「ええ、そうします」

　畔上は通話を切り上げ、レンタカーを発進させた。最短コースをたどって、天王寺区に入る。

　黒岩の自宅は住宅街の一角にあった。古びた平屋で、庭には盆栽棚が見える。車庫にはパーリーグレイのレクサスが駐《と》めてあった。マイカーだろう。

　畔上はレンタカーを黒岩宅の隣家の生垣《いけがき》に寄せ、静かに運転席を出た。

庭越しに家の中を覗く。パジャマ姿の黒岩がリビングソファに腰かけ、新聞を読んでいた。

畔上はプリウスの中に戻り、リクライニングシートを一杯に倒した。上体を傾けると、脳裏に生駒麻美の顔が浮かんだ。

麻美は、自分のことを黒岩に電話で教えたかもしれない。そうだとしたら、黒岩はのんびりと自宅で朝刊など読んでいられないのではないか。

複数の殺人教唆罪を重ねていたら、焦《あせ》って逃げ出すはずだ。どうやら麻美は、畔上のことを黒岩には話していないらしい。

多分、彼女は何度か電話しかけたのだろう。しかし、久方ぶりに黒岩に連絡したら、恋の残り火が一気に燃え上がるかもしれない。麻美はそれを恐れたのではないか。そんな気がする。

彼女は水商売の世界で生きてきたが、根は古風な女性なのだろう。麻美との関係を終わらせた黒岩は、いい女を失ってしまったのではないか。東京にいるという恋人は、麻美よりも情愛《じょうあい》が深いのだろうか。そうなのかもしれない。

レクサスが車庫から走り出てきたのは、午前十時過ぎだった。

ステアリングを握っている黒岩は、ラフな身なりをしている。近くのスーパーマーケットにでも行くのか。

畔上はレクサスがだいぶ遠ざかってから、プリウスを発進させた。レクサスは谷町《たにまち》筋《すじ》に出ると、谷町九丁目交差点を右折した。道なりに進めば、鶴橋に達する。

黒岩は、コリアンタウンのどこかに脱北者たちを匿《かくま》っているのか。

畔上は慎重にレクサスを追尾しつづけた。

やがて、黒岩の車は鶴橋商店街の近くの路上に停まった。運転席を出た極道は鶴橋高麗市場に走り入った。

畔上はレンタカーを路上に駐《と》め、黒岩の後を追った。黒岩は韓国料理の食材をたくさん買い込み、自分の車に戻った。そう遠くない場所に脱北者たちの隠れ家《が》があるのではないか。畔上はそう思いながら、プリウスの運転席に腰を沈めた。

レクサスは来た道を逆戻りし、難波方面に向かった。そのまま直進し、大阪ドームの近くで左折して、国道一七二号線に入った。みなと通《どおり》だ。

行き先の見当はつかない。畔上は一定の車間距離を保《たも》ちながら、追走しつづけた。

黒岩の車は港区役所の手前で右に折れ、安治川に面した弁天《べんてん》埠頭近くの脇道に入った。倉庫ビルや工場が両側に連《つら》なっている。

レクサスは、老朽化した四階建てのビルの前に横づけされた。

ビルの前には黄色いフォークリフトが見える。だが、人は出入りしていない。窓はブラインドで閉ざされていた。

黒岩が車を降りた。両手に食材の詰まったビニール袋を提《さ》げている。すぐに四階建てのビルの中に消えた。

畔上はレンタカーを数十メートル手前の路肩に寄せ、ボストンバッグからグロック32を取り出した。オーストリア製の拳銃をベルトの下に滑り込ませ、プリウスから出る。

畔上は通行人を装って、四階建てのビルの前を抜けた。一階には段ボール箱が堆《うずたか》く積まれていたが、人影は一つも見当たらなかった。

出入口付近に防犯カメラは設置されていない。

畔上は建物の中に忍び込んでみることにした。

あたりに目を配ったとき、前方から一台のタクシーが走ってきた。畔上は急いで物陰に隠れた。

タクシーが四階建てのビルの真ん前で停止する。

後部座席から降り立ったのは、本庁公安部外事二課の衣笠警部だった。衣笠は銀行員風の印象を与える。紺系の地味な背広を着て、その下は白のワイシャツだった。ネクタイは柄物だったが、くすんだ色合で目立たない。

衣笠は馴《な》れた足取りで、古ぼけたビルの中に入っていった。黒岩の身柄を確保しに来たわけではないことは明白だ。

上昇志向の強い刑事は黒岩が脱北者たちを日本に密入国させていることに目をつぶり、その代わりに独裁国家の内部情報を得て手柄にする気なのではないか。

畔上は建物の中に入って、黒岩と衣笠を追及したい衝動に駆られた。しかし、いまはそれを実行しないほうが得策だろう。

畔上はプリウスの車内に戻り、黒縁眼鏡をかけた。前髪も額に垂らす。

理事官の新沼から電話がかかってきたのは、午前十一時四十分ごろだった。

「最初に外事二課の衣笠警部に関する情報を教えよう。衣笠は去年の十月から関西にちょくちょく出張してる。中国の女スパイが西日本の自衛隊幹部に接近してる疑いがあるからと内偵捜査中らしいんだが、その裏付けはまだ取れてないそうだ」

「理事官、その話は虚構《フィクション》なんだと思います。衣笠は、日本に密入国した脱北者から公安情報を引き出してると考えられるんですよ」

畔上は経過を伝えた。

「黒岩の不正を見逃してやって、衣笠は独裁国家の軍事情報や三代目将軍の権力がどれほどのものか探《さぐ》ってるわけか」

「おそらく、そうなんでしょう」

「点数稼ぎも結構だが、密入国の手助けをしてる疑いのある黒岩の罪を問わないわけにはいかない。個人的には、地獄のような国から逃れて人間らしい生活をしたいと願う脱北者には同情したくなるがね。きみはどう思ってる？」

「理事官と同じ気持ちです。法的には問題はありますが、ヒューマニズムの立場に立ったら、杓子定規《しゃくしじょうぎ》に考えなくてもいいのではないかと……」

「そうだね。衣笠警部はでっかい手柄を得られたら、上層部に掛け合って、黒岩との司法取引を認めてほしいと願い出るつもりなんだろう」

「点取り虫は、自分のことしか考えてないいんじゃないかな。衣笠は黒岩に罪は問わないとか言って、脱北者から公安情報を引き出したら、密航に関わった者をすべて検挙《アゲ》るつもりなんじゃないんですかね」

「出世欲が強い人間なら、そうしそうだな。そうなったら、黒岩はうまく利用されたことになる。殺人教唆を重ねたんだろうが、ちょっと黒岩がかわいそうな気もするね。彼は独裁国家でひどい目に遭《あ》ってる同胞をひとりでも多く自由にしてやりたくて、非合法の脱北者救済活動に乗り出したんだろうからな」

「その通りなら、同情の余地はありますよね」

「ああ、そうだな。だがね、活動資金集めの方法がよくない。黒岩は高松の弱みにつけ込んで、前科歴のある連中に貴金属強奪を強《し》いるよう悪知恵をつけたんだろうから。その上、三人の元受刑者、東西警備保障の轟、本部事件の被害者を誰かに始末させて、共犯者の高松とその愛人の上海美人まで葬らせた疑いがある」

「ええ」

「手の甲に刺青《いれずみ》を入れてる坊主頭の男の件だがね、浪友会藤森組の構成員じゃないな。浪友会の関係者の中には、ひとりもいなかった。ただし、別の大阪の組織の中には二人いた。どちらも大阪共和会《きょうわ》の下部組織《エダ》のチンピラで、二十二歳と二十四歳だったよ」

「もう少し年上だったな」

「それなら、東京の龍昇会《りゅうしょう》の須山直仁《すやまなおひと》、二十七歳だったのかもしれない」

「龍昇会は関東御三家も恐れない武闘派の新興組織で、チャイニーズ・マフィアや不良イラン人グループとは友好関係にあるんですよ」

「そうなんだってな。組対四課の課長がちょっと気になることを言ってたんだ。歌舞伎町の『上海パラダイス』の用心棒《ケツモチ》は龍昇会なんだそうだよ」

「こっちが組対にいたころは、上海マフィアが中国人ホステスのいる酒場をすべてガードしてたんですがね」

「どんな事情があったのか知らないが、現在は龍昇会が『上海パラダイス』の面倒を見てるらしいよ。ママの陳秀蓮《チエンシウリエン》は、龍昇会の幹部連中とよく飲み歩いてるそうだ」

「須山って奴が大阪の極道の振りをして、こっちを襲ったんだろうか。『上海パラダイス』のママは、高松が不法滞在中国人男女が摘発されないよう根回しして副収入を得てたことを知ってる。黒岩とは別にママが弱みのある高松を脅迫して、三人の元受刑者に何か犯罪《ヤマ》を踏ませてたのかもしれません」

「それと関連があるかどうかわからないが、去年の夏から秋にかけて首都圏の広域暴力団直営の違法カジノがフェイスキャップを被った三人組に次々に襲撃されて、売上金をごっそり奪われたらしいんだ。総被害額は五億数千万円と推定されてるそうなんだが、どの違法カジノも被害事実を認めてないというんだよ。法律に触れる金だから、被害届は出せないんだろうな。組対の連中は、犯人どもは悪知恵が回るもんだと苦笑してた」

「理事官、わたしは見込み捜査をしてたのかもしれません」

「畔上警部、どういうことなのかね」

新沼理事官が早口で訊いた。

「心証に引きずられて黒岩敏が一連の事件の首謀者だと思い込んでしまったんですが、筋の読み方が浅かったようです。よく考えてみれば、三人の元受刑者や高松にはまだまだ利用価値があったわけですよね？」

「ま、そうだな。しかし、元受刑者たちの犯行に協力した東西警備保障の轟まで始末されたわけだから、一連の殺人を教唆したのはやはり黒岩なんじゃないのか」

「轟を片づけさせたのは、高松か黒岩のどちらかなのかもしれません。しかし、谷村一豊、本城幸範、古屋正康の三人を片づけさせたのは『上海パラダイス』のママとも考えられます。陳秀蓮《チェンシウリエン》は高松の弱みにつけ込み、元受刑者の三人に広域暴力団直営の違法カジノの売上金を強奪させた。そして、後《あと》で龍昇会の関係者に谷村たち三人、野中順司、高松義郎、呉香梅《ウーシャンメイ》を葬らせたのかもしれませんよ」

「きみの推測通りなら、黒岩は誰かに轟を片づけさせただけだと……」

「そうではなかったとしたら、高松が保身目的で第三者に轟を葬らせたんでしょうね。インド人の会社に手榴弾を投げ込んでサラヤンとわたしを爆死させようとした丸茂は、高松の命令に従っただけなのかもしれません」

「一連の事件の首謀者と思われた黒岩敏は、どの殺人事件にも関与してなかったかもしれないわけか。なんだか頭が混乱してきたよ」

「そのうち真相が透けてくると思います」

畔上は電話を切った。ポリスモードを懐に戻したとき、また四階建ての古ぼけたビルの前にタクシーが停まった。

客は、なんと内海伊緒だった。野中順司の元妻だ。

畔上は目を擦《こす》った。幻覚ではなかった。紛《まぎ》れもなく伊緒だ。タクシーが走り去った。

伊緒が朽《く》ちかけたビルの中に入っていった。

わけがわからなかった。伊緒は離婚前から黒岩と親密な仲だったのか。あるいは、野中と別れてから知り合ったのだろうか。

どちらにしても、思考が乱れて推測の翼が拡《ひろ》がらない。

畔上はレンタカーを降り、四階建てのビルの中に抜き足で忍び入った。地下室から男女の笑い声が響いてくる。畔上は階段を下《くだ》った。

廊下から覗くと、広いフロアは食堂と娯楽室を兼ねたような造りになっていた。脱北者らしい中高年の男女がテーブルを囲んでいる。会話は日本語だったが、少し訛《なまり》があった。在日の帰還者が多いようだ。

公安刑事の衣笠は七十年配の男とコーヒーテーブルを挟んで向かい合い、じっと耳を傾けている。卓上には、ＩＣレコーダーが置かれていた。脱北者から、公安情報を聞き出しているにちがいない。

黒岩と内海伊緒は大きな食堂テーブルに並んで向かい、穏やかな顔で脱北者らしい男女の話に相槌を打っている。

まるで夫婦のように映った。二人が恋仲であることは間違いないだろう。ともに眼差しが柔らかかった。慈愛に充《み》ちている。

衣笠と黒岩が裏取引していたとしても、そのことで追及したいとは思わなくなった。

畔上は足音を殺しながら、一階に戻った。

段ボールの山の背後に身を潜《ひそ》める。

三十分ほど経《た》つと、ビルの前に一台の無線タクシーが停まった。衣笠か、伊緒がタクシーで新大阪駅に向かうのか。

待つほどもなく、地下室から黒岩、伊緒、衣笠の三人が上がってきた。

「三代目将軍は、そのうち権力の座から転げ落ちるでしょう。黒岩さん、できるだけ多くの脱北者に手を差し伸べて、日本人拉致被害者たちも早く救出してやってくださいよ」

「わかりました。衣笠さん、海上保安庁の動きも引きつづき教えてくださいね」

「わかってます。麻薬を密輸してるわけじゃないんですから、海保《かいほ》にいるシンパも黒岩さんの組織に協力してくれると思います。わたしがあなた方を逮捕するかもしれないと疑心暗鬼《ぎしんあんき》に陥《おちい》るときもあるでしょうが、こちらを信じてください。脱北者の話をうかがったら、とても遣《や》らずぶったくりなんかできませんよ」

「わしを裏切ったら、衣笠さんをマシンガンで蜂の巣にしますから」

「怖いな。わたしは要領よく立ち回ってきましたが、今回ばかりは狡《ずる》いことはしません。職場で点取り虫なんて陰口をたたかれてますけど、わたしは決して冷血人間じゃないつもりです。それじゃ、お先に！」

　衣笠が伊緒に言って、あたふたと無線タクシーの後部座席に乗り込んだ。黒岩と伊緒は衣笠を見送って、建物の中に戻ってきた。

　畔上は段ボールの陰から出た。

　伊緒が驚きの声をあげ、立ち竦《すく》んだ。黒岩が身構える。畔上は上着の裾を捲《まく》った。二人にベルトの下の拳銃が見えたはずだ。

「内海さん、最初に確かめさせてもらいます。あなたは野中順司の妻であるころから、横の旦那と不倫の仲だったのかな？」

　畔上は伊緒に問いかけた。

「違います。離婚してから、わたし、豊中《とよなか》市にある実家に戻ったんです。母は気持ちが落ち着くまで親許で暮らせと言ってくれたんですけど、跡取りの兄夫婦が露骨に顔をしかめたんですよ」

「それは冷たすぎるな」

「ええ、悲しかったわ。わたし、実家を出て、ミナミでハシゴ酒をして、酔い潰れてしまったんです。そのとき、たまたま店に居合わせた黒岩さんが親切に介抱してくれたの」

「それがきっかけで、二人は特別な間柄になったわけか。そういうことなら、不倫がバレて野中さんに離縁されて、それを恨んで黒岩の旦那に元夫を射殺してもらったわけじゃないいんですね？」

「そんなことするわけありませんっ」

「ちょっと冗談がきつかったな。謝ります」

「逆ですよ。黒岩さんは元夫を殺した犯人を捜してくれてたんです」

伊織が言った。畔上は黒岩に顔を向けた。

「あんたは、自分の愛人のひとりが高松義郎にレイプされたんで……」

「ちょっと待ってくれへんか。わし、逃げも隠れもせんけど、伊織には聞かせたくない話もせなならんから、彼女を地下室に戻らせてもええか？」

「敏さん、わたしに何か隠してることがあるの？」

「後で話すよって、とにかく地下室に戻ってほしいねん」

黒岩が伊緒に言った。伊緒は何か言いかけたが、地下室に下《くだ》った。

「あんたは高松を脅迫して元受刑者の三人を失職させ、『銀宝堂』など五店からピンクダイヤや金の延べ棒を盗《ギ》らせた。高松は盗品をインド人のサラヤンに買い取らせた。そうだな？」

「ああ、そうや。東西警備保障の轟を抱き込ませて、谷村たち三人に犯行《ヤマ》を踏ませたんねん。わしはな、どうしても少しまとまった金が欲しかったんや」

「あんたの出自《しゅつじ》はわかってる。北朝鮮に帰還した在日の同胞たちを自分の両親や幼友達一家と同じように餓死させるのは忍びないんで、非合法の密航組織を作りたかったんだな？」

「そこまで知っとったか。その通りや。協力者たちに迷惑かけとうないんで、詳しいことは話せんで。けど、もう五十人近い人たちを独裁国家から逃亡させてやったんや」

「そうか。話を元に戻すが、高松の分け前はどのくらいだったんだ？」

「換金した総額の二割が高松の取り分やった。その中から、あの男は轟にいくらか握らせたはずや。けど、轟は報酬が少ない言うて、高松の不正を奥さんにバラすと言ってきたそうやねん。それやから、高松は誰かを使《つこ》うて轟を片づけさせた言うてた。実行犯は元服役囚か、どこかの組員なんやろうな。詳しいことは教えてくれんかったわ」

「あんたが手下に轟を始末させたんじゃないのか？」

畔上はベルトの下からグロック32を引き抜き、安全装置を外した。

「わしは殺人《コロシ》にはタッチしてへんわ。サラヤンの会社に丸茂いう男を行かせたのも高松や。手榴弾は丸茂に手に入れさせたみたいやな」

「死人に口なしだからって、高松に罪をおっ被せる気かい？」

「ほんまや。わしは高松を脅迫して、三人の元受刑者と丸茂を宝飾店に押し込ませろと命じただけやねん。わしには脱北者を少しでも多く日本に密入国させなならん仕事があるさかい、殺人教唆罪で刑期《ツトメ》を務めるわけにはいかんのや。嘘やないて」

「高松と呉香梅《ウーシャンメイ》も誰にも殺《や》らせてないと言い切れるのか？」

「ああ、二人の事件《ヤマ》にも噛んでへん。おそらく高松たちを始末したんは、東京の龍昇会の奴らやろう。あんたは知らんかもしれんが、高松は東京入国管理局の警備官を抱き込んで、不法滞在中国人たちが摘発されないよう根回しをしとったんや。その弱みを握られて、高松は龍昇会に元受刑者の三人に何かさせろと威《おど》しをかけられたみたいなん。わしが力になる言うても、高松は詳しいことを喋らんかったんや」

「あんたに、さらに弱みを知られると思って、高松は救いを求められなかったんだろう」

「そうなんやろうな。高松のことはもう仲間と思いはじめとったから、いじめるようなことはせんかったのに。力になれなかったことを済まないと思うとる」

黒岩がしんみりと言った。

「これは未確認情報なんだが、去年の夏から秋にかけて首都圏の広域暴力団直営の違法カジノにフェイスキャップを被った三人組が次々に押し入り、売上金をごっそり持ち去ったらしい。どの組織も被害届は出してないそうだが、そういう事件《ヤマ》は実際に起こったんだろう」

「その三人組は谷村、本城、古屋なんやないか。高松に唆《そそのか》されて、三人は犯行《ヤマ》を重ねたんやろう。龍昇会にそうしろと命じられて、高松は仕方なく三人の元受刑者を動かしたんやないか。伊緒の旦那やった野中は元上司の高松が何か裏ビジネスで荒稼ぎしてるんやないかと怪しんでマークしてたみたいやから、おおかた龍昇会がご用済みの谷村たち三人を殺《や》ったことを嗅ぎつけ、組事務所の周辺をうろついてたんやろう。そやから、伊緒の元夫は龍昇会に殺《や》られてしもうたんちゃうか」

「その疑いは出てきたな」

「高松は、なんで裏ビジネスのことを龍昇会に知られてしもうたんやろか。それが、どうしてもわからん。謎やねん」

「高松がよく通ってた新宿の『上海パラダイス』の用心棒《ケツモチ》は、龍昇会だという情報もある。おそらく店のママあたりが、高松の裏仕事のことを龍昇会の幹部クラスの人間に教えたんだろう。そいつはママから聞いた話を脅迫材料にして、高松に誰かを使って広域暴力団直営の違法カジノの売上金を強奪させろと命令したんだろうな。で、高松は三人の元受刑者に違法カジノの売上金を強奪させたんだろう」

「そうだったのかもしれんな。わしは時期が来たら、ちゃんと出頭して、高松に悪事の片棒を担がせたことを自供する。けど、少し時間を与えてくれへんか。脱北者の密航組織の協力者がもっと増えんと、多くの同胞を救ってやれん。わし、地下に潜《もぐ》るよって、いまは手錠《ワッパ》を打たんでほしいんや。頼むわ」

「拉致被害者たちも、一緒に日本に連れ戻してくれ。そいつが目をつぶる条件だ」

畔上は言って、外に出た。

小さく振り向くと、黒岩は頭を深く垂れたままだった。畔上はプリウスに駆け寄った。レンタカーを営業所に返したら、すぐに新大阪駅に向かうつもりだ。刑事は法の番人だが、裁判官ではない。黒岩にしばらく時間を与えることに迷いはなかった。特命捜査官であっても、人間らしさは失いたくない。

畔上はレンタカーに乗り込んだ。


金属と金属が嚙み合った。

畔上は、編み棒に似たピッキング道具を小さく動かした。

内錠が外れた。畔上はほくそ笑《え》んで、鍵穴から二本の金属を引き抜いた。それを上着の左ポケットに入れる。

新宿区河田町《かわだちょう》にある陳秀蓮《チエンシウリエン》の自宅マンションだ。九〇一号室である。

畔上は大阪から戻ると、本庁組織犯罪対策部第四課で龍昇会の幹部たちの交友関係を調べた。

その結果、舎弟頭の国重哲広《くにしげてつひろ》が『上海パラダイス』のママと親密な関係であることがわかった。国重は四十六歳で、前科四犯だった。手の甲に彫り物を入れている須山は、国重の直系の弟分であることも明らかになった。

一連の殺人事件の実行犯は国重と須山の二人と思われる。国重を焚《た》きつけて、広域暴力団直系の違法カジノの売上金を三人の元受刑者に強奪させたのは秀蓮《シウリエン》だろう。

午後七時を回っていた。

畔上は、四十分ほど前に国重が九〇一号室に入ったのを確認済みだった。二人はベッドルームで睦《むつ》み合っているのではないか。

畔上はあたりに人の目がないことを確かめてから、スチールドアのノブを少しずつ回した。静かにドアを半分ほど開け、素早く玄関に身を滑り込ませる。

三和土《たたき》には、男物の革靴があった。国重の物だろう。間取りは2ＬＤＫのようだ。奥の右手の居室《きょしつ》から、ベッドマットの軋《きし》み音がかすかに聞こえる。女の喘《あえ》ぎ声も耳に届いた。やはり、秀蓮《シウリエン》は国重と肌を貪《むさぼ》り合っているらしい。

畔上は土足で上がり込んだ。

玄関ホールから中廊下をたどり、十五畳ほどの居間に入る。家具や調度品は値の張りそうな物ばかりだった。シャンデリアも豪華だ。

秀蓮《シウリエン》はパトロンの台湾人実業家にねだって、高級家具などを買わせたのだろう。リビングセットはイタリア製かもしれない。

畔上はベルトの下からグロック32を引き抜き、セーフティーロックを解除した。

寝室は居間の右側にあるようだ。淫らな音と声は、右手の部屋から洩れてくる。畔上は抜き足で歩き、居室のドアをそっと開けた。

キングサイズのダブルベッドが寝室の中央に据《す》えられている。

国重は総身彫りの刺青を晒《さら》して、ベッドに仰向けになっていた。素っ裸の秀蓮《シウリエン》が騎乗位で腰を弾ませている。

「いい、とっても好《ハオ》、好《チェン》好《ハオ》！」

「ママ、もっと気持ちよくしてやるよ」

国重がワイルドに下から突き上げはじめた。

「たまらない、たまらないよ。わたし、先に来了《ライラ》しちゃいそう」

「女は何度でもイケるんだから、来了してもいいぜ」

「あなた、怒らない？」

「怒りゃしねえよ。秀蓮《シウリエン》がイケば、屄《ピー》がもっと締まるんだからさ」

「なら、わたし……」

秀蓮《シウリエン》がダイナミックに腰を旋回させはじめた。上下動も繰り返した。

「お娯《たの》しみはそこまでだ」

畔上が声を張り、ベッドルームに躍《おど》り込んだ。秀蓮《シウリエン》が母国語で何か言って、国重から離れた。国重は雄々《おお》しく勃起《ぼっき》していた。

「て、てめえは本庁の畔上だなっ」

　国重が上体を起こした。

「妙な気を起こしたら、容赦なく撃つぞ。そっちはママに唆《そそのか》されて高松義郎を威《おど》し、元受刑者の谷村、本城、古屋の三人に関東御三家、関東義友会《ぎゆう》、桜仁会《おうじん》直営の違法カジノの売上金五億数千万円をかっぱらわせたな？」

「何の話をしてやがるんでえ」

「しぶといな」

　畔上はベッドの上の毛布を掴み上げ、素早く銃身に巻きつけた。国重が目を剝《む》き、長い枕の上まで退《さ》がった。

「本気で撃《ハジ》く気かよ⁉」

「ああ」

　畔上はわざと狙いを外して、九ミリ弾をヘッドボードに撃ち込んだ。くぐもった銃声が毛布から洩れたが、マンションの居住者には聞こえなかっただろう。

「過剰防衛じゃねえかっ」

「そうだな。しかし、おれは超法規の特命刑事なんだよ。面倒だから、そっちをシュートして、ママの口を割らせてもいいな」

「おれは秀蓮《シウリエン》に唆されたんだっ。ママは上海グループの女ボスになりてえんで、まとまった銭が欲しかったんだよ。それだから、おれは舎弟の須山たち二人に谷村、本城、古屋を始末させた。元受刑者たちは、高松を威《おど》してるのがママとおれだということに気がついたんだよ。生かしておくと危《ヤバ》いんでな。東西警備保障の轟を始末したのは、須山だ。轟は高松がおれたちの言いなりになってることを知って、口止め料を寄越せと言ってきやがったんだよ。だから、消したわけさ。元刑務官のフリーライターを殺《や》ったのはおれだよ。野中は、おれが高松をビビらせて谷村たち三人に違法カジノの売上金を奪わせたことを突き止めやがった」

「高松と呉香梅《ウーシャンメイ》を射殺したのは誰なんだっ」

「須山だよ。おれ、高松はまだ利用できると思ってたんだが、秀蓮《シウリエン》がもう二人を片づけたほうがいいと言ったんでな」

「あんたは、高松が不法滞在中国人の摘発を回避してやってる裏ビジネスのことをちらつかせて、悪事の代行をさせたんだなっ」

　畔上は、ベッドの向こう側にうずくまっている秀蓮《シウリエン》に声を投げた。

「そうよ。でも、わたしは売上金強奪にも殺人にもノータッチだわ。国重さんに高松を脅迫する材料を教えてやっただけよ」

「直《じか》に手を汚してなくても、あんたが最も悪質だな。殺人教唆罪で充分に立件できる」

「わたし、あなたに二億円渡す。それで、わたしのことは大目に見てよ。ね、お願い！」

秀蓮《シウリエン》が色目を使った。

「あんたは腐り切ってるな。醜悪そのものだ。救いようがないな」

「三億円あげてもいいわ」

「黙れ！　ふざけたことを言ってると、引き金を絞るぞ」

畔上は秀蓮《シウリエン》を一喝《いっかつ》した。秀蓮《シウリエン》がうなだれた。

そのとき、国重が長い枕の下からハンドガンを抜き出した。ブラジル製の自動拳銃だった。

国重がタウルスＰＴ99を両手保持で構えた。銃口は畔上に向けられている。

畔上は先に撃った。右手が跳《は》ね上がる。

狙ったのは国重の右腕だった。的《まと》は外さなかった。国重が唸《うな》って、ベッドの下に拳銃を落とした。

「射殺されたくなかったら、もう観念しろ！」

畔上は国重に言い放ち、銃身をくるんだ毛布を床に払い落とした。グロック32を左手に持ち替え、刑事用携帯電話《ポリスモード》を取り出す。

畔上は新沼理事官のポリスモードを鳴らし、捜査本部事件が落着したことを伝えた。

「すぐに別働隊を河田町の現場に急行させる。きみは秀蓮《シウリエン》と国重の身柄《ガラ》を引き渡したら、ただちに消えてくれ」

「心得てます」

「須山たち国重の舎弟たちも必ず検挙《アゲ》るよ」

「よろしく頼みます」

「お疲れさま！」

理事官の声が途絶えた。

畔上は刑事用携帯電話を折り畳んだ。ちょうどそのとき、脈絡もなく佐伯真梨奈の顔が脳裏を掠《かす》めた。今夜は原を誘って、『エトワール』で痛飲するか。

畔上は頰を緩《ゆる》ませた。

すると、秀蓮《シウリエン》が訝《いぶか》しげな目を向けてきた。

「早く服を着ろ。迎えに来る刑事たちに熟《う》れた裸身を見せてやっても、あんたの罪は軽減されないぜ」

畔上は皮肉たっぷりに言って、グロック32の安全装置を掛けた。上着のポケットからハンカチを取り出し、床のタウルスPT99を拾い上げる。

「早く救急車を呼んでくれや。血がかなり出てるし、痛《いて》えんだよ」

国重が呻きながら、苛立《いらだ》たしげに急《せ》きたてた。

畔上は小さく笑った。嘲笑だった。

「何がおかしいんだよ?」

「武闘派を気取りたいんだったら、少しは我慢しろっ」

「てめえ、ぶっ殺すぞ!」

国重がいきり立った。とうに男根《だんこん》は萎《な》えていた。虚勢を張ったにすぎないのだろう。

畔上は、国重の顔面に唾《つば》を飛ばした。

二〇一二年四月徳間文庫刊
（『覆面刑事　銭の犬たち』を改題）

本作品はフィクションであり、実在の個人・団体とは一切関係がありません。
（編集部）

実業之日本社文庫　最新刊

有栖川有栖
幻想運河
水の都、大阪とアムステルダム。遠き運河の彼方から静かな謎が流れ来る——。バラバラ死体と狂気の幻想が織りなす傑作長編ミステリー。（解説・関根亨）
あ151

五十嵐貴久
可愛いベイビー
38歳課長のわたし、24歳リストラの彼。年齢、年収、キャリアの差……このカップルってアリ？　ナシ？　大人気「年下」シリーズ待望の完結編！（解説・林 毅）
い33

風野真知雄
「おくのほそ道」殺人事件　歴史探偵・月村弘平の事件簿
俳聖・松尾芭蕉の謎が死を誘う!?　ご先祖が八丁堀同心の若き歴史研究家・月村弘平が恋人の警視庁捜査一課の上田夕湖とともに連続殺人事件の真相に迫る！
か16

河治和香
どぜう屋助七
これぞ下町の味、江戸っ子の意地！　老舗「駒形どぜう」を舞台に描く笑いと涙の江戸グルメ小説。料理評論家・山本益博さんも舌鼓！（解説・末國善己）
か81

倉阪鬼一郎
料理まんだら　大江戸隠密おもかげ堂
蝋燭問屋の一家が惨殺された。その影には人外の悪しき力が働いているようで…。人形師兄妹が、異能の力で巨悪に挑む！　書き下ろし江戸人情ミステリー。
く44

実業之日本社文庫　好評既刊

池井戸 潤
仇敵
不祥事を追及して職を追われた元エリート銀行員・恋窪商太郎。彼の前に退職のきっかけとなった仇敵が現れた時、人生のリベンジが始まる！（解説・霜月 蒼）
い11 3

石持浅海
攪乱者
レモン3個で政権を転覆せよ――昼は市民、夜はテロ組織となるメンバーに指令を下す組織の正体とは？ 本格推理とテロリズムの融合。（解説・宇田川拓也）
い7 1

石持浅海
煽動者
日曜夕刻までに犯人を指摘せよ。平日は一般人、週末限定テロリストたちのアジトで殺人が。探偵役は不在？ 閉鎖状況本格推理！（解説・笹川吉晴）
い7 2

江上 剛
銀行支店長、走る
メガバンクを陥れた真犯人は誰だ。窓際寸前の支店長と若手女子行員らが改革に乗り出した。行内闘争の行く末を問う経済小説。（解説・村上貴史）
え1 1

江上 剛
銀行支店長、追う
メガバンクの現場とトップ、双方を揺るがす闇の詐欺団。支店長が解決に乗り出した矢先、部下の女子行員が敵に軟禁された。痛快経済エンタテインメント。
え1 3

今野 敏
潜入捜査
拳銃を取り上げられ「環境犯罪研究所」へ異動した元マル暴刑事・佐伯。己の拳法を武器に単身、暴力団壊滅へと動き出す！（解説・関口苑生）
こ2 1

実業之日本社文庫　好評既刊

水を打つ（上）
堂場瞬一

堂場瞬一スポーツ小説コレクション

競泳メドレーリレーを舞台に、死闘を繰り広げる男たちのドラマを迫真の筆致で描く問題作。実業之日本社文庫創刊記念、特別書き下ろし作品。

と11

水を打つ（下）
堂場瞬一

堂場瞬一スポーツ小説コレクション

誰のために、何を求めて俺たちは勝利を目指すのか——コンマ0・02秒の争いを描写した史上初の競泳小説、スポーツファン必読。（解説・後藤正治）

と12

チーム
堂場瞬一

堂場瞬一スポーツ小説コレクション

〝寄せ集め〟チームは何のために走るのか。箱根駅伝「学連選抜」の激走を描ききったスポーツ小説の金字塔。（対談・中村秀昭）

と13

ミス・ジャッジ
堂場瞬一

堂場瞬一スポーツ小説コレクション

一球の判定が明暗を分ける世界で、因縁の闘いに決着は？　日本人メジャー投手とMLB審判のドラマを描く野球エンタテインメント！（解説・向井万起男）

と14

大延長
堂場瞬一

堂場瞬一スポーツ小説コレクション

夏の甲子園、決勝戦の延長引き分け再試合。最後に勝つのはあいつか、俺か——野球を愛するすべての人に贈る、胸熱くなる傑作長編。（解説・栗山英樹）

と15

焔 The Flame
堂場瞬一

堂場瞬一スポーツ小説コレクション

あいつを潰したい——メジャー入りをめざす無冠の強打者の苦闘と野心家エージェントの暗躍を描く、緊迫の野球サスペンス！（解説・平山 譲）

と16

実業之日本社文庫　好評既刊

実業之日本社文庫 み75

特命警部《とくめいけいぶ》 醜悪《しゅうあく》

2017年4月15日 初版第1刷発行

著 者 南《みなみ》 英男《ひでお》

発行者 岩野裕一
発行所 株式会社実業之日本社
〒153-0044 東京都目黒区大橋 1-5-1
クロスエアタワー 8階
電話 [編集]03(6809)0473 [販売]03(6809)0495
ホームページ http://www.j-n.co.jp/
印刷所 大日本印刷株式会社
製本所 大日本印刷株式会社

フォーマットデザイン 鈴木正道(Suzuki Design)

ISBN978-4-408-55356-6（第二文芸）